fragmenty z życia lustra

joanna szczepkowska

fragmenty z życia lustra

WYDAWNICTWO LITERACKIE

Próba odlotu

Tylko jeden rowerzysta pojawił się na drodze, którą jechałem już od godziny, oglądając co jakiś czas mapkę, narysowaną ołówkiem na zmiętej serwetce. Rower zakołysał się, mijając mój samochód, zobaczyłem jeszcze w lusterku, jak rowerzysta ruszył z pochyloną głową, przeklinając pewnie swoje cholerne życie. Ja natomiast czułem się świetnie. Odgrodzony od słonecznego żaru chłodem klimatyzacji i muzyką saksofonu, miałem jeszcze na swetrze zapach mięty, czosnku, gorącego miąższu pomidorów, a w pamięci dymiącą górę makaronu. I mimo wszystko uśmiechałem się na wspomnienie wściekłości, z jaką, poruszając kłębowiskiem klusek, mówiłeś:

– Nie możesz tam jechać. Odpada. Zresztą zaraz zobaczysz, nagrałem ci ten program. Nie od początku, bo skąd mogłem wiedzieć, ale... – mieszając sałatę, nawet nie zauważyłeś, że stoję wściekły z gazetą w ręku, z tą gazetą, w której śmiałeś, smarkaczu cholerny, wydrukować swoje zwierzenia. Nawet nie słyszałeś, że trzasnąłem drzwiami i wpadłem do salonu, kipiąc od wyzwisk, które gotowały mi się w głowie jak makaron. Nawet nie widziałeś, że gazeta, w której Piotruś pozwolił sobie zaistnieć jako gej związany z „pewnym młodym psychiatrą", jest zwinięta w rulon i w moim ręku wygląda jak kij bejsbolowy. I nie tylko nie dałeś mi dojść do słowa, ale nawet nie zauważyłeś mojej miny, która świadczyła o tym, że powinieneś zająć się raczej pakowaniem walizki niż makaronem. W dalszym ciągu nie patrząc na mnie, otworzyłeś telewizor i mówiłeś, mieszając ten twój ogród z kiści pomidorów, pleśniowego sera, orzechów, winogron i jeszcze czegoś, co jest twoją wielką tajemnicą, której nie zdradzisz nikomu, nawet mnie:

– Robiłem sos, włączyłem telewizor, taki program o zjawiskach paranormalnych, zerkam sobie i nagle słyszę, że mówią o Zalężu. Tam gdzie masz jechać. No więc pędzę do telewizora, przyciągam to pudło bliżej kuchni, a tam afera. Sam sobie zobacz. Wcisnąłem wideo i nagrałem. Tylko ci powiem, że tam była kopalnia gazu i coś naruszyli, jak się chcieli dokopać, czegoś tam nie zatkali i teraz się wydala – rzucałeś w miskę kawałkami pomidorów. – I jak się zaczęło wydalać, to tam wszystko powariowało. Po pierwsze, potworna historia z bocianami. Zebrały się w kupę nad jednym gniazdem, właśnie koło tej kopalni, i zaczęły wrzeszczeć, kołować, jedna zbiorowa histeria. A potem wszystkie zniknęły z gniazd. Z całej wsi. Ja dostałem dreszczy, jak oni to opowiadali. Zobacz sobie. Jeden kot zagryzł dzika, urodziła się krowa bez rogów, a reszty chłopi nie chcieli mówić, bo żony im nie pozwalają. I ksiądz. A na miejscu tej kopalni, dokładnie tam, gdzie się wydala ten gaz, postawili superhotel, a teraz on splajtuje, bo ci goście, a to są same vipy, nie mogą spać. Tam po prostu nikomu się oczy nie zamykają. I te vipy się zbuntowały, bo płacą kupę pieniędzy za to, żeby się wyspać na odludziu, a tu kicha.

Podszedłem do stołu i usiadłem nad wielkim półmiskiem klusek oblanych czerwonym sosem. Położyłem gazetę obok talerza. Wcisnąłeś wideo i nakładałeś mi makaron, zapatrzony w ekran, gdzie oko kamery przesuwało się wolno po konturach mebli małego, ubogiego pokoju. W tle straszyła cicha, pulsująca muzyka, syk perkusyjnych talerzy i głuche nawoływanie saksofonu. W głębokim cieniu pojawiła się sylwetka mężczyzny.

— Ja tam w duchy nigdy nie wierzyłem. Jak się tu z żoną sprowadziliśmy, to nawet się śmiałem z tych opowiadań. A teraz już się nie śmieję — kamera zjechała po framudze okna w głąb pokoju. Starsza kobieta, z rzadkimi włosami pokrytymi czarną farbą, głaskała serwetę na stole — wokół jej opowieści krążył cichy jęk saksofonu.

— Takiego kotka mieliśmy. Na tamtym mieszkaniu. Ja mam żylaki i nerwicę. To on mi się kładł zawsze na te nogi i mnie od razu było lepiej. I wykastrowaliśmy, żeby nie brudził — oczy kobiety zaszkliły się, co natychmiast uchwyciła kamera — i do kuwety robił, no i tutaj się sprowadziliśmy, bo mąż pracę dostał jako portier w tym hotelu, i co się z tym kotem stało, to ja — zatrzymała ręką strumień łez — nie wiem, ja tego nie rozumiem.

— Co się stało? — oko kamery znów padło na mężczyznę. Był odwrócony w stronę okna. — W diabła się zamienił. Tyle. — Perkusja syczała coraz głośniej, kamera ominęła ciemną sylwetkę mężczyzny i wysunęła szyję za okno, w głąb wysuszonych pól. Mężczyzna mówił:

— Najpierw to uciekał od człowieka. W ogóle po kątach się kładł. Nigdy blisko. A potem zaczął znikać na dłużej. Jak już pod wieczór było, to on tutaj przez pole szedł do lasu. I sąsiad mówi: „Idź, zobacz, tam dzik leży". I że to nasz kot go zagryzł, bo ma ślady jego zębów. Ja tam nie poszedłem tego dzika oglądać. No a potem, jak te bociany zaczęły wariować, to on razem z nimi. Skakał koło tego drzewa z gniazdem, wrzeszczał, a jak te bociany zniknęły, to on też.

Nie miałem zamiaru tego oglądać dłużej.

– Możemy porozmawiać? – rozwinąłem gazetę i rozłożyłem ją przed tobą na stronie z twoim zdjęciem, na którym wyglądałeś, jakbyś pozował do reklamy pasty do zębów, ale nawet na mnie nie spojrzałeś!

– Nie ma o czym rozmawiać! Nie jedziesz! Ja w ogóle nie mogę zrozumieć, jak można takiego kujona jak ty, takiego prymusa, wysyłać do takiej dziury! I powiem ci, że ten twój ukochany profesor od początku mi się nie podobał. Ja nie jestem rozrywanym psychiatrą, ja jestem głupim fryzjerem z salonu dla snobów, ale przecież po nim od razu widać, że to jest sadysta. Ja go widziałem w telewizji w marynarce od Tiffany'ego. Już widzę, jak on siedzi trzy miesiące w cuchnącej budzie dla świrów w jakimś Zalężu! Ale jak ty stamtąd wrócisz z futrem na plecach albo z płetwami, to on będzie zachwycony i jeszcze cię opisze w swojej kolejnej książce dla światowych kolesiów. I mówię ci, że na mojego fryzjerskiego nosa to on by cię najchętniej tam zamknął, w tym Zalężu, odkąd masz swoją prywatną praktykę. Bo tak prawdę mówiąc, to niejedna ofiara depresji przerzuciła się z niego na ciebie. A twoja mama oczywiście uważa, że powinieneś jechać, skoro profesor cię o to prosi. I jeszcze dodała to swoje: „Tylko drugi człowiek się liczy", i położyła słuchawkę, a ja chciałem się powiesić.

Odsunąłem talerz, ale ty mimo wszystko gapiłeś się w telewizor. Powiedziałeś tylko coś w rodzaju:

– Słuchaj, widzę, że jesteś wściekły, nie wiem, o co chodzi, ale żadnych poważnych rozmów nie będę odbywał, bo zaraz jest film o ptakach.

– No, jeżeli o ptakach...

– Pamiętasz? Poznaliśmy się, kiedy karmiłeś gołębie. To był przedziwny obraz: ty z tym swoim żółto-czerwonym irokezem na głowie i kolczykiem w nosie siedziałeś na schodkach w otoczeniu gołębi. Spytałem cię, gdzie tu jest zakład fryzjerski Szok, a ty powiedziałeś, że właśnie na mnie czekasz. Wtedy, przy tych gołębiach, powinienem był ci powiedzieć. Ale przecież nie wiedziałem, że spędzę z tobą następne dwa lata...

PAMELA

Już poprzedniego dnia Piotr kręcił się po mieszkaniu wyraźnie podniecony. Cały dzień robił zakupy, wpadał do domu, wrzucał coś do lodówki, potem zaraz biegł do miasta. Nucił coś przy tym i robił tajemnicze miny. Dopytywał się, kiedy wrócę ze szpitala, prosił, żebym nie zagadywał się z nikim, ale kiedy wszedłem do mieszkania, Piotra nie było. Salon otwarty na wielki aneks kuchenny lśnił czystością, na stole stał imponujący kaktus, a na kolcach oparta była kartka z tajemniczym napisem – „zaraz wracamy". Za oświetloną szybą pieca widać było naczynie z potrawą rumieniącą się na złoto. Właśnie miałem sprawdzić, co się tam zapieka, kiedy usłyszałem dzwonek. Poprawiłem krawat, przyczesałem włosy, otworzyłem drzwi, za którymi stał uroczysty, uśmiechnięty Piotr, a ja stanąłem jak sparaliżowany. Na jego ramieniu kręciła się wielka, czarna kawka.

Cofnąłem się w progu, kiedy Piotr zdjął kawkę z ramienia i wyciągając ręce, powiedział:

– Pozwól sobie przedstawić: Madame Pamela de Contianno z Hiszpanii. – Ptak otworzył wielki dziób i wyciągnął w moją stronę czarną głowę. Z trudem przełknąłem ślinę, aż w końcu powiedziałem:

– Bardzo panią przepraszam, madame, ale jestem tak oszołomiony pani wizytą, że muszę się przejść – i wybiegłem z domu, zostawiając zdumionego Piotra i kawkę pośrodku korytarza. Zbiegając po dwa schody, wyskoczyłem na ulicę i pędem dotarłem do najbliższej apteki.

– Pięć opakowań silnego wapna poproszę i jeszcze coś mocnego na odczulenie.

– Ale – uśmiechnęła się kobieta za szybą – coś mocnego na odczulenie wymaga recepty.

– Dobrze, to na razie coś bez recepty, cokolwiek, co pani ma. Wapno zażyję teraz. – Kobieta podała mi szklankę wody i z niepokojem patrzyła, jak wypijam musujący płyn, trzymając szklankę drżącymi rękami.

– Czy coś się stało?

– Nie... Nie... – usiłowałem wygrzebać jakieś pieniądze z kieszeni spodni. – Ja bardzo panią magister przepraszam, ale nie wziąłem portfela, zaraz przyniosę pieniądze.

– Nie szkodzi. Przyniesie pan przy okazji – powiedziała kobieta i z troską odprowadziła mnie wzrokiem, patrząc, jak za szybą wystawy rozglądam się dookoła, jakbym nie wiedział, w którą stronę ruszyć. Wlokąc się do domu, myślałem o tym, jak powiedzieć Piotrowi, że zatrzymanie tego ptaka jest niemożliwe. Kiedy wszedłem do mieszkania, Piotr siedział na kanapie, tulił kawkę, głaskał ją po czarnej główce. Na mój widok postawił kawkę na ramieniu i poszedł w stronę kuchni. Nie byłem w stanie wykrztusić słowa, zwłaszcza że zauważyłem oparty na stole wielki, opakowany prostokąt.

– To od Mamy – mruknął Piotr. – Jak wyszedłeś ochłonąć, to akurat przynieśli.

Do opakowania przyczepiono kartkę, na której było oczywiście napisane: „Dziękuję za zaproszenie, ale nie przyjdę na obiad. Mam ciśnienie sto na sześćdziesiąt. Natomiast bardzo bym się ucieszyła, gdybyś mnie odwiedził. Tęsknię za naszymi rozmowami sam na sam. Pamiętaj, że nie możesz jeść słodyczy i zapiekanek. Zapłać posłańcowi, bo za lustra trzeba zapłacić, inaczej przyciągają księżycowe problemy. Wszystkiego najlepszego, synku. Mama".

– Zapłaciłeś posłańcowi? – zapytałem, odwijając z papieru kryształowe lustro w prostej dębowej ramie.

– Nie. Chciałem zapłacić, ale popatrzył na Pamelę i zapytał, czy się nie brzydzę. No to nic nie dostał. – Piotr odwrócony plecami nawet nie spojrzał na lustro, które noszone z kąta w kąt unosiło się nad podłogą i odbijało różne fragmenty pokoju. Wreszcie oparłem je o ścianę naprzeciwko kuchennego aneksu. To był piękny obraz: Piotr w dębowej ramie z kawką na ramieniu, na tle szaroniebieskiej kuchni. Zasiedliśmy do obiadu. Kawka balansowała na ramieniu Piotra, kiedy pochylał się, napełniając kieliszki czerwonym winem. Jedliśmy w milczeniu, mimo że i krewetki w awokado, i krem z brokułów z migdałami, i sola zapiekana w szpinaku były rewelacyjne. Dopiero kiedy na stół wjechał tort bezowy z dwudziestoma ośmioma świeczkami, kiedy zdmuchnąłem maleńkie płomyczki, ptak załopotał skrzydłami i wylądował na abażurze włoskiej lampy, którą niedawno kupiliśmy w ulubionej galerii. Skuliłem się ze strachu, kiedy kawka przeleciała nad moją głową.

– Rozumiem, że mój prezent nie został przyjęty – powiedział Piotr, rzucając na talerz kawałek tortu. – Dobrze, więc Pamela to będzie twój prezent dla mnie. Za miesiąc są moje urodziny. Nie musisz jej kupować, tylko przynajmniej zaakceptuj – głos Piotra załamywał się dramatycznie, nagle wstał, rzucił serwetkę na stół i wyszedł z mieszkania, trzasnąwszy drzwiami. Siedziałem wpatrzony w lustro. W prostokątnej tafli w dębowej ramie wielki czarny ptak stał na abażurze z przydymionego szkła. Oboje wyczuwaliśmy, że dzieli nas otchłań, że jakaś wyrocznia skazuje nas na obcość do końca życia. Jest to wyrocznia biologii, wzajemnie toksycznej chemii dwóch organizmów. Nigdy nie miałem okazji powiedzieć Piotrowi, że jestem uczulony na pióra ptaków. Że kiedyś mało nie przypłaciłem życiem dowcipu kolegi, który zamknął mnie na strychu razem z gołębiem. Już teraz czułem drobne fale dreszczy w okolicy karku, być może był to tylko symptom strachu, ale ptak wyczuwał to najwyraźniej – jego nieruchoma sylwetka wyrażała napięcie, w zwierzęcym odruchu obrony udawał, że jest częścią lampy, ozdobnikiem na abażurze. Nie ruszył się nawet, kiedy nerwowo zacząłem szukać w kieszeni lekarstwa na odczulenie ani kiedy nalałem sobie szklankę wody, ani kiedy gwałtownie odchyliłem głowę, połykając pastylkę. Kiedy natomiast otworzyły się drzwi i stanął w nich Piotr, kawka natychmiast przeleciała na jego ramię. Chciałem zacząć tę rozmowę i właśnie wtedy zadzwonił telefon. Profesor wzywał mnie do szpitala.

Już w drodze zaczęła się wysypka i poczucie obrzęku. Kiedy wpadłem do kliniki, szatniarka złapała się za serce na mój widok, a profesor kazał natychmiast zrobić mi zastrzyk.

– Odłożymy tę rozmowę na później. Teraz będzie pan spał.

Po kilku godzinach snu wracałem do domu, zaopatrzony przez profesora w zastrzyki odczulające, tabletki, bezwzględny zakaz przebywania w otoczeniu ptaków i krótką wiadomość, że jedzie odwiedzić przyjaciela, który był znakomitym profesorem, ale opuścił uczelnię i zajął się leczeniem chorych w jakimś starym szpitalu.

– Chcę go namówić na powrót. To dziwak i wariat, ale znakomity fachowiec. Jak wrócę, porozmawiamy.

Kiedy wróciłem do domu, Piotr siedział na kanapie, tuląc ptaka do siebie, wsłuchany w *Piątą symfonię* Beethovena.

– Byliśmy z Madame u pana doktora i powiedział, że kawki są bardzo wyczulone na muzykę.

Chciałem mu wszystko powiedzieć, ale moją uwagę zwróciły jakieś paczki postawione na stole.

– Przepraszam, nie zdążyliśmy z obiadem, kupiliśmy chińszczyznę, weź sobie, bo myśmy już jedli, a poza tym musimy ci coś ważnego powiedzieć.

Z obrzydzeniem odwijałem biały papier, otwierałem styropianowe pudełka, nakładałem na talerz zbitą kulę ryżu i strzępy białej kapusty.

– No więc, co musimy panu doktorowi powiedzieć? – Piotr zbliżał pieszczotliwie swoje usta do dzioba ptaka. – Musimy mu powiedzieć, że istnieje w naszym życiu pewien sekret, pewna tajemnica, której już dłużej nie możemy utrzymać, bo nam z tym ciężko na sercu. Chociaż możemy przez to poczuć się odrzuceni przez społeczeństwo.

Z wściekłością zanurzałem widelec w sojowej mazi, a zerkając na Piotra, który patrzył na kawkę z czułością matki, czułem coś w rodzaju zazdrości. Po prostu nie znałem Piotra takiego.

– No więc, co musimy panu doktorowi powiedzieć? To nie jest łatwe wyznanie. – Piotr westchnął ciężko, postawił sobie kawkę na dłoni i podszedł do stołu.

– No więc, prawda jest taka. Nazywamy się wprawdzie Pamela, zwracają się do nas Madame i zupełnie dobrze się z tym czujemy, ale tak naprawdę jesteśmy paskudnym, tępym, brutalnym facetem! – Piotr postawił kawkę na stole i zwinął się ze śmiechu. – Jak mi to ten weterynarz powiedział, to ja myślałem, że padnę! No za nic nie chciałem uwierzyć, tłumaczyłem, że w sklepie prosiłem o samiczkę, i to z rodowodem, a on mówi: „Proszę pana, ja jestem weterynarzem dwadzieścia lat, a już na pierwszym roku studiów umiałem odróżnić płeć ptaka". A potem mi mówi: „Wie pan, to nie jest trudne, bo są tylko dwie możliwości – albo samiec, albo samiczka". Ja już mu chciałem powiedzieć, że jest w błędzie, ale co będę starszego człowieka uświadamiał, tylko mówię: „Ale, panie doktorze, on już się nazywa Pamela!" – Piotr spoważniał nagle. – Wiesz, co to chamidło powiedziało? „Niech pan go po prostu odda! I zamieni na samiczkę!" – Spojrzał czule na kawkę, która ku mojemu przerażeniu zbliżała się do mojego talerza. – Oddać Pamelę! Tak po prostu pójść do sklepu i powiedzieć: dziękuję bardzo, ten ptaszek mi się znudził, poproszę innego. Ja bym takich zwyrodnialców nie zatrudniał jako weterynarzy! Tak, panie doktorze. – Piotr znowu zwinął się ze śmiechu. – Mamy pedała! Pamela! Daj łapę! Co trzech pedałów, to nie jeden!

Patrzyłem, jak Piotr bierze kawkę w dłonie i niesie w stronę okna, jak opowiada jej o każdym drzewie i domu widocznym za szybą.

Około północy obudził mnie ból gardła, a kiedy zapaliłem nocną lampkę, zobaczyłem na rękach małe, czerwone plamki. Gardło puchło niebezpiecznie szybko, wyskoczyłem z łóżka, pobiegłem do łazienki i szybko łyknąłem tabletkę.

– Co się dzieje? – usłyszałem zaniepokojony głos Piotra.

– Nic... Nic... Mierzę gorączkę, chyba mam grypę – wszedłem do salonu, ale nie zapaliłem światła. W pokoju rysowała się czarna, nieruchoma sylwetka ptaka.

Od tego dnia starałem się jak najdłużej zostawać w szpitalu. Zacząłem tam jadać obiady, bo Piotr jakoś stracił zapał do gotowania. Objawy uczulenia były coraz bardziej uciążliwe, ale za każdym razem, kiedy wracałem do domu, zastawałem Piotra z kawką wtuloną w sweter. Sprawdzał każde jej pióro, oglądał pazurki, na półkach zalegały książki o ptakach. Patrzyłem na to wszystko i coraz wyraźniej rozumiałem, że Piotr w sklepie zoologicznym kupił sobie dziecko.

Lekarstwa przestawały skutkować. Całe ciało miałem pokryte czerwonymi plamkami, co tłumaczyłem uczuleniem na jakiś kosmetyk. Ale ta wysypka była męczarnią.

Zwłaszcza w nocy. Skóra dręczona tysiącami drobnych ukłuć, pochodami niewidocznych mrówek, które chodziły po całym ciele od stóp aż po szyję, nie pozwalały spać, zmuszały do nieustannego ruchu, do cichych spacerów po ciemnym salonie, tak żeby Piotr się nie obudził. Tylko nieruchoma sylwetka czarnego ptaka była świadkiem moich męczarni. Sprzedałem lustro. Nie mogłem znieść obecności dwóch ptaków w jednym pokoju.

Cała sprawa rozwiązała się pewnego chłodnego wieczoru, kiedy wszyscy troje oglądaliśmy telewizję, a ja wciągnąłem na siebie sweter, który leżał na kanapie. Po kwadransie złapał mnie ostry kaszel, a potem zacząłem się dusić. W samochodzie, który Piotr prowadził, nie zważając na przepisy, ściągnąłem sweter. Wypadło z niego czarne ptasie pióro. W szpitalu natychmiast zawieziono mnie na salę, gdzie musiałem podpisać zgodę na ewentualną tracheotomię, gdyby podane leki nie odniosły skutku. Nie byłem w stanie mówić, więc kiedy Piotr usiadł przy mnie na łóżku, wziąłem go za rękę i wyszeptałem z wysiłkiem:

– Ptaki. Uczulenie.

Piotr z początku nie pojął. Dotarło do niego, że przyczyną jest uczulenie na ptaki, ale nie łączył tego faktu z Pamelą. Dopiero po chwili zbladł. Potem pojawili się lekarze i Piotr wyszedł.

Zostałem w szpitalu trzy dni. Tracheotomia nie była potrzebna. Piotr odwiedzał mnie codziennie, ale na krótko, wyglądał bardzo źle. Schudł w ciągu jednej doby, miał zapadnięte policzki i podkrążone oczy. Nigdy potem nie zamieniliśmy słowa na temat Pameli. Nigdy nie dowiedziałem się, dokąd zniknęła z naszego mieszkania.

– Przepraszam pana, czy jadę dobrze w kierunku Zalęża? – kolejny rowerzysta zatrzymał się niechętnie i z nieufnością patrząc na mnie, mruknął:

– Wjedzie pan w las na lewo i potem prosto.

– A daleko ten las? – spojrzałem na pola ciągnące się po horyzont.

– Niedaleko. Za torami – mruknął rowerzysta. Miał dziwną twarz – regularną, pociągłą, bez wyrazu, jakby pozbawioną życia, a przede wszystkim nie przystającą do krótkiej, grubokościstej sylwetki typowego polskiego chłopa.

– Będzie mostek, nagrobek, a potem tory – powiedział jeszcze, wsiadając na rower, i szybko ruszył do przodu. Ja też przyspieszyłem. Chciałem jak najszybciej wyjechać z tej pustyni, całkowicie opanowanej przez słońce. I wiesz... otoczony przez promienie myślałem sobie, że to słońce, które pamiętam z dzieciństwa, chyba umarło. W każdym razie nie mogło to być to samo słońce. Tamto z dzieciństwa było żółtopomarańczowe i dawało się kroić jak owoc przez zielone liście w ogrodzie babki. Cząstki słońca leżały na nich jak cytryny, a wieczorami jak pomarańcze, kołysząc się potrącane wiatrem. Jeden promień wpadał zwykle do szklanki z herbatą, która stała na białym stoliku, zawsze pita tylko w połowie, aż do zmierzchu, kiedy razem z wygasłym promykiem zabierano ją do kuchni. To samo słońce goniło mnie później, kiedy pędziłem na sportowym rowerze i próbowałem uciękać od siebie, od swojej inności, niepokojącej jak obecność ducha.

Od zawsze czułem, że we mnie jest ktoś jeszcze, ktoś, kto czeka na odpowiednią chwilę, żeby się przedstawić i odbyć trudną rozmowę, być może zechce po prostu powiedzieć mi, że przejmuje władzę. I zawsze uciekałem od tej chwili – kiedy czułem, że nadchodzi, wsiadałem na rower i pędziłem przed siebie. Wiele lat tak uciekałem, więc może przegapiłem moment, kiedy białe słońce, które teraz zagradzało mi drogę, zastąpiło tamto, słońce Boga z *Ojcze nasz*, Boga, do którego „już nie mam prawa", jak wykrzyczała mi kiedyś moja matka.

Jechałem ponad dwadzieścia minut, kiedy wreszcie na horyzoncie pojawiły się zarysy lasu. Walcząc z poczuciem samotności, otworzyłem radio. Zmieniając kanały z muzyką, natrafiłem nareszcie na ludzki głos.

„Problem zmiany globalnej, jaką jest ocieplenie klimatu, nakłada na nas, ludzi, wiele obowiązków, które często mijają się z planami współczesnej technologii. Pod auspicjami Narodowej Rady Badawczej powstała lista zaleceń, których powinniśmy przestrzegać. Po pierwsze:

Eliminacja emisji freonów i innych fluorowcopodobnych węglowodorów, które wyeliminują emisję gazów cieplarnianych. Uznanie ocieplenia Ziemi za jedno z najważniejszych kryteriów przy planowaniu przyszłych sposobów zaspokajania potrzeb energetycznych i zmniejszenie tempa strat różnorodności bio..."

Zwalniając przy mostku, zatęskniłem za twoim głosem. Wziąłem komórkę leżącą przy skrzyni biegów, wystukałem numer mieszkania, ale po kilku sygnałach usłyszałem swój własny głos: „Tu mieszkanie Pawła Styki. Proszę zostawić wiadomość". Wystukałem numer twojej komórki, ale usłyszałem tylko: „Cześć, tu Piotrek. Kimkolwiek jesteś, kocham cię. A teraz mów po długim sygnale".

— Gdzie ty chodzisz, potworze — nagrałem się. — Jestem nad rzeką, widzę zbiorowisko gołych brzuchów, ponieważ nie ma cię w domu, idę do nich.

Nad rzeką stała grupka ludzi wyraźnie podekscytowanych, którzy wpatrywali się w wodę, pokazując coś palcami. Zszedłem po suchym pagórku i stanąłem obok nich, ale niczego nie mogłem wypatrzyć. Aż jakiś chłopiec krzyknął do mnie:

– Brzuchem do góry! Prosto! Widzi pan? Ryba płynie brzuchem do góry!

Popatrzyłem tam, gdzie wskazywał palec chłopca:

Z wody wystawał wielki brzuch ryby, która jednak poruszała się zwinnie, choć jak na rybę dość nerwowo. Nie było wątpliwości: płynęła brzuchem do góry i albo czując swoje wynaturzenie, męczyła się jak potępieniec, albo widząc inne ryby i natykając się na ich grzbiety, targana była samoniszczącym lękiem przed mutantami. Musiałem to komuś opowiedzieć. Poczułem się strasznie sam z tą rybą, z jej brzuchem, którego widokiem nie mogłem się podzielić z bliską osobą. Zadzwoniłem do mamy i kiedy już wysłuchałem, że jej przeszkadzam, bo „ona ogląda debatę sejmową i już nie może słuchać tych skarlałych mózgów", kiedy przeczekałem szloch, że ten kraj ginie, że świat jest opanowany przez złego ducha, kiedy odpowiedziałem na pytania, czy wziąłem okulary słoneczne i czy tam, gdzie jadę, jest kościół, i czy wiem, że w życiu tylko drugi człowiek się liczy, kiedy wysłuchałem jej snu z dziewczynką zamkniętą w szafie i ostatniego odcinka *Mody na sukces*, to moja ryba z brzuchem do góry była zupełnie nieistotną informacją, godną tylko uwagi, że za długo rozmawiam przez komórkę.

Kiedy wracałem na górę w stronę samochodu, jeszcze raz odwróciłem się w kierunku rzeki. Ludzie wracali do swoich leżaków.

– Bilety by sprzedawać – usłyszałem nagle piskliwy męski głos. Tuż przy wyschniętym krzaku siedział drobniutki bezzębny staruszek i próbował wysysać z porzuconych kości kurczaka kawałki mięsa.

– Zarobiłby na tej rybie.

Nie miałem ochoty z nim rozmawiać. Gdzie ty chodzisz właściwie? Gdzie ty chodzisz, kiedy mnie nie ma!

– Ryba to, panie, nic – staruszek bezszelestnie znalazł się przy szosie i uśmiechając się jak dziecko, otwierał bezzębne usta. – Jakby tu sołtys był do rzeczy jakiś, to, panie, za biletami niejedno można by pokazać.

Miałem straszną ochotę jeszcze raz zadzwonić, ale wiedziałem przecież, że usłyszę siebie samego.

– A kurę z dziobem koguta pan widział? – staruszek napierał na mój samochód, więc na odczepnego zadałem mu pytanie:

– Dojadę tędy do Zalęża?

– Do Zalęża? – staruszek już pakował mi się do samochodu. – Do Zalęża? Pan da, ja z panem pojadę. Do hotelu?

– Nie. Do kliniki.

Cofnął się jak od zarazy:

– Do wariatów?

– No... tak. Daleko to?

Staruszek popatrzył przed siebie, jakby chciał zobaczyć tę odległość.

– Od hotelu dwa kilometry. No tak. Do dziesięciu. Od dwóch do dziesięciu. Pan da, ja pojadę – wsadził głowę w okno i musiałem powoli zasuwać szybę, żeby się wycofał.

– Nie, dziękuję, trafię sam.

— Pokażę panu po drodze coś — twarz staruszka przylepiła się do szyby. Zapuściłem motor, a staruszek biegł za samochodem i krzyczał: — Nagrobek samobójczyni! 1919 rok! Niedużo wezmę, a jest czego słuchać! — Kiedy odjeżdżałem, krzyczał coś jeszcze, machając rękami.

Droga prowadziła przez łąki. Jednostajność suchych traw burzył natrętny klucz bocianów, które zniżały lot tuż nad dachem samochodu. Trzepocząc skrzydłami, rzucały się do ucieczki, robiły wielkie koła, potem leciały prosto i znowu wracały na pole. Pamiętam, że otworzyłem radio, ale nie mogłem złapać żadnej stacji, tylko chrapliwe dźwięki, szumy, piski, jakiś przeciągły gwizd jak ptasia syrena alarmowa. Otworzyłem CD, wibracje fletu działały na mnie fatalnie, więc próbowałem znaleźć inną płytę, ale rozsypały się po samochodzie, prawdopodobnie z powodu tych cholernych bocianów, które biły skrzydłami o dach. Coś niesamowitego. Jeszcze widziałem w lusterku maleńką sylwetkę tego staruszka, który ciągle machał rękami. Bociany zniknęły wreszcie za gęstym, karłowatym laskiem, a słońce traciło siły, zbliżając się do ciemnej chmury. Tuż przed lasem zobaczyłem tory, a przy nich małe wzniesienie z tabliczką, której nie mogłem odczytać, pomyślałem tylko „nagrobek samobójczyni", a potem pojawił się obdarty z farby drogowskaz: „Zalęże". Wydaje mi się, że przy tym nagrobku siedziała jakaś kobieta, ale możliwe, że to było pochylone drzewo. Tak wtedy pomyślałem.

Las był niewielki. Prawie połowę przykrywała błyszcząca tablica: „Hotel Kosmos — sam na sam z luksusem". Nie można tego było powiedzieć o drodze. Splątane drzewa osłaniały ją przed słońcem, więc błoto zalegało na całej szerokości, a w licznych dołkach stały jeszcze kałuże. Samochód, szarpany konwulsjami, pokonywał wielkie korzenie drzew. Było tu jak w ciemnej, wilgotnej bramie.

„Brama do piekła" – pomyślałem, że napiszę ci takiego SMS-a, ale byłem na ciebie wściekły. Przy kolejnym szarpnięciu zatrzymałem samochód. W dodatku okazało się, że tu nie ma zasięgu. Mimo że w szybę zaczęły stukać niewielkie krople deszczu, wybiegłem na drogę i taplając się w błocie, szukałem pola. Wpatrzony w ekran komórki przeskoczyłem rów dzielący las od drogi i wszedłem między drzewa. Szarpany przez gałęzie, drapany przez igły sosen, przedzierałem się przez mokre, bagniste podłoże, doszedłem do niewielkiej polany, i tam wreszcie z boku ekranu pojawiły się dwie małe kreseczki. Na głowę spadały mi wielkie krople deszczu. Z każdą chwilą robiło się ich coraz więcej, a ty swoje: „Cześć, tu Piotrek. Kimkolwiek jesteś, kocham cię", i tak dalej. A w domu: „Tu mieszkanie Pawła Styki..." Zadzwoniłem do mamy, a ponieważ atakowany przez ulewę i tak nie słyszałem jej głosu, więc mogłem się wywrzeszczeć:

– Chcę ci tylko podziękować serdecznie! Mamusiu kochana! Leje, prawdopodobnie zgubiłem drogę i zdechnę w środku lasu, gdzie kamienie mają nóżki, a kury dziób koguta! I to jest taka okolica, w którą mnie moja matka wpakowała! – Wrzuciłem komórkę do kieszeni i zgięty pod kulami ulewy przedzierałem się z powrotem przez leśne błoto i gałęzie ociekające wodą. Kiedy wreszcie wsiadłem do samochodu, poczułem się rozluźniony. Człowiek, który wynalazł komórkę, powinien dostać Pokojową Nagrodę Nobla. Za kojenie nerwów. Las już się kończył i otworzyła się przede mną przestrzeń pól osłonięta czarną chmurą. Ale pośrodku tej przestrzeni, a nawet jakby nad nią...

„Widzę nie zidentyfikowany obiekt kosmiczny"– nagrałem ci się, potworze, jadąc w kierunku jakiegoś prostokąta o świecących konturach. Za ścianą deszczu zobaczyłem jeszcze wielkie drzewo z pustym bocianim gniazdem.

„To hotel Kosmos. Przejeżdżam obok piekła. Piekło jest nawet gustowne" – posłałem ci SMS-a, bo już nie mogłem dłużej słuchać, jak kochasz każdego, kto dzwoni. Hotel Kosmos to była kompozycja szkła, neonów i zieleni. Jego obraz był zamazany przez ustający deszcz, ale trzeba przyznać, że wyglądał imponująco, chociaż powinien się raczej znajdować w jakimś kurorcie, a nie w otoczeniu zmarniałych pól, bo tu naprawdę miało się wrażenie, że budynek wylądował awaryjnie.

Zostawiając go za sobą, myślałem o tym, że ordynator kliniki nie narysował mi na mapie tego hotelu. Jeżeli to można nazwać mapą. W ogóle cały ten list nadawał się przecież raczej do kabaretu niż do tego, żeby potraktować go jak zaproszenie. Pamiętasz? Pierwsza strona od mojego profesora była normalna:

„Drogi Panie Pawle! Piszę do Pana z niewielkiej miejscowości, gdzie, jak mówiłem, usiłuję namówić mojego kolegę do powrotu na uczelnię. Niestety, chyba bez skutku. Natomiast moja krótka wizyta tutaj zaowocowała pewnym pomysłem, a raczej prośbą profesora Ozerki, do której ja przychylam się z entuzjazmem. Wiązałoby się to z Pana wizytą w Zalężu, gdzie profesor, a zarazem ordynator kliniki, wytłumaczyłby Panu, w czym rzecz. Noc mógłby

Pan spędzić w nowo powstałym hotelu Kosmos, który jest naprawdę na wysokim poziomie. Niestety wątpię, żeby ordynatora było stać na sfinansowanie takiego noclegu, dlatego pozwoliłem sobie użyć swoich znajomości, mają tam wobec mnie pewne zobowiązania i Pana pobyt wiązałby się ze znaczącą zniżką, a mówiąc ściślej, z ceną symboliczną. Droga jest dość uciążliwa, ale nie bardzo zawiła – do listu ordynator zobowiązał się dołączyć stosowną mapkę i kilka słów od siebie. Ja też zostawiam Panu tutaj kilka wskazówek i bardzo proszę o rychły przyjazd. Zresztą możliwe, że się zobaczymy, bo być może zostanę tutaj na zebraniu przyjaciół hotelu z powodu pewnych kłopotów. Pozdrawiam serdecznie, Tchórzewski".

A zaraz pod spodem... pamiętasz? Ołówkiem, wariackim pismem:

„Trzy kilogramy pestek słonecznika, wody mineralnej ile wlezie, farba do włosów blond, biała koszula męska, rozmiar jak dla chłopca dwanaście lat, i ciemna marynarka, też mała, może być stara koszula też, ołówki 12, żarówki 25 wat. To wszystko jest nam tutaj niezbędne do życia. Proszę przyjechać jak najszybciej. Ozerko".

Do tego dołączona była ta papierowa serwetka z gryzmołami: „pola, za drogowskazem «Zalęże» w lewo, mija pan wielkie drzewo z gniazdem bocianim, drogowskaz «Klinika», potem w prawo i po dwóch kilometrach jest pan u nas". Ani słowa o hotelu. A przecież jest to raczej dość charakterystyczny znak rozpoznawczy.

Hamując gwałtownie na widok zająca czy kota przebiegającego drogę, pomyślałem, żeby zawrócić, zanocować w hotelu i dać sobie spokój. Poza tym twoje „Wracaj" wyświetliło się właśnie na ekranie komórki. Jechałem coraz wolniej, właściwie samochód sam jechał, jakby też zastanawiał się nad sensem tej jazdy w środku czarnych pól, skrapianych ustającym deszczem. Klucz bocianów przeleciał nad dachem samochodu i zniknął w ciemnościach. Już właściwie podjąłem decyzję o powrocie, rozglądałem się tylko za odpowiednim miejscem na zakręt, kiedy w świetle reflektorów zobaczyłem odrapany drogowskaz: „Do kliniki". Tabliczka była wygięta, jakby ktoś usiłował zmylić kierunek, ale i tak nie było innej drogi niż ta, która właśnie skręcała w prawo. Po kilkunastu minutach kolebania się po mokrych kamieniach dotarłem wreszcie do starej siatki, za którą rysowały się jakieś mury. Wjeżdżając w otwartą bramę, wystukałem numer do matki i zanim zdążyła powiedzieć „Hallo", wywrzeszczałem:

— A już jeżeli chodzi o to, jak wygląda ta klinika, to ja ci oszczędzę tego opowiadania. Tu się najzdrowszy człowiek rozchoruje. Oczywiście, witają mnie kwiatami i szampanem! I transparenty są! „Kochamy pana, panie doktorze!" Nie ma nikogo. Wszyscy umarli i ja się im nie dziwię! Stoję jak idiota na jakimś obsranym przez ptaki, zachwaszczonym podwórku i... Czekaj, bo otwierają się drzwi i ktoś wychodzi... Idzie na mnie jakiś potwór.

Wysiadłem z samochodu, szczerząc zęby do ogromnego mutanta w białym fartuchu. Rozłożył ręce i krzyknął głosem starego buldoga, co pasowało jak ulał do jego obwisłych policzków i łysego, pomarszczonego czoła.

— Tak sobie pana wyobrażałem! Co do joty! Widzi pan, kiedy się trzydzieści lat kręci wśród samych czubków, wtedy oczekuje się nadejścia kogoś przy zdrowych zmysłach, jak oblubieniec narzeczonej. Witam pana, doktorze! — Przytrzymał nogą odrapane drzwi kliniki i wpuścił mnie do środka. – Proszę, proszę do mojego gabinetu, tylko niech Pan nie zdejmuje płaszcza, nie grzeją, chociaż powinni, bo tu chłodno i wilgotno bez względu na porę roku. Ponuro i zimno, ale serca gorące – to nie był żart. Doktor odwrócił się nagle i przyjrzał mi się tak, jak ty się przyglądasz pomidorom na targu.

– Proszę za mną, porozmawiamy. Pewnie pan się dziwi, że nie ma sekretarki albo kogoś w tym rodzaju. Byli i rozpierzchli się. Dziwi się pan? Bo ja tak. Proszę, niech pan siada, no, czegóż pan stoi?

– Styka – powiedziałem i spojrzałem w kierunku czegoś, co było wspomnieniem fotela.

– Koniaku nie ma, gdyby pan oczekiwał czegoś w tym rodzaju, ale jest kawa. Napije się pan kawy? Odkąd wynaleziono termosy – wydusił, mocując się z metalową nakrętką – skończyły się kłopoty, no to z jednego kieliszka, szklanek nie ma.

– Dziękuję – mruknąłem, zerkając na zegar, który już od paru minut upierał się, że jest wpół do drugiej.

– Nie idzie – przytaknął od razu. – Nie ma kto naprawić, ale u nas w końcu nie tyle o godziny chodzi, ile o pory dnia, a te – Ozerko jednym ruchem odsunął burą firankę, za którą błysnęło weneckie okno o niespodziewanie czystych szybach – a te widać gołym okiem, nie pije pan kawy? Pan mnie uważa za wariata?

– Nie... Dlaczego... – stałem na środku gabinetu, nie wypuszczając walizki z rąk.

– Ale troszeczkę, no, troszeczkę tak, prawda? Oczywiście, nie pomyślał pan tego jako lekarz, ale coś jest nie tak, że w takim otoczeniu żyje od lat mężczyzna w „średnim wieku, z wyższym wykształceniem" – jak wy to nazywacie w urzędach i na pocztach. Słynny Ozerko, co? – Lekarz położył wielki brzuch na stole i wpatrywał się we mnie. – Pana guru, profesor Tchórzewski, chciał, żebym wrócił na uczelnię. Tak, tak – wielkie ciało ześlizgnęło się ze stołu, a grube ręce załopotały w powietrzu. – Studenci! O! Widzi pan, jeżeli coś można z całym spokojem nazwać chorobą, to właśnie młodość. Ciężka przypadłość, dla wielu nieuleczalna. Idealizm, brudne skarpetki i mózg na poziomie drobiu. Nudzą mnie po prostu: wszyscy tacy sami, jak gołe plastikowe laleczki. Na początku nie mogłem się od nich opędzić. Przyjmowałem ich jeszcze tutaj nawet, bo wyglądali sympatycznie, ale już po paru godzinach, jak zaraza... Wszyscy zaczynali chodzić boso, w rękach majtały im się butelki wina i przestawali się myć, jakby to miało wyprać z nich to życie duchowe, z którym obnosili się po wszystkich kątach. Traktowali to wszystko jak protest song przeciw skostniałej medycynie, a ja tylko przyjechałem tu pomóc paru nieszczęśliwcom. Oni mnie mieli za proroka... – Ozerko spojrzał w niebo. – Muszę teraz wyjść na chwilę, obserwujemy sobie tu bociany. Widział pan po drodze bociany? Na pewno pan widział. A gniazda puste. Tak. Nie siadają. Zaraz wrócę.

Kiedy tylko ordynator wyszedł, wysupłałem z kieszeni telefon. Ekran pokazywał jedną kreskę. Za mało. Podszedłem do stołu zawalonego kartkami, ścinkami ołówków, stosami połamanych zapałek, które leżały na wielkiej księdze z napisem „Pacjenci". Też jedna kreska. Wpatrzony w ekran, szukając zasięgu, biegałem po podłodze, na której walały się gwoździe, patyki, suche liście i pomięte kartki papieru. Obijałem się o kulawe krzesła, szafki z rozbitymi szybami i wielką starą szafę zamkniętą na klucz. I właśnie tam, obok szafy, kreski na ekranie nagle urosły w jeden prosty słupek. Kiedy pochylony nad telefonem wystukiwałem numer mieszkania, pojawił się napis: „Bateria pusta" i ekran zgasł.

– Wspaniale. Cudownie po prostu – mówiłem do siebie, wpatrując się w telefon. – Rewelacja. – Schowałem telefon do kieszeni i usiadłem na rozchybotanym taborecie. „Dziękuję, mamusiu. Dziękuję, moja cudowna, inteligentna, wyjątkowa mamusiu – tylko drugi człowiek się liczy". Każdy jest dla niej drugim człowiekiem oprócz mnie. Każdy... Cudowną mam matkę. Cudowną...

– Pan coś mówił? – tuż za mną stała drobna kobieta w nieokreślonym wieku, o dziecinnej twarzy. Podeszła do stołu i otworzyła ogromną księgę.

Zbliżyłem się do niej, kurczowo trzymając walizkę.

– Nie... nuciłem sobie tylko. Paweł Styka. Prawdę mówiąc, jestem po prostu zmęczony podróżą. Przepraszam, gdzie mogę umyć ręce? Jechałem siedem godzin, najpierw w potwornym upale, potem w ciemnościach po błocie i kamieniach. Nie byłem pewny drogi, bo...

– Pana nazwisko? – kobieta pochyliła głowę nad książką. Miała włosy pofarbowane ohydną żółtą farbą i loki skręcone jak u lalki. Nie zniósłbyś tego. Sięgnąłem do kieszeni i wyjąłem z niej serwetkę: – Profesor Ozerko narysował mi w liście taki plan, ale nie bardzo wyraźny. Na serwetce. O, proszę popatrzeć. Na pomiętej serwetce. Nic nie widać. Gdyby pan doktor napisał mi, że klinika jest blisko tego wielkiego hotelu, że zaraz przy hotelu trzeba skręcić w prawo, ale tu na planie nic nie ma.

– Pana nazwisko – powtórzyła.

— Styka. Tylko strzałki... i pola. Niech pani popatrzy.

— Znam ten plan. Jest bardzo dobry — nawet nie spojrzała na kartkę. Wzięła ze stołu linijkę i ołówek i zaczęła rysować jakieś linie.

— Ale tu nie ma hotelu — powiedziałem.

— No właśnie. Pana nazwisko.

— Styka. Paweł Styka. Ja zostałem zaproszony przez doktora Ozerkę. Dostałem list z zaproszeniem... Chciałem zadzwonić, w biurze numerów podano mi numer, ja dzwoniłem, ale niestety abonent czasowo wyłączony — poczułem się nagle jak uczeń nie przygotowany do lekcji.

— Imię? — kobieta wypisywała moje nazwisko kaligraficznie, wysuwając koniuszek języka.

— Imię? Paweł. Pani to zapisuje? W książce pacjentów? Ja się chyba nie dość dokładnie tłumaczę. Jestem lekarzem. Zostałem zaproszony przez ordynatora tej kliniki. Proszę. Tu jest list od pana doktora.

— Urodzony?

— W Warszawie — zacząłem rozglądać się za jakimś normalnym krzesłem.

— Data.

— Data? Więc, pierwszy marca 72 rok — wreszcie znalazłem coś w rodzaju lekarskiego taboretu (to chyba był stary stołek od fortepianu) i przysunąłem go do stołu. — Gdzie mogę umyć ręce?

Kobieta podniosła głowę:

— Wykształcenie ma pan wyższe?

— No oczywiście. Skończyłem medycynę.

— Wykształcenie wyższe. Zawód? — Narysowała ostatnią linijkę.

— Mój zawód? Lekarz oczywiście.

— Stan cywilny? — podniosła głowę, spojrzała na mnie i wpisała „wolny". Po czym odczytała: Nazwisko Styka, imię Paweł, urodzony 1 marca 72 roku w Warszawie, wykształcenie wyższe, zawód lekarz, stan wolny. Zgadza się?

— Tak. Zgadza się.

Zamknęła księgę, wstała i powiedziała:

— A teraz won.

Tak powiedziała. Stanowczym, bezosobowym głosem osoby urzędowej. Chyba wstałem wtedy, ale dokładnie nie pamiętam. A ona:

— Pakuj się i nie widzę twojej czerwonej mordy w ciągu minuty.

Zrobiłem się mokry w ciągu sekundy. Odruchowo ścisnąłem komórkę, ukrytą w kieszeni, jakbym w ten sposób mógł połączyć się z tobą albo z mamą. A kobieta spurpurowiała nagle i przechyliła się przez stół:

— Co ty myślisz, że jak się przebierzesz za lekarza, że jak schudniesz te parę kilo, że jak sobie przerobisz nos i uszy, to i tak na kilometr nie widać, że jesteś wujek Miecio? Ja cię zawsze poznam, łysy ogonie. Zawsze i wszędzie. A na karuzelę nie pójdę. Nie pójdę na karuzelę, słyszysz? Jeżeli mi każesz pójść na karuzelę, to skoczę z trzeciego piętra. I powiem ci coś jeszcze. Mam żaróweczkę. Taką do maleńkiej lampki. Ja ją rozbiję i zrobię z niej nożyk. A w poniedziałek, jak wujcio będzie chrapał, to taka jedna mała gruba dziewczynka pomasuje wujka tym nożykiem tak mocno, że już nigdy nie będzie niedzieli — kobieta odepchnęła się nagle od stołu i pobiegła w głąb gabinetu. — Nie dogonisz mnie, stary dziadu! – Rzuciła się w kierunku szafy, szarpnęła drzwi i wskoczyła do środka.

Przypomniałem sobie wtedy, że jestem psychiatrą. W ogóle odczułem ulgę, kiedy uświadomiłem sobie, że ona jest po prostu chora. Powoli podszedłem do szafy.

– Proszę się uspokoić. Wujek już poszedł. Może pani spokojnie otworzyć szafę – ale ona, szamocząc się w środku, wrzeszczała:

– Mamo! Wujek mnie zamknął w szafie!

Jednym ruchem mogłem otworzyć szafę, ale doskonale wiedziałem, że ta kobieta musi zrobić to sama. Szafa trzeszczała coraz mocniej. I właśnie wtedy, kiedy z głębi nasilały się odgłosy paniki, do gabinetu wszedł doktor Ozerko.

– Mam nadzieję, że pan długo nie czekał, zapomniałem uprzedzić, że my tu mamy ścisłe godziny badań i o pewnej porze mogę być zajęty. Czy dostał pan coś do picia? – zapytał, przekręcając kluczyk szafy. Ta kobieta wypadła z niej w rozpiętej bluzce, z potarganymi włosami, rzuciła mu się na szyję i szepnęła:

– Wujek Miecio przyjechał.

– A więc to jest wujek Miecio – powiedział doktor Ozerko, odepchnął lekko kobietę i uderzył mnie w twarz. Potem najspokojniej podszedł do stołu i zwrócił się do niej:

– Coś nowego?

Stanęła przy stole, przywracając włosy do porządku.

– Nic, tylko ten pan przyjechał. Przelatywały dwa bociany. Piąta szesnaście. Ale nie usiadły.

Ozerko otworzył księgę i przyglądał się notatkom:

– Wiem. Krążyły, krążyły i poszły. Zapisała pani? – Potem spojrzał na mnie (wciąż jeszcze trzymałem się za policzek bardziej ze zdumienia niż z bólu) i uśmiechnął się, szeroko rozkładając ręce.

– Witam pana! Witam jeszcze raz! Nie ma pan pojęcia, jak się cieszę, że pana widzę. Wszystko w porządku? Kręci się trochę w głowie?

– Pan mnie uderzył – odsunąłem się szybko, kiedy Ozerko ruszył w moim kierunku.

– Ja pana uderzyłem? Pana? Panie doktorze, co pan mówi! Ja uderzyłem wujka Miecia. I proszę mi wierzyć, że jest za co. Jak się panu jechało?

– Świetnie. Dziękuję – liczyłem kroki do wyjścia. Jakieś dziesięć. Ale ten buldog stał na drodze, rozkosznie uśmiechnięty.

– Ja pana naprawdę strasznie przepraszam. Ale my tu bardzo nie lubimy wujka Miecia. Jak tylko jest okazja... – kobieta podbiegła do ordynatora i machnęła nogą.

– To kopa... kopa... kopa... – uderzała butem jakąś nie istniejącą postać leżącą na podłodze.

– Może siostra zostawić nas samych – powiedział ordynator, kobieta odwróciła się natychmiast i zniknęła za drzwiami.

– Myślałem, że ta pani jest pielęgniarką – powiedziałem, siadając na taborecie. Poczułem nagłą utratę sił.

– Bo jest pielęgniarką – Ozerko pilnie przeglądał notatki.

– A nie pacjentką?

– Pacjentką też. Tutaj wszyscy pracownicy po kilku miesiącach nadają się do leczenia. Przywiózł pan wodę? – doktor obliczał coś na marginesie kartki.

– Tak. Dwa kontenery. Są w samochodzie.

– Trochę mało. Każda kropla jest na wagę złota. Tutejsza woda nie nadaje się nawet do... ktoś puka?

Przerwał, odwracając się w stronę drzwi. Zaraz potem drzwi otworzyły się i stanęła w nich młoda dziewczyna w eleganckim kostiumie (ostrzyżona świetnie, muszę ci powiedzieć), weszła do gabinetu, złożyła parasolkę i wyciągnęła rękę na powitanie.

– Dobry wieczór. Paula Chęcik. Czy ja zastałam ordynatora kliniki? Jestem menedżerem hotelu Kosmos – podeszła do mnie. – Pan doktor Styka, prawda? Czekamy na pana.

Buldog sapnął ciężko, odwrócił głowę w stronę kobiety i mruknął:

– Pani nam przeszkadza – ale dziewczyna nie speszyła się nawet przez chwilę. Sięgnęła do małej torebki.

– Nie ma problemu. Zostawię wizytówkę i prosiłabym o telefon. Do hotelu. Tylko dzisiaj koniecznie.

Ozerko, odwrócony do niej plecami, warknął z satysfakcją:

– Telefon nie działa.

Dziewczyna uśmiechnęła się z odcieniem politowania.

– Jakaś awaria? Przyślę swojego człowieka i naprawi. W każdym razie zostawiam swoją wizytówkę, tu jest telefon, faks, e-mail... Aha, i przyślę montera.

Ozerko odwrócił się do dziewczyny, parodiując jej uśmiech:

– Dziękujemy bardzo. Monter nie jest nam potrzebny.

– Nie? Skoro telefon nie działa?

Podszedłem do dziewczyny.

– Po prostu został wyłączony. Klinika nie ma pieniędzy na rachunki.

– No tak. To rzeczywiście... zaraz... może... może coś zaradzimy – zaczęła się rozglądać za jakimś krzesłem.
Ozerko zaniepokoił się wyraźnie.

– W jakim sensie?

Podałem dziewczynie stołek. Usiadła natychmiast i chwyciła się za nos. Mocno. Całą dłonią. To trwało tylko moment, potem zaczęła mówić:

– No... ja już powiedziałam, że jestem menedżerem hotelu... my oczywiście mamy ogromne wydatki, ale skoro państwo straciliście płynność finansową...

Ozerko wyjął z kieszeni fartucha wilgotną paczuszkę. Już po zapachu wiedziałem, co to jest.

Odwinął potłuszczoną serwetkę i wyjął z niej przywiędłą kanapkę. Gabinet wypełnił się zapachem starego jajka na twardo.

– Co straciliśmy?

Dziewczyna zaczerwieniła się, kiedy doszedł ją zapach starej kanapki, i znowu dotknęła nosa.

– Ja pomyślę, jak można by pomóc w ramach może jakiejś fundacji...

Buldog odgryzł spory kawał chleba i mieląc go w ustach, powiedział:

– O co chodzi, bo ja nie bardzo rozumiem.

Podszedłem do dziewczyny, uśmiechnąłem się do niej najuprzejmiej, jak umiałem, po czym zwróciłem się do profesora:

— Pani chce jakoś wesprzeć klinikę.

Dziewczyna spojrzała na mnie z wdzięcznością.

— Dokładnie. Ja zostawię wizytówkę.

Ozerko mlaskał głośno, wilgotne drobiny chleba spadały na blat stołu.

— Proszę pani, my nie zbieramy wizytówek i nie potrzebujemy wsparcia finansowego.

Dziewczyna starała się utrzymywać kontakt tylko ze mną:

— Nie?

Odgryzł drugi kawał chleba.

— Nie potrzebujemy. Po prostu radzimy sobie znakomicie, a w sprawie telefonu już napisałem stosowne pismo — otworzył szufladę stołu.

Twarz dziewczyny pokryła się czerwonymi plamami i mimo zawodowego uśmiechu wyraźnie traciła pewność siebie. Poza tym coraz częściej dotykała nosa. Czasem delikatnie, jednym palcem, czasem przesuwała po grzbiecie, czasem łapała go nagle za czubek, jakby sprawdzała, czy jest na swoim miejscu. Powiedziała wreszcie:

— Tak się składa, że u nas wypoczywa minister łączności i...

Ozerko pochylił się w kierunku dziewczyny.

— Tak? To świetnie. To znakomicie. Może mu pani dostarczyć nasze pismo?

Dziewczyna dyskretnie przełknęła ślinę.

— Nie. Dziękuję. Panie ordynatorze, zapraszam pana na przyjęcie. Codziennie wieczorem urządzamy sobie taki wieczór. Dyskoteka, występy kabaretowe, do nas przyjeżdżają najlepsi. Naprawdę. Tam można poznać wpływowych ludzi.

Ozerko trzymał w ręku kartkę papieru podaniowego.

— Ja pani przeczytam ten list.

Chapnął następny kawał chleba i przeżuwając go, zaczął czytać:

— Do telekomunikacji. W związku z wyłączeniem telefonu w naszej klinice dla nerwowo chorych pragnę złożyć państwu moje serdeczne podziękowania. Decyzja państwa umożliwiła nam życie w ciszy i spokoju. Nieustanne napięcie towarzyszące czekaniu na ewentualny dźwięk dzwonka nie służyło zdrowiu naszych pacjentów. Proszę przyjąć od nas wyrazy szacunku i sympatii, a także solidarności w dalszych tego typu działaniach. Z pozdrowieniem ordynator szpitala Ozerko.

Dziewczyna wstała, chwiejąc się lekko na nogach: — No cóż, w takim razie bardzo dziękuję za rozmowę. — Powoli skierowała się ku drzwiom. Stanęła na chwilę, znowu dotknęła nosa i odwróciła się w stronę Ozerki.

— Panie ordynatorze, czy ja mogłabym porozmawiać. Jako menedżer hotelu.

— O czym? — zwinął potłuszczoną serwetkę i rzucił do kosza.

— O interesach. My po prostu jutro mamy takie zebranie, na którym będą przedstawiciele różnych firm i...

— Ja mam wszystkie interesy już dawno załatwione — ordynator rozparł się w fotelu. Podszedłem do niego:

— Panie profesorze, to może być szansa dla kliniki.

— Dokładnie — dziewczyna w tym swoim granatowym kostiumiku wyglądała jak prymuska z liceum.

– Ale ja nie chcę żadnej szansy – Ozerko włożył paluch do ust i zaczął dłubać w zębie. – My wszystko mamy. Ja nie chcę żadnej szansy ani pomocy. Chcę świętego spokoju.

Dziewczyna starała się uspokoić przyspieszony oddech.

– Nie ma problemu. W takim razie do widzenia. Do widzenia panom. Przepraszam, że zabrałam tyle czasu, czy mogę napić się wody?

– Oczywiście. Ile pani chce. To nie jest zabronione w pani przypadku. Niech pani wraca do hotelu i pije, ile wlezie.

Podbiegłem do drzwi.

– Ja przywiozłem z Warszawy kilka butelek.

Dziewczyna przejechała ręką po grzbiecie nosa.

– Nie ma wody? To może jakoś podłączymy. Dla nas to żadna sprawa.

– Dziękuję. My sobie świetnie radzimy – powiedział Ozerko i jednym spojrzeniem wyrzucił dziewczynę z gabinetu.

Kiedy zamknęły się za nią drzwi, chciałem coś powiedzieć, ale ordynator mnie uprzedził.

– Siostra pościeli panu łóżko, ja też muszę się na chwilę położyć.

Wstał nagle i wyszedł. Ścisnąłem silniej walizkę i z mocnym postanowieniem opuszczenia tej kliniki bez względu na konsekwencje, a nawet z wyraźnym przeczuciem „teraz albo nigdy", podszedłem do wyjścia.

– Nie wiem, gdzie postawić – usłyszałem za sobą głos kobiety. Była zasłonięta obszarpanym płótnem, rozciągniętym na metalowym stelażu. – Nie mamy kołdry tylko koc, ale poszewka jest za krótka – mówiła, rozkładając stare polowe łóżko – więc chyba przykryje się pan samym kocem. Za to poduszka jest mięciutka.

Kiedy przykrywała płótno połatanym prześcieradłem, poczułem potworne zmęczenie. Nie. Nie miałem siły wracać ani jechać do hotelu. Bez najmniejszych nadziei wyjąłem z kieszeni komórkę, ale nie dawała znaku życia.

– Przepraszam, siostro, gdzie mogę załadować komórkę?

– Słucham? – kobieta odwróciła się, trzymając w ręku maleńką poduszkę.

– Komórkę. Komórka mi się rozładowała. Gdzie mogę naładować?

Patrzyła na mnie, jakbym mówił w języku suahili.

– A... przepraszam, o jaką komórkę chodzi? Co pan chce załadować – potem spojrzała na telefon i cofnęła się o krok, jakby zobaczyła pistolet.

– Gdzie tu jest gniazdko, siostro? Prąd.

– Tu nie ma prądu – powiedziała, już trochę spokojniejsza, kiedy schowałem komórkę do kieszeni. – Już od dawna nie ma.

Dopiero teraz zorientowałem się, że wszędzie porozstawiane są naftowe lampy. Siostra zapaliła kilka z nich.

Poczekałem, aż skończy swoją pracę, kiedy wychodziła, mruknąłem „dziękuję" i usiadłem na łóżku. I chyba wtedy, kiedy znowu patrzyłem w pusty ekran komórki, doszło do mnie, że od początku odczuwam w tym gabinecie coś szczególnego. Poczucie zachwianej przestrzeni. Nie do końca odkrytej. Że nie potrafię pozbyć się stanu czuwania. Ten rodzaj napięcia nie wynikał ze mnie, był tu, w tym pokoju. Strach. Stan zapalny wyobraźni... Miałem poczucie... że nie jestem otoczony ciszą, tylko milczeniem. Krótko mówiąc, czułem, że nie jestem sam.

Powoli odwróciłem głowę tam, gdzie nakazała mi intuicja. W prawo. W głąb pokoju. W kierunku szafy. Wysoko. Potem znieruchomiałem na długie minuty.

Na górze szafy siedział człowiek.

Siedział z nogami zwieszonymi w dół i wyjadał coś ze słoika. Musiał tu być cały czas, przecież nie wychodziłem z gabinetu, musiałbym zauważyć, jak wchodzi, jak wdrapuje się na górę. Ciszę przerwało wejście ordynatora.

— No i co, odpoczywa pan? Ja tu zaraz przyjdę pogadać z panem, tylko jeszcze muszę wpaść do pacjenta...

— Panie profesorze... — starałem się zatrzymać profesora, nie podnosząc głosu. — Panie profesorze... Tu na szafie... ktoś siedzi... czy...

Niecierpliwił się, trzymając rękę na klamce.

— Tak. Tak. On tam sobie siedzi na szafie. Mam nadzieję, że to panu nie przeszkadza. Przepraszam na chwilę — szybko zamknął za sobą drzwi.

Mężczyzna na szafie w ogóle nie zwracał na mnie uwagi, skupiony na jakichś ziarnach, które wyjmował ze słoika.

— Dobry wieczór — powiedziałem, próbując zachować spokój.

— Dobry wieczór — odpowiedział, sięgając po ziarno.

Wstałem z łóżka i przesiadłem się na lekarski taboret.

— Tak. No więc po prostu miałem wrażenie, że poznałem już wszystkich pacjentów... a tu niespodzianka. Jestem lekarzem... zresztą pan to wszystko wie...

— Ja? Dlaczego mam wiedzieć? — To, co skubał, to były chyba pestki słonecznika.

— Patrzył pan z góry. Był pan tu przez cały czas.

— Byłem.

— No właśnie. Słyszał pan wszystko...

— Nie. Niczego nie słyszałem. Ja nie słucham rozmów.

Nie mogłem usiedzieć na taborecie. Jedynym moim marzeniem było teraz to stare, śmierdzące polowe łóżko. Uśmiechnąłem się do mężczyzny najczulej, jak umiałem.

— Aha. Tak po prostu siedzi pan sobie na szafie. Rozumiem.

Spojrzał na mnie uważnie.

— Rozumie pan? Naprawdę pan rozumie, że siedzę na szafie?

— Widocznie jest tam panu wygodnie.

Mężczyzna zakręcił słoik i postawił go na szafie.

— Nie. Nie jest mi wygodnie. Za ciasno. Po prostu jestem za duży, gdybym był mniejszy, to nie byłoby żadnego problemu. O! Widzi pan? — wsunął się głębiej, podkulił nogi i oparty o ścianę powiedział — jak tu może być wygodnie?

— No i co! Odpoczywa pan sobie? — Ozerko wtargnął nagle do gabinetu i podszedł do polowego łóżka, sprawdzając poduszkę. — Warunki straszne, ale potem coś wymyślimy. Cieszę się, że pana widzę.

Powiedziałem, pokazując na szafę:

— Panie profesorze, dlaczego ten pacjent... czy on musi żyć w takich warunkach? Nie ma dla niego łóżka?

Ozerko spojrzał na mężczyznę i machnął ręką.

— Ale on nie chce. Przecież my mamy dużo wolnych łóżek, no nie są to łóżka dla księżniczek, ale on sam sobie wybrał to miejsce. Chciał spać na szafie, to śpi na szafie. No to do rzeczy. Naprawdę cieszę się, że pana widzę.

Usiadł na brzegu stołu, wielki brzuch opadł mu na uda.

— Panie doktorze. Ja tu pana zaprosiłem, żeby pan się zastanowił nad podjęciem pracy w naszej klinice.

Z trudem opanowałem śmiech. On to zresztą chyba zobaczył, ale mówił dalej:

— Niech pan nic nie mówi. Niech pan mi da skończyć. Ja przecież wiem, że pan robi dużą karierę.

— Nie. Nie taką dużą.

— Ale udziela pan wywiadów, ma pan coraz więcej pacjentów... i tak dalej... Ja wiem, że pracuje pan w stolicy i nigdy bym pana nie namawiał do tego, żeby pan się zaszył tutaj, gdzie nie mamy nawet wody. Pan się musi rozwijać, poznawać ludzi... pan nie ma rodziny?

— Nie — powiedziałem. Nie znoszę tego pytania.

— No właśnie. Pan musi chodzić na te wszystkie... jak to się nazywa? Lunche i tak dalej. Ja właściwie nie mam tu wielu pacjentów. A na marginesie... Słyszał pan o takiej malarce Katarzynie Wołek?

— Czy ja słyszałem? Oczywiście! Nie tylko słyszałem, ale sam ją przyjmowałem do szpitala! Prawdopodobnie schizofrenia urojeniowa, ale nie zdążyliśmy zdiagnozować, bo uciekła i teraz jej poszukują przy udziale mediów! Czy ona tu jest?

Moja ekscytacja nie zrobiła na Ozerce żadnego wrażenia.

– Jest. I to w dobrych rękach – uśmiechnął się do mnie. – Ona się urodziła tu, w Zalężu. Wiedział pan o tym? I nie ma schizofrenii urojeniowej, tylko po prostu swoją tajemnicę. Ale wróćmy do rzeczy. Nie mam wielu pacjentów. Przynajmniej nie miałem do tej pory. I dałbym sobie radę sam. Znakomicie dałbym sobie radę, gdyby nie zbudowano tego piekła.

– Chodzi o hotel? Tak?

Ozerko wstał od stołu. Chodził od ściany do ściany.

– Świeci w nocy jak telewizor. A w środku kilkudziesięciu ciężko chorych ludzi.

– Co pan mówi...

– Przynajmniej tak twierdzą. A ja nie mogę im pomóc. Nie jestem w stanie.

– Ale po co im pomagać... To są ludzie, którzy przyjeżdżają tu wypocząć, może załatwiać interesy...

Ozerko stanął nareszcie.

– I chodzić na spacery. Prawda? Długą, kamienistą drogą, skrajem lasu. I nagle za zakrętem niespodzianka. Klinika dla nerwowo chorych. W odosobnieniu. Nikt nie będzie wiedział, że tu wszedłem i zacząłem leczyć nerwy. Szef się nie dowie, że mam nerwicę. Konkurencja się nie dowie, że piję w samotności i nie mogę zebrać najprostszych myśli. I przychodzą. Jeden po drugim.

– To chyba dobrze. Ma pan pacjentów, jest jakiś ruch, są pieniądze...

Ozerko wrzasnął nagle:

– Ja nie chcę ich zasranych pieniędzy! – odwrócił się i usiadł na łóżku. – Ja chcę, żeby mi dali spokój. – Opuścił bezradnie ręce i spojrzał na mnie jak dziecko:

— Panie doktorze. Ja nie rozumiem ani słowa z tego, co oni mówią.

Podszedłem do łóżka i usiadłem obok tego buldoga. Miałem ochotę po prostu wziąć go za rękę, ale mógłby to źle zrozumieć (zwłaszcza teraz, po tym twoim wywiadzie, ja nie mogę zresztą pojąć! Ja pojąć nie mogę, jak ty mogłeś to zrobić bez porozumienia ze mną! Pojąć nie mogę!).

— Panie profesorze — powiedziałem. — Musimy porozmawiać na osobności.

Spojrzał na mnie, jakby nie rozumiał, co mówię:

— Przecież jesteśmy na osobności.

— No... nie bardzo. Nie jesteśmy sami — spojrzałem na szafę. Mężczyzna wciśnięty w kąt z trudem zmieniał pozycję na lewy bok. Ozerko poszedł za moim wzrokiem.

— Aaa... nie... jesteśmy tu sami. Proszę mi wierzyć.

— Dobrze. — Postanowiłem nie przejmować się na razie tym mężczyzną.

— Nie rozumie pan, co mówią? Nie rozumie pan słów?

— Poszczególne tak. Chociaż nie wszystkie. Ale kiedy to się dla nich układa w jakąś logiczną całość, kiedy tłumaczą mi te swoje tragedie, kompleksy... Zresztą strasznie łatwo im to przychodzi! Ja zanim wyciągnąłem z pielęgniarki, co jej zrobił wujek Miecio, minęło parę lat. A oni z takim wujkiem wyjeżdżają już od progu. Wszystko o sobie wiedzą. Znają skutki i przyczyny. Mówią jak z karabinu maszynowego, a ja nie rozumiem ani jednego zdania. Mam ochotę po prostu powiedzieć: „Weź się za siebie, durniu jeden, patrz dalej swojego nosa, przestań się bać o własny tyłek, to się poczujesz zdrowszy".

– Panie profesorze! Ci ludzie cierpią! Depresja jest straszną, dotkliwą chorobą! Czy pan się nie za bardzo izoluje od świata? Ja się zaczynam trochę niepokoić.

– I nie chcę zrozumieć! Nie chcę! – Ozerko zerwał się z łóżka. – Dlatego proponuję panu pracę z tymi pacjentami. To są bardzo wpływowi ludzie, czasem wielkie sławy, zamożni, będzie pan miał kontakt z samym centrum świata. Ja zostawiłbym sobie swoich pacjentów. Co pan na to?

Musiałem trzymać powagę. On był naprawdę jakiś potwornie bezradny.

– Ale... panie profesorze... pan ma wielkie finansowe kłopoty, to widać na każdym kroku. Mieszkając tutaj, musiałbym uznać siebie za współodpowiedzialnego za klinikę. Ona wymaga wielkiego remontu... ja przecież nie miałbym sumienia, żeby honorarium w takiej sytuacji brać tylko dla siebie, a z drugiej strony nie czuję żadnego powołania do stawiania na nogi upadłych szpitali... ja przepraszam za szczerość, panie profesorze, ale moim zdaniem pan powinien stąd uciekać, i to jak najprędzej. Dla pana dobra i...

Uratowało mnie skrzypnięcie drzwi. Pokazał się w nich szczupły chłopiec z długimi włosami, ubrany w skórzane spodnie i szeroką, białą koszulę. Od razu uderzył mnie kontrast między markowymi ciuchami a jego mizerną posturą z objawami krzywicy. Takie rzeczy noszą bogaci od urodzenia, wybujali na drogich witaminach, na bezpiecznym dzieciństwie, na nartach w Alpach, na desce surfingowej. A ten chłopak o bladej, chorej cerze, cherlawy, z odstającymi żółtymi zębami najwyraźniej wysiedział swoje dzieciństwo na przystankach pekaesów, na klatkach schodowych, na schodach szkół. Natomiast miał wspaniałe włosy. Długie, kręcone. Odrzucił je, mówiąc nieśmiało:

– Sorry... przechodziłem... tędy... i pomyślałem, że wdepnę na chwilę, można?

Ozerko usiadł za biurkiem, sadowiąc swoje wielkie ciało plecami do chłopca:

– Pan był już wczoraj, pomylił się pan, myślał pan, że to kino, a ja już panu powiedziałem, że tu nie ma kina – wyjął z szuflady chustkę, wydmuchał nos i rzucił w moją stronę. – Pan jest z hotelu.

Chłopak podszedł do mnie i wyciągnął rękę.

– Tomek Lewicki – przytrzymał rękę, patrząc mi głęboko w oczy, jakby na coś czekał. Po chwili, wyraźnie rozczarowany, dodał: – Tak, mieszkam w hotelu... to ja nie będę przeszkadzał – stał niezdecydowanie na środku gabinetu, wreszcie podszedł do biurka: – Zdaje się, jeszcze się panu nie przedstawiłem: Tomek Lewicki – wyciągnął rękę w stronę Ozerki, ale ten tylko mruknął:

– Przedstawiał się pan. Już wczoraj miałem przyjemność.

– Aha – chłopak cofnął rękę. – No to do widzenia.

Ozerko, bębniąc palcami po blacie biurka, warknął:

– Do widzenia.

Chłopak ruszył wolno w stronę drzwi, otworzył je i rzucił przez ramię:

– Tak wstąpiłem, bo mój przyjaciel szuka dobrego terapeuty.

Buldog bębnił palcami coraz głośniej:

– Tak?

– Tak. Ma jakieś kłopoty ze sobą i pytał mnie, czy nie znam jakiegoś dobrego terapeuty. Panowie nie znacie dobrego terapeuty?

Ozerko wyjął chustkę i jeszcze raz wydmuchał nos.

– Nie znamy.

Chłopak kołysał drzwiami.

– No tak. Ja też nie znam. To na razie, sorry, że przeszkodziłem.

Buldog wrzucił chustkę do szuflady.

– Nie szkodzi. Do widzenia.

Chłopak stał dalej i patrzył na swoje buty.

– To jest w ogóle niesamowita sprawa ten gościu. Ten mój kolega. Niesamowita sprawa. Koleś ma taką nerwicę, że normalnie odpada.

– Współczuję – Ozerko odwrócił się w stronę drzwi i spojrzał na chłopaka tak, że tamten prawdopodobnie wyszedłby, gdybym nie powiedział:

– Przepraszam... czy myśmy się kiedyś poznali? Bo mam wrażenie, że już pana widziałem.

Naprawdę głowę, ale to głowę dałbym sobie uciąć, że znam tego chłopaka. On puścił klamkę i uśmiechnął się uszczęśliwiony.

– Możliwe. Tomek Lewicki jestem.

– Czy pan chodził do mojej grupy terapeutycznej?

– Co? Ja? Do jakiej grupy... Po co miałbym chodzić...

Im dłużej na niego patrzyłem, tym bardziej miałem pewność, że znam każdy grymas tej twarzy! Każdy ruch ramion!

– Głowę dam sobie uciąć, że pana skądś znam. Nieważne. Pana kolega musi bardzo cierpieć.

– Dokładnie – powiedział chłopak i odrzucił włosy do góry. – To jest świr totalny. Ja mu mówię, koleś, wyluzuj, co ty taki spięty jesteś, a on... normalnie...

– Dalej jest spięty – gorączkowo próbowałem w pamięci znaleźć go wśród moich pacjentów. Chłopak znowu chwycił za klamkę i zaczął kołysać drzwiami, wpatrując się w buty. Po chwili ciszy roześmiał się do siebie, dodając: – sznury kupuje.

Musiałem udawać, że nie słyszę, jak Ozerko bębni palcami po stole, i powiedziałem:

– Może zechce pan usiąść – ale chłopak pokręcił głową. Wolał bujać drzwiami.

– Po co kupuje sznury? – zapytałem.

– Żeby się powiesić.

– Żeby się powiesić, wystarczy jeden sznur.

– Pięć sznurów kupił. Ja mu mówię, stary, nie świruj, a on chce się wieszać. Bo zdolny jest na maksa. Wszystko umie zrobić. Tylko nie wyrabia się z ludźmi. Jak ma coś obgadać, to mu się tu spina – chłopak pokazał ręką swoją szczękę – i tu – dotknął karku – tu mu się tak wszystko normalnie podnosi, a to na maksa boli. A jak się w nocy kładzie, to coś mu strzyka do głowy. I on świruje, że będzie miał wylew. I nie śpi. Jak nie walnie procha, to nie śpi normalnie. Gościu jest totalnie przekręcony.

Ozerko przestał bębnić po stole, odwrócił się w stronę chłopca i z przerażająco uprzejmym uśmiechem powiedział:

– No to do widzenia panu.

Chłopak podniósł głowę i zatrzymał drzwi.

– Do widzenia. A jak on się powiesi, to co ja mam zrobić?

– Skontaktować się z dobrym zakładem pogrzebowym. Oni wszystko załatwią.

Chłopak spojrzał na mnie bezradnie, a ja nie wytrzymałem i zapytałem wprost:

— Przepraszam, to nie jest moja sprawa, ale czy ten hotel nie jest dla pana za drogi?

Na to on się rozjaśnił. Ale jak! Roześmiał się na całego, jakbym powiedział świetny dowcip.

— Nie! Ja mam pieniądze. Przecież pół roku temu wygrałem *Na maksa*!

Ozerko popatrzył na mnie i powiedział:

— Czy pan cokolwiek z tego rozumie?

A ja rozumiałem! No oczywiście, tylko dzięki tobie rozumiałem, że *Na maksa* to jest, jak mówisz, „ekstremalny program, gdzie ludzie jeden drugiego zjedzą, żeby dostać kasę i fanów, i że to jest obrzydliwe po prostu, ale wciąga, i że mógłbym czasem obejrzeć to z tobą, zrobić coś dla fryzjera dla snobów, coś poniżej poziomu psychiatry dla snobów".

— To jest taki program, panie profesorze — powiedziałem. — Oni są poddawani różnym próbom: wytrzymałości, charakteru, sprawności fizycznej. — Zwróciłem się do chłopaka:

— Pan, jeśli się nie mylę, przejechał na rowerze w rowie wypełnionym błotem czy czymś takim...

— Ze wstrzymanym oddechem — chłopak pokazał swoje żółte zęby. — Trzy minuty piętnaście. Bo ja Tomek Lewicki jestem. Po *Na maksa* dla mnie taki hotel to jest pryszcz. I super, bo ludzie się nie gapią. Mogę sobie pozwolić na dobre restauracje, na ciuchy, na samochód...

— No, ale jeżeli pan się boi ludzi, to z kim pan chodzi do tych restauracji?

— Sam. Sam chodzę. I coraz bardziej to lubię. Teraz na przykład byłem w Grecji sam dwa tygodnie i super było.

– Często pan chodzi sam do tych dobrych restauracji?

– Nie. Tylko czasem.

– Raz na tydzień?

– Coś w tym stylu.

– Dwa razy na tydzień?

– Czasem dwa.

– Codziennie?

– Raczej tak.

– Wieczorami?

– Dokładnie.

– I zawsze tam, gdzie są kasyna?

Chłopak znieruchomiał. Ozerko, który chciał kolejny raz wysiąkać nos, spojrzał zdumiony znad chustki. Chłopak parsknął śmiechem:

– Kasyna? Co pan myśli, że ja gram? Że nałogowo czy coś w tym stylu? Nie. Ja nie gram.

– W hotelu jest kasyno?

– Jest. Chyba jest. Ale ja od tego się trzymam z daleka. To jest głupota jakaś.

– I bardzo słusznie. No to do widzenia panu. Bardzo miło się rozmawiało. I niech pan pozdrowi kolegę – podszedłem do wyjścia i otworzyłem drzwi. – Kolega gra? Chodzi do kasyna?

– Kolega? Tak. Trochę się w to bawi. Chyba właśnie za bardzo. Wie pan, on ma coś takiego, że jak nie pójdzie do kasyna, to mu ręce sztywnieją. I mówi, że go bolą żyły.

Sięgnąłem do kieszeni marynarki i wyjąłem portfel:

– To dopiero początek. Jak się kolega nie będzie leczył, to może z tego nigdy nie wyjść i skończyć na bruku. Proszę. To jest moja wizytówka. Jak się kolega zdecyduje na leczenie, to proszę zadzwonić. Moim zdaniem, sprawa jest pilna.

– Dobrze – chłopak puścił klamkę, niepewnym krokiem podszedł do mnie i wziął wizytówkę. – Super. Przekażę. A jeżeli on nie będzie chciał, to może ja wdepnę i opowiem, co u niego słychać. No to do widzenia. Idę na kolację.

– Smacznego – rzucił Ozerko wciśnięty w fotel.

Zapytałem jeszcze:

– Ma pan dziewczynę?

– No, aktualnie nie bardzo – chłopak machnął głową i zamknął drzwi.

– Jak pan na to wpadł? – zapytał Ozerko, wpatrując się we mnie.

– Że jest hazardzistą? Od razu wiedziałem. Od razu, jak wszedł. Ja leczę dużo uzależnień, panie profesorze. Najprzeróżniejszych. On zresztą nie jest uzależniony od hazardu.

– A od czego? – zapytał Ozerko i kaszlnął nerwowo.

– Od własnej twarzy. Od nagłej sławy. Od publicznego istnienia. Traci to teraz, a swoją anonimowość traktuje jak śmierć. I podświadomie robi wszystko, żeby ulec destrukcji, i jeżeli nie zacznie się leczyć, to może nawet zrobić użytek z pięciu sznurów...

Nagle otworzyły się drzwi. Chłopak wpadł do gabinetu, spojrzał na mnie w popłochu i zaczął mówić. Mówił tak szybko i z takim przejęciem, że części mogłem się tylko domyślać, ale to mniej więcej brzmiało tak:

– Ale pan nikomu nie powie? Że ja nie mam dziewczyny? Błagam pana! Bo w „Bądź sobą” napisali, że ja jestem z Tatianą Małek, a ja Tatiany Małek nie znam, tylko jak było rozdanie Czadów, to staliśmy obok siebie na bankiecie, no, ale tak się rozeszło, że ja jestem z Tatianą Małek i nawet jej agent do mnie dzwonił, żeby tego nie dementować, bo to jej dobrze robi, i powiedział, że może mi znajdzie pracę, jeżeli zrobię sobie z nią zdjęcia do „Spinki". Ja się zgodziłem, bo po pierwsze, kto by nie chciał poznać się z Tatianą Małek, no chyba każdy, prawda? Ale ona tak szybko wpadła do studia, że nawet nie zdążyłem się jej przedstawić, tylko mnie zatkało, jak ona szybko bluzkę ściągnęła. Ja nie wiedziałem, że te zdjęcia będą na goło, nawet chciałem coś powiedzieć, ale ona krzyczała na tego fotografa, że zaraz ma nagranie płyty i żeby się sprężał, i na mnie zaczęli wrzeszczeć, żebym szybko wszystko ściągał, na szczęście majtek nie, i Tatiana Małek mną szarpnęła, i zaczęła mnie całować, a ten fotograf skakał dookoła nas, a Tatiana Małek mnie przytulała i robiła takie miny jak w orgazmie. Dulka, moja dziewczyna z Zamościa jeszcze, takie podobne robiła. W tym studio wszystko trwało może piętnaście minut, Tatiana Małek zaraz założyła bluzkę i poszła, a ja nie wiedziałem, co zrobić, bo stałem w tych majtkach, a potem jak „Spinka" już była w kioskach, to miałem telefon z Zamościa od mamy Dulki z zakładu fryzjerskiego (bo mama Dulki jest manicurzystką, a Dulka tam głowy myje). Zadzwoniła, żebym się w Zamościu nie pokazywał. A Dulka, jak dzwonię, to kładzie słuchawkę. A ostatnio, jak zadzwoniłem, to odebrał Krzychu i powiedział, że jak się w Zamościu pokażę, to się moja kariera skończy na tym, że mnie w TVN-ie pokażą jako trupa. A moja matka też dzwoni i płacze, że po dzielnicy pod ścianami chodzi ze wstydu. A sama chciała, żebym do *Na maksa* się zgłosił – chłopak spojrzał na swój złoty zegarek. – To ja już pójdę. Sorry. Tylko niech panowie nikomu nie mówią, że ja nie mam dziewczyny. Błagam – zamknął za sobą drzwi.

Ozerko dostał ataku kaszlu, potem zapytał:

– I pan coś z tego wszystkiego rozumie?

– Tak, panie profesorze. To jest wbrew pozorom banalny przypadek, ale jeżeli ten chłopak nie podejmie terapii, można się liczyć z najgorszym. Na razie będzie się pałętał po mieście od restauracji do...

– No właśnie – przerwał mi Ozerko. – Wie pan, co ja myślę? Że to nie jego trzeba leczyć, tylko miasto. Miasto jest chore.

– Może, ale do tego trzeba takich herosów jak pan. I dlatego pana ucieczka z uczelni jest wielkim błędem. Błagam, niech pan wróci, panie profesorze.

– Nie wrócę. I naprawdę nie jestem wam potrzebny. Wy wszystko już wiecie. Ja każdego dnia wiem coraz mniej... Wie pan, kiedy odszedłem z uczelni? Kiedy zorientowałem się, że powinno się przepuszczać tylko tych studentów, którzy nie znają żadnej odpowiedzi na żadne pytanie. Bo nie ma odpowiedzi, panie doktorze. W psychiatrii nie ma odpowiedzi. Są tylko pytania. Dobranoc panu.

Ordynator wykaraskał się zza biurka i wstrząsany atakami kaszlu wyszedł z gabinetu. Spojrzałem na walizkę, w której była moja jedwabna piżama. I bardzo chciałem ją otworzyć, i założyć coś, co pachnie moim życiem. Bardzo chciałem, ale przecież na szafie siedział ten człowiek. Powiedziałem:

– Proszę pana, ja chciałbym się teraz położyć.

– No to dobranoc panu – mężczyzna, zgięty nienaturalnie, opierał się bokiem o ścianę i zjadał pestki słonecznika, ściśnięte w dłoni. Odczekałem chwilę.

– Czy ja się mylę, czy pożegnaliśmy się ze sobą?

– Tak. Powiedziałem dobranoc – on nawet na mnie nie patrzył. Zjadał pestkę po pestce.

– No właśnie. Chciałbym zostać sam – czułem, że wzbiera we mnie agresja, którą trudno będzie opanować. On spojrzał na mnie z góry i znowu zajął się pestkami.

– Jest pan sam. Jest pan zupełnie sam i może pan robić, co pan chce. Dobranoc.

– Pan stąd nie wyjdzie, jak rozumiem.

– Nie. Nie mam dokąd i nie mam powodu. Niech pan się kładzie.

– Muszę się położyć – powiedziałem to raczej do siebie, zdjąłem buty i w ubraniu rzuciłem się na łóżko, przykrywając się wilgotnym kocem.

Jednak nie byłem w stanie zapaść w głęboki sen. A przecież tylu pacjentów leczyłem z bezsenności, pracę magisterską pisałem z bezsenności. Starałem się zapomnieć o tym człowieku, ale wtedy kołatała mi się po głowie postać tej biednej malarki, tej Katarzyny Wołek, miotanej urojeniami, które ten buldog nazywa tajemnicą. Mówiłem do siebie cicho, jak do pacjenta:

„Skup się na swoim oddechu, staraj się wciągać powoli powietrze przez nos, wyczuj przypływ powietrza przez klatkę piersiową, po chwilowym wstrzymaniu oddechu powoli wydychaj powietrze, wyczuwając spadek napięcia mięśni, wypuszczając powietrze, rozluźnij szczękę".

Powoli zagłębiałem się w ciemność. Ciepłe fale oddechu niosły mnie coraz dalej, coraz cięższy, niezdolny do najmniejszego ruchu zapadałem się w czarną czeluść. Nagle siadłem na łóżku i powiedziałem:

— Wie pan, czego ja się boję najbardziej? Ja się boję najbardziej, że pana tak zostawią na tej szafie i nigdy się pan nie dowie, że świat jest walką, a uciekanie w chorobę nic nie da. Powiem panu, co naprawdę myślę. Myślę, że zupełnie niesłusznie pozwolono panu zagnieździć się na tej szafie i hodować tu swoje lęki i fobie. Myślę, że dano panu idealne warunki do rozwoju choroby... Myślę, że tak jak inni pacjenci w tej klinice jest pan ofiarą depresji ordynatora. Pan nie jest ani dziwny, ani tragiczny, ani szurnięty. Jest pan tylko żałosnym człowieczyną na szafie.

— A wie pan, czego ja chciałbym najbardziej? — jego cichy głos z wysokości potwornie mnie denerwował. — Najbardziej chciałbym być żałosnym człowieczyną na szafie.

— Aha. No to pana marzenia się spełniły. Gratuluję.

— Niestety nie.

— Nie jest pan dość żałosny?

— Jestem. Jestem bardziej żałosny, niż pan może sobie wyobrazić.

— Więc w czym problem?

— Nie jestem człowieczyną.

— Oczywiście. Jeszcze raz przepraszam. Jest pan człowiekiem — czułem potworne pulsowanie w skroniach, krew uderzyła mi do głowy. — Może żałosnym, ale człowiekiem — zerwałem się nagle z łóżka:

— Spieprzaj pan stąd, do cholery, bo zawołam policję! Kto pan jest w ogóle, ja zaraz sprawdzę, czy w tej książce jest pana nazwisko. Jak pan się nazywa? — podbiegłem do księgi leżącej na stole, ale on powiedział, wysypując sobie na dłoń pestki ze słoika:

— Tam nie ma mojego nazwiska, bo ja nie jestem pacjentem. Mówiłem już panu.

Zatrzasnąłem księgę.

— To kim pan jest i jakim prawem pan tutaj przesiaduje i zajmuje miejsce w tej klinice, która zdycha z głodu! Proszę stąd wyjść! Proszę stąd natychmiast wyjść! Ja ciężko pracuję i mam prawo do odpoczynku! Mam prawo do odpoczynku! Mam prawo do odpoczynku!

Waliłem księgą w stół, potem chwyciłem lekarski taboret i trzasnąłem nim o podłogę. Ręce mi się trzęsły, czułem bolesny ścisk gardła. Opanowując drżenie, podszedłem do szafy:

— Błagam pana, niech pan stąd wyjdzie. To już nie chodzi o to, że pan plecie jak na mękach, tylko o to, że pan mnie potwornie denerwuje. Jako człowiek. Tak może być, wie pan, na pewno pan słyszał o prądach, biopolach i tym całym zawracaniu głowy. I pan jest dla mnie jakąś toksyną. Ja nie mogę znieść pana obecności. — To była prawda. Ten człowiek denerwował mnie sam w sobie jako Osoba. To było trudne do określenia.

— Ale ja nie mam dokąd iść — patrzył z ciekawością, jak rozglądam się po pokoju i bełkoczę:

— Dobrze, proszę pana. Niech pan myśli, że zwariowałem, ale ja panu zaraz... gdzie jest moja marynarka... Tutaj w pobliżu jest hotel. Bardzo drogi, luksusowy hotel... Ja panu zapłacę noc w tym hotelu. Oczywiście mógłbym tam po prostu sam pójść, ale umówiłem się, że porozmawiam jutro rano z profesorem, więc...

Uspokajałem się powoli. Z wolna dochodziło do mnie, że nie mam prawa odzywać się tak do pacjenta.

— Przepraszam pana bardzo. Nigdy mi się nic podobnego nie zdarzyło. Nigdy wobec żadnego pacjenta.

— Ale ja nie jestem pacjentem — sprawdził, jaka część słoika jest jeszcze zapełniona, i odłożył słoik na bok. Byłem bliski obłędu. Tyle razy słyszałem: „Panie doktorze, ja czuję, że jestem bliska obłędu, że kogoś uduszę, nawet najbardziej ukochaną osobę". „Nikogo pani nie udusi, to jest tylko projekcja pani stanu" i tak dalej, i tak dalej. A teraz widzę dopiero, że oni rzeczywiście mogli kogoś udusić, że zrobiłbym to natychmiast z tym na szafie, gdyby nie groziło mi więzienie. Ale, niestety, został mi tylko chłodny spokój lekarza.

— Proszę pana. Pan dobrze wie, że i tak nie zasnę. Będziemy tak się męczyć obaj, pan na szafie, ja na łóżku. Dobrze. Przyznam się panu. Rzeczywiście umieram z ciekawości, o co chodzi. Co panu jest właściwie. Wygląda pan na zupełnie normalnego człowieka.

— Wiem. Nie musi mi pan mówić! — powiedział z jakimś smutkiem.

— No właśnie. Nie mogę rozpoznać żadnych typowych symptomów choroby. Nie wiem, o co chodzi, rozumiem, że jest pan chorym człowiekiem, ale...

— Nie jestem człowiekiem — oparł głowę o ścianę.

— I jakoś nie mogę pana... sklasyfikować, i... słucham? Co pan powiedział?

— Nie jestem człowiekiem. O to chodzi. Nie jestem człowiekiem, chociaż wyglądam na człowieka. W dodatku normalnego.

— A kim pan jest?

— Jakie to ma znaczenie. Pan mi i tak nie pomoże. Skończmy już tę rozmowę, dobrze?

— Dobrze. — Usiadłem na łóżku. To było zmęczenie. Krańcowe zmęczenie. Być może efekt bezsensownej podróży, świadomość, że odbyłem ją z poczucia niższości, dla mamy, która mi kazała, dla profesora, który mi kazał, przeciwko sobie, którego chowałem przed światem.

— Jest pan karaluchem? Kornikiem? Myszką polną? Duchem ojca Hamleta? Pan oczywiście może mi powiedzieć wszystko o swoich wcieleniach, ja to potraktuję bardzo poważnie. Przysięgam panu. Ja się spotkałem w swoim życiu z najprzeróżniejszymi przypadkami i... Błagam, niech pan mi powie, czym pan jest — wtedy usłyszałem z góry szafy:

— Jestem bocianem.

Nawet nie usłyszałem skrzypnięcia drzwi. Nie wiem, kiedy ukazała się w nich głowa menedżerki hotelu. Spytała cicho:

— Czy zastałam pana ordynatora? Ja muszę porozmawiać. Bardzo proszę.

Próbowałem uporządkować włosy i opanować przyspieszony oddech.

— Tak... Tak... zaraz zobaczę, pan profesor obiecywał, że tu przyjdzie... zaraz — nie bardzo wiedziałem, czy mogę zajrzeć za drzwi, w których zniknął ordynator, zapukałem tam, otworzyłem je ostrożnie, a widząc długi korytarz, zawołałem:

— Panie ordynatorze!

— Słucham! Dlaczego pan krzyczy! To jest szpital! — Ozerko, sapiąc, szedł korytarzem, a kiedy wszedł do gabinetu, menedżerka od razu podbiegła do niego:

— Błagam, panie ordynatorze! Chwila rozmowy! To chodzi o moje życie!

Ozerko siadł na łóżku, dysząc z wściekłości.

— Pani powiedziała, że chodzi o jakieś sprawy zawodowe, a nie o pomoc lekarską...

Jej ręce były zaciśnięte na torebce tak mocno, że palce zbielały z wysiłku.

– No tak. To znaczy chodzi o pomoc lekarską w sprawach zawodowych. Bo... no właśnie... ja mam trudności w... ja w ogóle jakoś nie mogę skupić myśli... jakby się... pocięły na kawałeczki. Są takie, takie... zaraz... o czym ja mówię właściwie?

Z przerażeniem patrzyłem, jak Ozerko po prostu położył się na łóżku i podparł ręką głowę.

– O myślach. Że pani myśli są krótkie. Trudno, proszę pani. My tutaj nie jesteśmy w stanie poprawić stopnia inteligencji.

Podniosłem leżący na ziemi taboret.

– Proszę, niech pani siada. Robiła pani jakieś badania?

Dziewczyna natychmiast sięgnęła do torebki.

– Tak. Byłam u wszystkich lekarzy. Mam wszystkie badania. Zaraz... nie wzięłam? – potrząsnęła torebką kilka razy. – Boże, a przecież przygotowałam sobie, nawet zapisałam na kartce, że mam wziąć, tylko że ja staram się zapisywać sobie wszystko na kartce, ale – dotknęła nosa – potem nie pamiętam, gdzie mam kartkę, a nawet jak już ją znajdę, to nie mam pojęcia, co tu jest napisane. O! – wyjęła z torebki starannie złożony kawałek papieru. – To nie jest ta kartka, to jest kartka z innego dnia, ale to tak wygląda. Proszę.

Wziąłem kartkę od dziewczyny. Była zapisana ściśniętym, nieczytelnym pismem, przypominającym rysunek górskich szczytów.

– Od dawna pani ma takie pismo?

– Od roku... a może od paru miesięcy... nie. Chyba już dwa lata. Nie mam pojęcia. Bo jakoś nie mogę sobie poradzić z czasem. To znaczy, właściwie nie wiem, co kiedy było.

Ozerko, rozłożony na łóżku, oglądał swoje wielkie łapy...

– I słusznie. Bo tak naprawdę nie wiadomo, co kiedy było. Pokazać pani moje pismo?

– Nie, dziękuję. Ja i tak nie przeczytam – głos dziewczyny zaczynał się łamać. – Nawet gdyby to było bardzo czytelne. Ja po prostu nie mogę czytać. Nie mogę się skupić. Zrozumienie jednego zdania przychodzi mi z największym trudem.

Ozerko rozciągnął się na łóżku i ziewnął.

– To proste. Błąd nie leży w pani, tylko w tych, co piszą. Ludzie przestali pisać zrozumiałe zdania.

Przyglądałem się sińcom pod oczami, które dziewczyna pokrywała makijażem.

– A jak ze snem? Śpi pani dobrze?

– Śpię świetnie. Odkąd mam te nowe pastylki, śpię równo osiem godzin.

Ozerko podniósł jedną nogę, jakby się chciał gimnastykować.

– O osiem godzin za dużo. Sen jest wymysłem nierobów. Moim zdaniem, normalny człowiek może nie spać w nocy. Jak padnie ze zmęczenia, to zaśnie.

– Bez proszków pani nie śpi?

– Nie. Już nawet nie pamiętam, kiedy spałam normalnie.

Ozerko podniósł drugą nogę.

– W niemowlęctwie. Tylko niemowlęta naprawdę śpią. Zresztą, kto je tam wie...

Dziewczyna zamknęła oczy i pochyliła się do przodu.

— A najgorsze jest to... że... ale ja nie wiem, jak to powiedzieć.

— To niech pani nie mówi — powiedział Ozerko, kładąc powoli nogę na łóżku.

Uśmiechnąłem się do dziewczyny.

— Pan profesor żartuje.

— Ja mam takie wrażenie... że... że mnie jest dwie — dziewczyna spojrzała na mnie z przerażeniem.

Otworzyłem walizkę, wyjąłem butelkę wody (widziałem, jak mi ją podrzuciłeś, potworze) i podałem dziewczynie. Oczywiście o szklance nie było mowy.

— Proszę spokojnie mówić, o tym, co panią niepokoi. My z profesorem stykamy się z przypadkami o wiele bardziej drastycznymi. W tym, co pani mówi, nie ma niczego szczególnego.

— A ja bym się z kolegą nie zgodził — Ozerko zamknął oczy. — To nie jest normalne, że pań jest dwie. Normalny człowiek, proszę pani, nosi w sobie przynajmniej kilkanaście osobowości. A jeżeli pań jest dwie, to znaczy po prostu, że pani ma strasznie ubogie życie wewnętrzne. A na to już się nic nie da poradzić.

— Pan doktor oczywiście znowu żartuje. Proszę nam opowiedzieć o tych dwóch osobach...

Dziewczyna przełknęła ślinę.

— Jak pan wie, jestem menedżerką.

— Hotelu. Tak — starałem się skupić, mimo że moją uwagę przyciągało łóżko, na którym profesor najwyraźniej zasypiał.

— Tak, hotelu. Zdobyłam to stanowisko dzięki ciężkiej pracy. Zrobiłam wszystko, co tylko można było, żeby dojść do tego, do czego doszłam... — westchnęła ciężko i dotknęła nosa. — Ja pochodzę z bardzo biednej rodziny. Nasz dom, to znaczy dom... taka chata, a właściwie pół chaty, bo połowa w ogóle nie nadawała się już do mieszkania... to była ruina. A obok był bar mleczny – otworzyła butelkę i wypiła łyk wody. – I ja przez całe dzieciństwo miałam jedno marzenie. Żeby... żeby mnie tam wzięli na sprzątaczkę. Stałam codziennie przy szybie i marzyłam, że któregoś dnia będę tam mogła sprzątać. – Jej słowa przerwało potężne chrapnięcie profesora. Wielki brzuch wznosił się i opadał.

– I co?

– I... po prostu miałam wielkie szczęście. Koło naszej wsi przejeżdżało takie małżeństwo z Warszawy i zaryli się w tym naszym piachu. Ja im pomogłam pchać samochód i tak się szczęśliwie złożyło, że tej kobiecie zrobiło się słabo. No więc zawieźliśmy ją do naszej chaty i jakoś tak się zaprzyjaźniliśmy. Oni mnie potem zaprosili do Warszawy, wynajęli mi pokój w zamian za sprzątanie, ale okazało się... czy ja nie za dużo mówię?

– Nie. Proszę mówić.

– ...że oni mieli już dawno taką kobietę, która robiła im porządki. Więc właściwie mieszkałam u nich za darmo. Oni nie mieli dzieci i po prostu traktowali mnie jak córkę – znów dotknęła nosa. – Mieszkałam u nich, uczyłam się... Zrobiłam kurs szybkiego czytania, kurs angielskiego, hiszpańskiego, schudłam czternaście kilo, komputer. A potem zrobiłam sobie nos.

– Nos?

– Nos. Dokładnie – dziewczyna znowu dotknęła nosa. – Bo to nie jest mój nos. Mój był bardzo długi. Po tacie. Ja bardzo kochałam tatę. I on też nawet w szpitalu, jak umierał – dziewczyna pociągnęła łyk wody – to powiedział, że jest ze mnie dumny i że wyjdę na ludzi.

Ozerko chrapnął przeciągle.

— A jak umarł... jedyne, co mi zostało po tacie, to ten nos. Dlatego go kochałam. Może był za długi, może, ale mój! To znaczy ojca. To był ojca nos. Ale wszędzie, wszędzie, gdzie starałam się o pracę, tam mi mówiono, że nadaję się, jak najbardziej, tylko coś muszę zrobić z tym nosem. I któregoś dnia ta moja opiekunka, u której mieszkałam, powiedziała: „Nie ma co, obcinamy nos". To była strasznie kosztowna operacja, ale podobno bardzo się udała.

— Jak to podobno. Ma pani piękny nos. Nosek właściwie.

— Tak. On jest bardzo ładny — zbierało się, biednej, na płacz — ale strasznie za moim tęsknię. Strasznie.

— Za nosem?

— Dokładnie. W każdym razie, po tej operacji zaczęłam pracować w wielkiej firmie, i tam na jednym z bankietów poznałam doktora Tchórzewskiego — dziewczyna zarumieniła się. — I on mi załatwił pracę menedżera w tym hotelu. I czasem myślę, że ojciec mnie tam z góry widzi i jest szczęśliwy, tylko... — dziewczyna już nie ukrywała łez — tylko że ja się kompletnie rozsypałam. Nie śpię, nic mi nie daje radości, a przecież spełniłam swoje marzenia.

— Nie spełniła pani — ochrypły głos Ozerki zaskoczył mnie zupełnie.

— Jak to nie? Przecież właśnie opowiadam...

— Nie spełniła pani swojego marzenia. Spełniła pani marzenie ojca. Pani marzenie się nie spełniło. Nie spełniło się pani marzenie i dlatego jest pani nieszczęśliwa. Ja to rozumiem. Tego nie da się wyleczyć. Ludzie, którzy nie spełnili swoich marzeń, są po prostu nieszczęśliwi.

— Przepraszam, panie profesorze, ale teraz przyznam, że nawet ja nie rozumiem — powiedziałem, patrząc, jak leży z zamkniętymi oczami.

— Pani marzyła o tym, żeby być sprzątaczką, nie o tym, żeby prowadzić wielki hotel. A skoro nie jest pani sprzątaczką, tylko prowadzi pani hotel, stąd prosty wniosek, że pani marzenie się nie spełniło. Na to, proszę pani, nie ma innego lekarstwa, jak zrezygnować z prowadzenia hotelu i zatrudnić się tam jako sprzątaczka.

Podałem wodę przerażonej dziewczynie.

— Pan profesor oczywiście żartuje...

Ozerko mówił dalej:

— Oczywiście nie żartuję, ale to nie ma żadnego znaczenia. Ja się po prostu mylę. Jestem złym lekarzem — podniósł się z trudem, opuścił nogi na podłogę. — I dlatego zostawiam panią sam na sam z wielką sławą, osobą bądź co bądź publiczną — wstał z łóżka. — Ja tutaj nie mam nic do roboty. Dobranoc. — Szybkim krokiem podszedł do maleńkich drzwi i zatrzasnął je za sobą. Ledwo wyszedł, dziewczyna wstała i zaczęła chodzić nerwowo po pokoju jak generał przed bitwą.

— Bardzo przepraszam za te prowokacje profesora — powiedziałem. — Ale to jest naprawdę wybitny człowiek.

— Może. Ja mam potąd wybitnych ludzi — jej głos stał się znowu stanowczy, jak wtedy kiedy tu weszła pierwszy raz.

— Pani... przepraszam, ale nie pamiętam pani imienia.

— Paula. W dowodzie mam Henryka, ale w firmie mówią na mnie Paula. Czy mogę zapalić? — Wyjęła z torebki cienkiego papierosa i zapalniczkę.

— Pani Paulo. Niech mi pani powie... Jak rozumiem, jakiś urlop...

Dziewczyna stanęła na środku gabinetu z taką miną, jakbym jej powiedział, że zostanie rozstrzelana.

— Co urlop... jaki urlop...

Przerwałem natychmiast.

— Tak, rozumiem. Nie powiedziałem tego.

— Urlop? Pan chce, żebym ja...

— Nie, nie. Oczywiście, że nie. Urlopy są dla podwładnych, nie dla szefów. Nie, ja naprawdę rozumiem. Mam wielu pacjentów, którzy na słowo „urlop" reagują jak na wyrok, jak na banicję... Chodzi mi raczej o to, czy pani... czy ma pani przed sobą coś ważnego.

— Co? No tak, mam — zapaliła papierosa.

— Ja wiem, że pani ma codziennie przed sobą najważniejsze rzeczy, ale czy teraz ma pani przed sobą jakąś szczególnie ważną decyzję, czy...

Dziewczyna przyciągnęła stołek i usiadła naprzeciwko mnie:

— Panie doktorze. Ja mam jutro zebranie, na którym decydują się losy hotelu. Od niego zależy, czy spółka pozwoli mi prowadzić ten hotel, czy nie. Jeżeli się rozsypię, a rozsypię się na pewno, to całe moje dotychczasowe życie nie miało sensu. Zostanę sama z angielskim i hiszpańskim. Z obcym nosem i zmienionym metabolizmem, bez szans na jakąkolwiek pracę. Bez szans! Niech pan mi da coś takiego, żebym się zebrała.

Podszedłem do walizki. Dalsza rozmowa z tą dziewczyną nie miała najmniejszego sensu. Przychodzą do mnie dziesiątki takich dziewczyn. — Dobrze — powiedziałem, wyjmując recepty. — Proszę to brać codziennie o tej samej porze. — Odganiałem dyskretnie dym papierosa. – Najlepiej rano. Po jakichś ośmiu tygodniach powinny być dobre rezultaty.

Wstała tak gwałtownie, że stołek przewrócił się na podłogę.

– Po ilu? Po ośmiu tygodniach? Po ośmiu tygodniach, panie doktorze, jeżeli będę w takim stanie, to mój hotel przejmie ten Karol, który niby się we mnie tak kocha, a ja wyląduję na jakimś dworcu i będę spała na zaplutej ławce! Ja nie mogę tego odkładać w nieskończoność!

– Mówimy o tygodniach.

– Czyli o nieskończoności!

– Niech pani nie krzyczy – powiedziałem, zerkając na szafę. Tamten człowiek drzemał z podkulonymi nogami, oparty o ścianę. – Pani chce się do jutra wyleczyć z depresji?

– Dobrze, panie doktorze – dziewczyna otrzepała kostium z nie istniejących pyłków. – Skończmy już tę wizytę. Ja się zdenerwowałam, pan się zdenerwował, a oboje mamy odpowiedzialną pracę i nie możemy sobie na to pozwolić, prawda? Ja nie mam do pana żalu ani nie myślę, że jest pan złym lekarzem, tylko po prostu pan ma gorszy dzień. Nie jest pan w stanie postawić dobrej diagnozy, to się zdarza w najlepszych rodzinach. Albo może ja nie jestem pacjentką dla pana, a pan nie jest lekarzem dla mnie. To też jest możliwe. Przykro mi bardzo, że nam się nie udało – złapała się za nos i stała tak dłuższą chwilę. – Ja prowadzę ogromną firmę i nie mogę sobie pozwolić na stratę czasu – sięgnęła po drugiego papierosa i machnęła ręką w moim kierunku, jakby chciała mi odmówić prawa głosu. – Ja nie powiedziałam jeszcze wszystkiego. Niech pan mi da skończyć.

Nie powiedziałam jeszcze wszystkiego. Pan po prostu nie zauważył mojej prawdziwej choroby. Choroby psychicznej, która...

– Pani nie ma żadnej choroby psychicznej – przerwałem jej. – Strasznie mi przykro. Chciałaby pani, ale pani nie ma.

– Ja bym chciała mieć chorobę psychiczną? Co pan myśli, że jestem nienormalna czy co?

– No właśnie. Jest pani całkowicie normalna, tylko że normalność, proszę pani, to ciężka robota. A pani nie ma na tę robotę siły, a te siły odbiera pani zwykła, banalna depresja.

Dziewczyna wstała i uśmiechnęła się do mnie z politowaniem. – Otóż oświadczam panu, że jestem chora psychicznie, mam idiotyczne, męczące i absurdalne urojenia.

– Nie ma pani urojeń. Chciałaby pani mieć.

– To znaczy, że moje urojenia są urojone, tak?

– W pewnym sensie. Wmawiając sobie chorobę psychiczną, ucieka pani od realnych problemów, które panią przytłaczają.

– Poszukam innego lekarza – powiedziała, podając mi rękę. – Na pożegnanie powiem panu, że nienawidzę moich urojeń i męczę się z nimi. I niczego bardziej nie pragnę niż tego, żeby się skończyły. Są idiotyczne, głupie i naiwne. I jeżeli tak wygląda moja podświadomość, to dam ją sobie wyciąć jakiemuś dobremu chirurgowi. Wie pan na przykład, że w czasie tej całej rozmowy dręczy mnie zupełnie idiotyczne urojenie? I że staram się z nim walczyć? Że od początku, odkąd tu weszłam, staram się nie widzieć tego, co widzę?

– A co pani widzi?

– To nie ma żadnego znaczenia. To jest urojenie urojone. To jest tylko spełnienie marzeń o chorobie. Dobrze. Powiem panu, co widzę. Powiem panu. Odkąd tu weszłam, widzę człowieka na szafie. Zadowolony? Ma na sobie szary, wymięty garniturek i patrzy na nas. Pójdę już, panie doktorze, a przy okazji przepraszam, że spytam. Nie zna pan jakiegoś dobrego psychiatry? Wolałabym kobietę.

– Pani nie jest chora psychicznie. Ja to pani mogę dać na piśmie.

Dziewczyna energicznie podeszła do drzwi, otworzyła je:

– I nie dziwcie się potem, że bierzemy amfę.

Kiedy wyszła, spojrzałem na łóżko, a potem na szafę. Mężczyzna drzemał spokojnie.

– Czy mógłbym z panem porozmawiać? – stanąłem pośrodku gabinetu z podniesioną głową. – Czy mógłbym z panem porozmawiać?

– Porozmawiać? Dobrze – obudził się, lekko wystraszony.

– Nie mógłby pan zejść na dół?

– Na dół? Z szafy, tam, na podłogę? – spojrzał na mnie zdziwiony.

– Tak.

– Tam do pana?

– Do mnie... do pokoju, na podłogę, jak pan woli.

– Oczywiście, że mogę. Niech pan potrzyma – podał mi słoik i jednym skokiem znalazł się na podłodze. – No co... Lepiej? Lepiej panu?

Musiałem chwilę ochłonąć. Nie spodziewałem się tak szybkiego obrotu sprawy, to po pierwsze, a po drugie zupełnie zaskoczył mnie swoją sylwetką. Tam na górze był skulony, zwinięty, gdyby nie ta szafa, wyglądałby na przeciętnego człowieka, tymczasem był karykaturalnie niski. Miał wzrost karła, a przecież nie było w nim żadnych cech człowieka z tym upośledzeniem. Nie był też proporcjonalny: duża, pociągła głowa z wyrazistymi rysami (taka, jak u tamtego rowerzysty, którego spotkałem po drodze), prawie niewidoczna szyja i szeroki korpus – wszystko to tworzyło jakby przypadkową całość przylepionych do siebie części ciała.

– Usiądziemy? – zapytałem.

Mężczyzna odebrał ode mnie słoik i rozglądał się ciekawie po gabinecie

– Pan chce usiąść? To niech pan siada. – Ruchy jego były nerwowe, zatrzymywał wzrok na różnych przedmiotach, potem odwracał się od nich nagle.

– Pan woli stać? – zapytałem.

– Wolę stać, ale jeżeli pan woli, żebym usiadł, to usiądę, a jak się zmęczę siedzeniem, to wstanę.

– Świetnie – usiadłem za biurkiem i przysunąłem do siebie lampę naftową. – Pana męczy siedzenie?

– Nie bardzo. Ja w ogóle lubię wysiłek fizyczny – mężczyzna podszedł do okna i wpatrywał się w wysuszone pola.

– Ja bardzo chcę panu pomóc.

– Ale w czym... w czym pomóc? Ja nie chcę żadnej pomocy. To pan chciał pomocy. Umierał pan z ciekawości, no więc pomogłem panu. Jestem bocianem.

– Proszę. Bardzo pana proszę, niech pan usiądzie. Chociaż na chwilę.

Mężczyzna podszedł do stołu i usiadł na brzegu taboretu, kręcąc się na nim jak dziecko. Wziąłem z biurka pustą kartkę papieru i kawałek ołówka, który leżał obok stosu połamanych zapałek.

– Kiedy to się zaczęło?

– Co? Co kiedy się zaczęło? – przepraszam, można? – mężczyzna wziął z popielniczki obierki ołówka i schował do kieszeni.

– Kiedy... kiedy pan zauważył, że jest pan bocianem?

– Nie rozumiem. Kiedy zauważyłem, że jestem bocianem? – wpatrywał się we mnie, przechylając głowę.

– Przepraszam, ale muszę panu najpierw zadać pytanie. Mogę?

– Oczywiście.

– Kiedy pan zauważył, że jest pan człowiekiem?

– Jak to?

– Kiedy pan to u siebie zauważył? Tę przypadłość. Pamięta pan dzień? Miesiąc? Godzinę?

– No oczywiście, że nie.

– Dlaczego pan myśli, że bociany mają taki moment, kiedy zauważają w sobie bociana?

Spojrzałem na niego uważniej, bo wprawdzie sprawa jego szaleństwa jakoś zaczęła mi się tłumaczyć ilością kompleksów, może traumatycznych przeżyć, jednak tu, na podłodze, wydał mi się inteligentniejszy niż na szafie.

– Ma pan rację. Oczywiście. A więc jest pan bocianem?

– No tak. Jak wszyscy. – Cały czas wpatrywał się w blat stołu, zatrzymując wzrok na ścinkach papieru, na długopisach, ołówkach...

– Rozumiem – powiedziałem. – Wszyscy są bocianami? Ja też?

Mężczyzna zauważył stos połamanych zapałek i wydał z siebie ciche, radosne westchnienie.

— Ja powiedziałem: jak wszyscy? Przepraszam pana. Oczywiście, że nie powinienem — pochylił się i zebrał odłamki zapałek. — Koniczyna też pewnie myśli: „jestem koniczyną jak wszyscy". To głupie. Przepraszam — wsypał zapałki do kieszeni.

— Nie szkodzi. Ja rozumiem — przyglądałem mu się w milczeniu, ale cisza najwyraźniej go nie peszyła. Zebrał jeszcze kilka ścinków papieru i zaczął rozglądać się po podłodze. Wreszcie zapytałem:

— Pamięta pan swoją matkę?

— Niestety nie. W ogóle nie pamiętam dzieciństwa — wstał i podniósł z podłogi maleńki gwoździk.

— Rozumiem. Aaa, odkąd pan cokolwiek pamięta? Przepraszam, jak pana nazwisko?

— Ja nie mam nazwiska. Bociany nie mają nazwisk.

— Rozumiem.

Mężczyzna wyprostował się nagle i spojrzał na mnie zirytowany.

— Pan bez przerwy powtarza... Rozumiem... rozumiem... Naprawdę rozumie pan? Rozumie pan, że jestem bocianem? — przyjrzał się gwoździkowi i wrzucił go do kieszeni. — Pan się powinien leczyć. Widzi pan przed sobą normalnego człowieka, który mówi, że jest bocianem, a pan to po prostu rozumie. Niech pan się wpisze do książki pacjentów.

— Już mnie wpisali — powiedziałem.

— Bardzo słusznie — mężczyzna podszedł do stołu i wsypał sobie na dłoń kilka ziaren ze słoika. — Niech pan mi powie szczerze, co pan o mnie myśli. Szczerze.

— Jeszcze nic. Niczego o panu nie wiem — rozpiąłem kołnierzyk koszuli. Nie mogłem dać mu odczuć, jak bardzo się go brzydzę, chociaż nie jestem pewien, czy on by się tym przejął.

— Być może miał pan jakąś amnezję, potem przeżył pan rodzaj paniki, rozbicia osobowości i uciekł pan w jakąś bajkę, może w sen, który pan kiedyś miał, może marzenia o locie... wszyscy mamy takie marzenia — z trudem przełknąłem ślinę i z przerażeniem pomyślałem o tym, że ten lekki ból gardła może być początkiem grypy. — Gdybym musiał już teraz postawić diagnozę, to rozpoznałbym to właśnie jako rodzaj ucieczki od rzeczywistości. A ta klinika panu w tym radośnie pomaga.

— Jednym słowem, nie wierzy pan w to, co mówię.

— Ależ wierzę. Niech pan mi nie zarzuca kłamstwa. Ja panu naprawdę wierzę. Każdy człowiek chciałby pofrunąć. Każdy ma sny o lataniu, marzenia, że płynie w powietrzu, że odrywa się od ziemi i patrzy na wszystko z góry, wolny i nieosiągalny. To są, proszę pana, prymitywne, podstawowe przejawy życia wewnętrznego. Najprawdopodobniej sięgają okresu prenatalnego.

— Czego?

— Okresu prenatalnego. Życie płodowe.

Tak bardzo chciałem powiedzieć: „przepraszam pana, źle się czuję, przeprowadzam się do hotelu, żegnam", tak bardzo chciałem wziąć walizkę, wyjść i wsiąść do samochodu, ale nie byłem w stanie. „Drugi człowiek się liczy". Tak, mamo. Będę grzeczny. Będę siedział z drugim człowiekiem, mimo że najchętniej bym go zadusił, ale to przecież byłoby bardzo brzydko.

— Życie płodowe, proszę pana. Brzuch kobiety wypełniony wodami płodowymi to jest pewnego rodzaju kosmos. Płód jest zawieszony w przestrzeni, a jednocześnie znajduje się w stanie całkowitego poczucia bezpieczeństwa i tęsknimy do tego. Chcemy tam wrócić... Uciec.

– Może – mężczyzna wstał i podszedł do okna. – W jaju jest inaczej.

– W jaju? Pan ma poczucie, że się pan wykluł z...

– A jak pan to sobie inaczej wyobraża. Widział pan kiedyś bociana, którego wyciągają z brzucha na porodówce? Oczywiście, że wyklułem się z jaja. Jak wszyscy.

Nie odrywając oczu od okna, usiadł na parapecie i podkulił nogi. To było nawet ciekawe. Wyjąłem z walizki notes i długopis. (Dziękuję, że spakowałeś). Podszedłem do okna.

– Czy może mi pan coś o tym opowiedzieć?

– O czym?

– O tym wykluwaniu się...

Mężczyzna wcisnął się w kąt parapetu.

– Mam panu opowiedzieć o tym, jak się wykluwałem z jaja? Dobrze. Opowiem panu. A potem pan mi opowie o tym, jak pan się wydostawał z brzucha matki. To dla mnie też bardzo ważne. – Patrzył na mnie, a potem parsknął śmiechem:

– Dlaczego ja miałbym pamiętać, jak wykluwałem się z jaja? Pan mi cały czas nie wierzy. Żaden bocian nie pamięta swoich narodzin.

– Ale powiedział pan, że w jaju jest inaczej.

– No oczywiście – nerwowo sięgał do słoika. – Tak myślę. Na zdrowy rozum. W jaju oczywiście też jest jakiś kosmos, pływanie... Ale jajo to jest rzecz. Oderwana od matki. Zupełnie do niej niepodobna. Matka może jajo upuścić, rozbić niechcący, może go nie obronić. Jajo nie daje takiego poczucia bezpieczeństwa jak brzuch. Zazdroszczę wam. Bardzo wam zazdroszczę.

— Rozumiem — powiedziałem, podszedłem do stołu i zapisałem wszystko, co powiedział. Ten człowiek przyglądał mi się z głębi parapetu.

— Wierzy pan, że jestem bocianem? — zapytał.

— Wierzę, że czuje się pan bocianem.

— Czyli nie wierzy mi pan — znowu odwrócił się w stronę okna. — Ale ja nie mam żalu. Rozumiem pana. Pan patrzy na mnie jak lekarz. A niby dlaczego nie miałby pan tak patrzeć. Pan widzi przed sobą chorego człowieka. Ja nie mogę mieć o to do pana żalu. — Zeskoczył nagle z parapetu, wziął słoik i skierował się w stronę szafy.

Nie wszedł tam jednak, tylko odwrócił się nagle i czerwony z emocji i rozpaczy zaczął krzyczeć:

— Czy ja mam dziób? Czy ja mam skrzydła? Pióra? Długie czerwone nogi? Nie! Nie! Za to, co mam? Brzuch z idiotycznym pępkiem pośrodku, mam ręce, mam usta! Usta! Usta! — Złapał ręką swoje wargi, ścisnął tak, jakby chciał je wyrwać z twarzy, potem chwycił się za nos — a tu... tu, gdzie, gdzie każdy normalny bocian ma dziób, wystaje mi jakiś żałosny, mały kominek z dwiema dziurkami.

Zapisywałem każde słowo, patrząc jednocześnie, jak ugniata swoją twarz, jakby chciał ją ulepić na nowo.

— Po bokach głowy mam dwa zdechłe, przedziurawione ślimaki.

— Tak pan to widzi? Uszy postrzega pan jak ślimaki?

Zmęczył się najwyraźniej i zrezygnowany usiadł na stołku.

— To różnie. Czasem jak ślimaki, czasem jak rośliny.

— W każdym razie źle się pan z nimi czuje?

— A jak się mam czuć. Czy pan się kiedyś temu przyglądał? Ja zresztą nosiłem przez jakiś czas kapelusze, czapki, które to wszystko zakrywały, ale w czapce... w czapce czułem się jeszcze gorzej. Czapka to jest... to jest...

— No... co to jest czapka?

— Jakby mi ktoś zarzucił coś na głowę. Jakby worek, jakbym chodził z workiem na głowie.

— A ubranie? Jak się pan czuje w ubraniu tak w ogóle... w marynarce i...

Podniósł głowę, nagle niezwykle ożywiony.

— Świetnie. W marynarce świetnie. O wiele lepiej niż w koszuli — podniósł się szybko ze stołka. — O, niech pan patrzy... jest trochę podobna do skrzydeł — rozpostarł poły marynarki. — Ja wiem, że niezupełnie, ale to przynajmniej... O, niech pan popatrzy — machał nimi, patrząc na mnie rozradowany — przynajmniej trochę są jak skrzydła. Co? Widzi to pan?

— A spodnie? Jak się pan czuje w spodniach?

— Świetnie — pochylił się, podniósł z podłogi jakiś paproch i schował do kieszeni. — Ja codziennie Bogu dziękuję, że ktoś wymyślił spodnie. Codziennie.

— Dlaczego?

— A jak bym wyglądał bez spodni? — siadł z powrotem na stołku. — Widział pan moje nogi? Zresztą, co to za różnica. Widział pan swoje nogi? W ogóle czyjekolwiek nogi?

— Pan wolałby mieć cienkie, czerwone nogi, zakończone...

Mężczyzna schował głowę w dłoniach.

— Mój Boże. Mój Boże... czasem myślę, że to wszystko to jest straszny sen. Że ja się kiedyś obudzę zupełnie normalny.

Pochyliłem się nad nim, próbując mówić czule i spokojnie.

— A niech mi pan powie, od kiedy pan śpi na szafie. W ogóle od kiedy pan tu jest?

Mężczyzna opuścił bezradnie ręce.

— Jak to od kiedy. No... od zawsze. Zawsze tu byłem.

— Nie pamięta pan matki?

— Mnie powiedzieli, że moja matka nie żyje. Ale nie jestem pewien.

— Kto panu powiedział.

— Doktor Ozerko i siostra. Powiedzieli, że zdechła przy moim urodzeniu. Trudno się dziwić.

Byłem naprawdę przerażony. Sprawa nadawała się do Izby Lekarskiej, jeśli nie do prokuratury.

— Tak panu powiedzieli? Że zdechła przy porodzie? A skąd... a co... oni powiedzieli, że... że pana matka jest... że ją widzieli?

— Ja nie pytałem. Co to za różnica? Niech pan sobie wyobrazi... niech pan to sobie wyobrazi... co ta kobieta musiała przeżyć.

— Nie mogę. Niech mi pan pomoże.

Pochylił się nad stołem i wyszeptał, jakby to była największa tajemnica:

— No siedzi pan w gnieździe, całymi miesiącami czeka pan na to, żeby wykluły się młode, ogrzewa je pan swoim ciałem i nagle... nagle spod pana własnych skrzydeł wychodzi coś takiego.

— To znaczy, co?

— Coś takiego jak ja. Kaleka... Bez piór, bez skrzydeł, bez nóg, bez dzioba. Może ona umarła, może odleciała na zawsze, może położyła się na jakimś polu i porwał ją jastrząb, może oszalała...

Nie chciałem przerywać tego intymnego tonu, więc pochyliłem się i też zacząłem mówić szeptem, zresztą ból gardła nasilał się, mój głos i tak wydobywał się z trudem:

— A niech mi pan powie — szepnąłem. — Czy zawsze pan śpi na szafie?

— Zawsze — szepnął mężczyzna.

— Nie wolałby pan spać w łóżku? — Śmiesznie musieliśmy wyglądać, tak nachyleni ku sobie, szepczący.

— Ja próbowałem spać w łóżku. Ale niech pan nie mówi doktorowi. Bo... tam na szafie nie jest mi za wygodnie.

— Nie? Niewygodnie panu? — wyszeptałem.

— Nie bardzo. Ja już sobie znalazłem takie ułożenie na boku. To jeszcze można wytrzymać, ale i tak twardo. No więc kiedyś, jak już wszyscy pogasili światła, to ja... bo strasznie obolały byłem od tej szafy... no więc zszedłem i położyłem się na łóżku — mężczyzna pochylił się jeszcze bliżej i szepnął: — Wielka różnica. Wielka.

— Ale... na korzyść? — szepnąłem.

— Na korzyść. Na korzyść. Oczywiście. Bardzo wygodnie. Bardzo.

— Rozumiem. I spał pan dobrze? — wyszeptałem.

— Nie — powiedział nagle głośno, odsuwając się od stołu. — W ogóle nie spałem. Bo z jednej strony, wygodnie, a z drugiej... no nieswojo tak... wie pan. Źle się z tym czułem.

— Jako... bocian? — też chciałem wrócić do normalnego tonu, ale mogłem wydobyć z siebie tylko chrapliwy szept.

— No tak. Jako bocian. Rozumie pan?

— Rozumiem — chrząknąłem głośno. — Skoro czuje się pan bocianem, to trudno — chrząknąłem znowu — żeby łóżko odczuwał pan jako coś naturalnego, ale... — nie byłem w stanie dokończyć. Mój głos utopił się w potwornej chrypce.

— Kiedy ja się tam świetnie czułem. Ale tamten mną gardził. Ja też się nie mogłem pogodzić z tym, że tak się dobrze tam czuję. Pod kołderką, na poduszeczce... koszmar jakiś. A jak tamten odleciał, to już nie próbowałem. Bociany nie śpią w łóżku.

— Tamten? — wydusiłem z najwyższym trudem.

— Bo nas było dwóch. Może pan sobie wyobrazić dwóch na tej szafie? Ale brat nie wytrzymał. Odleciał.

Obaj spojrzeliśmy w stronę okna. Robiło się już ciemno, połowa księżyca wisiała między niebem a polami. Mężczyzna spojrzał na mnie:

— Odleciał. Ale nie na skrzydłach oczywiście. Mój brat też jest ułomny. Odleciał na rowerze. Miał dosyć szafy, dosyć ukrywania się. Chce dolecieć do miasta i przedstawiać się jako bocian. Moim zdaniem, umrze z głodu, bo kto go przyjmie do pracy. Ale podziwiam go.

Wstał i podszedł do okna. Ja zostałem przy stole. Odsunąłem od siebie lampę naftową. Odsunąłem od siebie resztki światła.

— Widział pan gniazdo? Puste — powiedział mężczyzna, patrząc w okno.

— A, według pana, dlaczego? — zapytałem cicho, dotykając swoich dłoni.

— Jak to dlaczego? Wiadomo, dlaczego... Wstydzą się. Pan się dziwi?

— Pana się wstydzą? – podniosłem rękę i dotknąłem szyi. Raczej skóry na szyi.

— No tak. Może się boją. To jest pewnie jedno z drugim pomieszane. Zresztą... wiadomo, co to jest.

— Co to jest? – przycisnąłem skórę paznokciami.

— Wiadomo. Wstręt. Jak u pana.

Przejechałem paznokciami po skórze. To dało pewną ulgę. Dotknąłem koszuli. Była gorąca.

Włożyłem rękę pod koszulę. Wyczułem kolonie gorących wysepek... Rozpiąłem guziki mankietów i wyszarpnąłem z nich opuchłe dłonie.

— Niech mi pan poda walizkę! – mój ledwo słyszalny głos doszedł jednak do mężczyzny, bo natychmiast dobiegł z walizką do stołu.

— Niech pan otworzy i wyjmie białe pudełko! – krzyczałem bezgłośnie, czując, jak powietrze z coraz większym trudem przeciska się przez gardło.

Przysunąłem lampę naftową, a kiedy mężczyzna podał mi pudełko, nie byłem już w stanie wyjąć strzykawki.

— Siostro! – mężczyzna rzucił się do drzwi. – Siostro! – krzyknął w głąb korytarza. – Ten doktor się dusi!

Szybki stukot obcasów wypełnił korytarz, potem usłyszałem wielkie kroki ordynatora. Po chwili światło latarki oświetliło strzykawkę i moje ramię obsypane czerwonymi plamkami. Igła przebiła skórę.

Kiedy prowadzili mnie na łóżko, słyszałem jeszcze, jak ten człowiek z szafy zapytał:

— Czy mogę wziąć sobie ołówek, bo zbieram na gniazdo?

Potem pewnie zasnąłem, w każdym razie, kiedy obudziły mnie jakieś głosy, nie byłem w stanie otworzyć oczu. Świat zawęził się do cieniutkich szparek, przez które zobaczyłem Ozerkę i profesora Tchórzewskiego.

– Rzeczywiście. Odczyn ogromny – powiedział profesor. – Mówiłem, żeby pan spał w hotelu.

Z trudem, przebijając się przez usypiające działanie lekarstwa, próbowałem zrozumieć strzępy rozmowy, która oddalała się w głąb gabinetu. To było mniej więcej tak:

Ozerko: – I co, wierzy mi pan teraz?

Tchórzewski: – No nie... on przecież może mieć uczulenie na wiele innych rzeczy, na kurz na przykład, nie wymawiając.

Ozerko: – Tłumaczę panu, że sam ich wyjmowałem z gniazda. Nagusieńkich. Pokrwawionych dziobami.

Tchórzewski: – Drogi kolego. Błagam, niech się pan przeniesie do miasta, bo tutaj naprawdę można zdziwaczeć. Sprawa jest oczywista. Robotnicy tej nieszczęsnej kopalni, której nie powinno się było budować, ale na całym świecie popełnia się takie błędy, no więc robotnicy popili się prawdopodobnie, kiedy budowa została wstrzymana, i wleźli do gniazda. Może nawet ten gaz, który się nieco ulatniał, rzeczywiście zrobił jakieś szkody w korze mózgowej, ale jest też możliwe, że wykorzystali pana dobroć i zaczepili się o szpitalny wikt jako bociany.

Ozerko: – Może. A może nie. Ja pana proszę, żeby pan, kolego, spróbował poruszyć tę sprawę w jakiejś wyższej instancji. Ja się na tym nie znam, ja się znam na leczeniu, ale pan jeździ po świecie, przecież są te wszystkie organizacje ekologiczne i tak dalej, przecież jeśli przyjmiemy, że na skutek gazu doszło do tego rodzaju mutacji, to...

Tchórzewski: – Naturalnie. Ja to w swoim czasie poruszę. Tylko na razie wolałbym nie siać niepokoju wokół hotelu. I będę też o to prosił naszego młodego doktora. Kolego, przecież i pan wie, i ja wiem, że mutant bociana w formie człowieka jest absurdem. Nawet gdybyśmy przyjęli wsteczny bieg ewolucji. Nie zaczynajmy więc awantury, którą podchwycą media i tyle z tego będzie, że hotel splajtuje, inwestorzy splajtują, a ludzie, którzy chcą odpocząć, stracą prawdziwą oazę. Nie mamy tak wielu obiektów na najwyższym światowym poziomie.

Ściszony głos profesora zagłuszył stukot obcasów. Przez szparki oczu zobaczyłem żółte loki pielęgniarki.

– Ma pan pozdrowienia. Wyprowadził się z szafy, dopóki pan tu będzie. Powiedział, że przeprasza, ale nie miał pojęcia, że jest pan uczulony na ptaki.

Kiedy złote loki zniknęły, odwróciłem głowę i zobaczyłem sylwetki Ozerki i profesora rozmawiających w kącie gabinetu. Widziałem, jak wielki brzuch ordynatora podskakuje z emocji, jak napiera na profesora, który stał spokojnie z rękami w kieszeniach.

Potem rozproszyli się po pokoju i nie mogłem już nic zobaczyć. Słyszałem tylko trzaśnięcia drzwi i zostałem sam na sam z sufitem. Z godziny na godzinę pole mojego widzenia powiększa się, blednie wysypka.

Najlepiej byłoby zapomnieć. Ludzie przecież tak robią. Upychają w zakamarki podświadomości to, co nie miało prawa się zdarzyć. Robią to po to, żeby jeść śniadania, chodzić do pracy, robić zakupy, czyli żyć jak inni, a to wydaje się skarbem, kiedy człowiek wie więcej, niż powinien.

Jestem bardzo zmęczony. Tu, gdzie leżę, rozciągnięty w pościeli skotłowanej nagłym snem, kilka kartek papieru zapisanych dla ciebie czeka na moją decyzję. Opisałem wszystko od początku, tak jakbym opowiadał to tobie. Tak kazałbym zrobić komuś, kto był świadkiem zdarzenia, które go przerasta. Napisać i podrzeć. Tego zresztą wymaga ode mnie lojalność w stosunku do profesora, prawda, mamo? Maleńkie kawałki papieru porozrzucam na podłodze. Ten biedny bocian zabierze je sobie na gniazdo.

Zaraz pewnie zasnę, a kiedy się obudzę, wsiądę w samochód, przejadę koło hotelu Kosmos, potem obok torów i nagrobka samobójczyni, mostkiem przez rzekę, a jak dojadę do miasta, nie będzie śladu uczulenia.

I już czuję ten zapach mięty, czosnku, parmezanu, zapach twojego ogrodu w szklanej misie, gdzie sadzisz dla mnie sałatę, pomidory, oliwki, ser pleśniowy, orzechy, winogrona i jeszcze coś, co jest twoją wielką tajemnicą, której nigdy nie zdradzisz nikomu. Nawet mnie.

Głowa

Czarne pogrzebowe torebki mają tę zaletę, że są małe i łatwo w nich znaleźć klucze. Poza kluczami jest tam zwykle tylko dowód osobisty, chusteczka do nosa, czasami puderniczka. Więc tym razem szukanie kluczy nie zajęło mi dużo czasu, ale zanim weszłam do mieszkania, pierwszy raz pustego, pierwszy raz pozbawionego obecności Marka, długo stałam pod drzwiami.

Myślałam o dziecku, które trzymała na rękach jakaś kobieta stojąca blisko grobu. Jej twarzy nie pamiętam, ale kiedy zobaczyłam tego chłopca, pomyślałam coś bardzo dziwnego. Pomyślałam: „to Marek". To nawet nie była myśl, tylko impuls. Pewność. „Nigdy nie bagatelizuj przeczuć – mówił mi Marek zawsze – choćby były absurdalne".

Te wszystkie myśli miały oddalić moment, kiedy trzeba już było otworzyć drzwi. Zrobiłam to wreszcie, ale nie mogłam wejść do pokoju. Ile razy Marek wychodził do kuchni, żeby zaparzyć tę swoją herbatę, czerpałam z tego pokoju siłę. Był pełen tylu intrygujących przedmiotów: amulety, kamienie różnych kształtów, fotografie, obrazy, książki. Każdą z tych rzeczy znałam dobrze, każdą „oswoiłam", wpatrując się w nią, dotykając, skupiając się na niej. Korzystając z nauk Marka, umiałam zobaczyć aurę tych przedmiotów, które najczęściej emanowały spokojem i wdzięcznością. Lubiłam karmić się laurkami dzieci, które Marek oprawiał w ramki i wieszał na ścianach. Były to zwykle jakieś kwiaty, rysowane pospiesznie tanią kredką, a pod spodem koślawy napis w rodzaju: „Dziękuję za zdrowe oczy" albo „Już chodzę. Andrzej". Listów od dorosłych nigdy nie pokazywał, chociaż też były wśród nich rysunki, wiersze, wycinanki. Wszystko to miał posegregowane i poukładane w teczkach ze starannymi podpisami. Teczki stały całymi szeregami na półkach, tworząc klimat porządku i spełnionych obowiązków. Tylko dolna półka, gdzie stały segregatory z nalepką „sprawy nie załatwione", miała aurę niepokoju, aurę nieskończoną, o niewidocznych konturach. Przynajmniej dla mnie niewidocznych, ale ja nie miałam najmniejszych szans wejść na poziomy świadomości, na które wchodził Marek. Nie umiałam, jak on, odnajdywać rzeczy na odległość, nie widziałam choroby na fotografii nieznanej osoby, nie doznawałam olśnienia na widok czyjejś rękawiczki albo parasola. Nauczyłam się tyle, ile było mi potrzebne do radzenia sobie z własnymi problemami: nauczyłam się własnych czakramów, umiałam je wyodrębnić, „wyczyścić", umiałam wyrobić w sobie obraz zielonej, świecącej kuli, która idzie ze mnie do jądra ziemi, jednym słowem, umiałam się „podłączyć", a nawet wejść na podstawowy poziom energii, połączyć się z „duchowym przewodnikiem".

A teraz stoję na środku pustego pokoju, gdzie jeszcze pachnie wodą kolońską Marka, gdzie tyka zegar, który kupił na targu staroci, gdzie wisi kalendarz z tą bolesną pomyłką, z czarnym krzyżykiem postawionym 4 października, kiedy to według własnych obliczeń miał skończyć swój „ziemski taniec". Niestety, choroba postanowiła prześcignąć jego szósty poziom świadomości i biegła, a raczej skakała wielkimi susami, wygrywając z parapsychologią o pół roku.

Kiedy otwierałam jego mieszkanie, przyrzekłam sobie, że postaram się połączyć z Markiem. Że krok po kroku wykonam wszystkie potrzebne zabiegi, których uczył mnie przez tyle lat. Usiądę na krześle, wejdę na podstawowy poziom psychiczny i zaproszę Marka do swojej mentalnej świadomości.

Jednak gdy weszłam do mieszkania, już w korytarzu zrozumiałam, że jest za wcześnie. Marek umarł pięć dni temu i prawdopodobnie miał jeszcze wiele spraw do załatwienia, jeszcze był nowy jako duch albo jako ciało, może musiał się przywitać z innymi, może dojrzeć do nowego stanu, w każdym razie pierwszą moją myślą było, że nie jest gotowy do kontaktu i postanowiłam tę myśl uszanować. Zresztą chciałam być sama. Pogrzeb trwał cztery godziny i właściwie przypominał wesele. Mnóstwo kwiatów, gości, ludzie witali się ze sobą, podekscytowani rozmawiali o swoich chorobach i o cudownym uzdrowieniu, ustawiali się do kamer, udzielali wywiadów.

Jeszcze kiedy wlokłam się po schodach, nareszcie sama, z sercem ciężkim jak kamień, w torebce słyszałam dźwięk komórki. Na pewno jakiś dziennikarz chciał poprosić o „krótkie wspomnienie". A ja miałam tylko jeden problem: jak otworzyć drzwi, za którymi nie ma już Marka. I nigdy nie będzie.

A kiedy weszłam do pokoju i stanęłam na samym środku, zupełnie nie wiedząc, co robić, mój wzrok padł na to pudełko. Stoi na półce z książkami, niewielkie, tekturowe, w jakieś tureckie wzory. Prawdę mówiąc, intrygowało mnie zawsze. Po pierwsze, nie ma żadnego podpisu, co w wypadku Marka było bardzo dziwne, a po drugie, nigdy nie odpowiadało na żadne próby odczytania jego energii. Jakby nie miało aury albo jakby zamknęło ją w środku, odgradzając się kompletnie od otoczenia. Jakoś nie miałam odwagi tak po prostu zapytać Marka, co jest w tym pudełku.

Teraz zaczęło przyciągać mnie z niebywałą siłą. Nasyciło się światłem tak mocno, że reszta pokoju wyblakła. Jednak trudno mi ruszyć się z miejsca. Jest mi głupio, że w tak dramatycznej chwili ulegam błahej słabości. Idę w tamtym kierunku, przystając co chwila, jakbym musiała pokonać niewidoczne obręcze. Najtrudniej jest dotknąć pudełka. Jeżeli Marek tu jest, to da mi znak, czy mogę to zrobić. Nic się nie dzieje. Powoli otwieram tekturowe wieczko.

Leżą tu cztery listy, jedna kartka pocztowa i fotografia jakiejś dziewczyny. Nie wiem, czy je otworzę, ale chcę przyjrzeć się im bliżej. Siadam na podłodze. Jeden z listów jest dużo starszy od pozostałych. Pismo na kopercie intryguje koślawymi literami, wyraźnie wyczuwam tu energię kobiety. Oczywiście mogłam zasugerować się dołączoną fotografią, ale przecież ludzie wysyłali do Marka zdjęcia bliskich, więc nie musiała to być osoba, która pisała list. Ale nie mam wątpliwości, że pisała to kobieta.

Zdjęcie jest małe, takie jakie robi się do legitymacji czy do dowodu. Twarz dziewczyny, przechylona nienaturalnie na prawy bok, nie jest ładna. Dziewczyna mogła mieć jakieś dziewiętnaście lat, na jej twarzy widać ślady dzieciństwa, pewną pucołowatość, nieokreśloność rysów, właściwie jedynym objawem dorosłości są jej oczy. Jakby pochodziły od innej osoby – naznaczone smutkiem i doświadczeniem. Kładę rękę na fotografii. Marek uczył mnie długo czerpania wiedzy z przedmiotów naładowanych czyjąś energią. Więc wchodzę na podstawowe poziomy świadomości i łączę się z moim przewodnikiem duchowym. Do dziś nie jestem pewna, czy rozmowy z przewodnikiem nie są po prostu projekcją moich własnych myśli, czy nie wmawiam sobie tego przewodnika, ale tyle razy byłam świadkiem niezwykłych zdolności Marka, tyle razy byłam przy nim, kiedy widział rzeczy i zdarzenia na odległość, tyle razy mówił mi, że każdy człowiek może to w sobie wyrobić, więc w końcu zaczęłam wierzyć, że głosy, które słyszę w myślach, nie pochodzą ode mnie, a nawet jeżeli tak jest, to myśl jest właśnie tą siłą, której szukam. Marek zawsze powtarzał: „Myśl jest energią. Nie można jej zniszczyć. Za pomocą myśli możesz osiągnąć to, co chcesz. Wszystko mieści się w głowie".

Ale teraz nie jestem w stanie myśleć. Ani nie myśleć. Nie „spływa na mnie spokój" i nie mogę zmienić „stanu świadomości", więc żaden przewodnik duchowy tu się nie pojawi.

Więcej mogę się dowiedzieć, tylko otwierając list. Jest zresztą otwarty. Z pożółkłej koperty wystaje kawałek kartki wyrwanej z zeszytu. Na stemplu pocztowym data jest ledwo widoczna, więc muszę wstać (powinnam zdjąć płaszcz, ale to strata czasu), podchodzę do biurka Marka i biorę stamtąd lupę. Kiedy tylko położyłam na niej rękę, poczułam zawrót głowy. To był moment, zdążyłam mocniej oprzeć się na nogach i przytrzymać biurka. Błąd. Nie powinnam była bez namysłu niszczyć przestrzeni tego blatu. To był teren Marka, naładowany jego myślami, pracą, skupieniem, emocjami, a ja wyrwałam tę lupę, jakbym odcięła jeden z korzeni. Trzeba było to zrobić delikatnie, oswoić myślą, pamięcią. Stało się. Siadam na podłodze i przykładając lupę do koperty, widzę wyraźnie datę: 5.05.1986.

Wtedy jeszcze nie znałam Marka. Nie miałam nawet pojęcia o tym, że zamieszkam obok niego, u cioci Stasi. Czasem przychodząc do niej na szarlotkę, widziałam jakichś ludzi, którzy kręcili się pod drzwiami naprzeciwko. Od ciotki wiedziałam, że czekają w kolejce do „cudotwórcy", który tam mieszka, że nie mieszczą się w jego korytarzu i... „trudno się dziwić, dziecko, bo to geniusz, musisz go poznać, on żyje jak jakiś pustelnik, nawet telewizora nie ma, jaskrę mi wyleczył w trzy seanse, a tę, co tu koty karmi, ta wiesz, co mąż od niej odszedł do stewardesy, to ją z nerwów wyciągnął, a znowu jak był napad na spożywczy, to on tylko dotknął szyi sprzedawczyni, co jej pistolet przyłożyli do czoła, i od razu powiedział, że bandyci są w piwnicy za skrzyżowaniem".

Strasznie mnie denerwowały te opowiadania i ten jej tajemniczy ton, który miał oznaczać, że dopuszcza mnie do kręgów magii, znanych tylko samotnym kobietom. Miałam wtedy dwadzieścia pięć lat, byłam szczęśliwą mężatką, mieszkałam w dużym domu, odziedziczonym po rodzinie, kochałam muzykę, jazdę konną i poezję, pisałam pracę doktorską i życie było dla mnie czymś całkowicie zrozumiałym, czułam, że wszystko zależy od twórczego dnia, w którym jest dużo ruchu, planów i celów. Żyłam tak bez specjalnej filozofii, bez „przewodników duchowych", chociaż Bóg miał w tym wszystkim swoje miejsce, swój czas na pacierz i mszę w niedzielę. To była część mojego zdrowia duchowego i nie tęskniłam do przekraczania żadnych innych granic. Co więcej, uważałam je za podejrzane, tak jak tego „pana Marka", którego z góry nie lubiłam, a ludzi wpatrujących się w jego drzwi miałam ochotę ostrzec przed wyłudzaniem pieniędzy. Ciotka coraz częściej opowiadała mi o „jasnowidzu" i miałam wrażenie, że wysiaduje u niego pod byle pretekstem. I ciągle musiałam ją prosić, żeby mi nie gadała nad głową, bo częściej też zaczęłam do niej przychodzić z książkami i z notatkami do swojej pracy. Moje małżeństwo zaczynało się rozpadać. Mąż do domu wracał nieobecny, zmęczony, czasem pijany. Postanowił udoskonalić swój angielski, kupił sobie (a raczej ja mu kupiłam) odtwarzacz CD i siedział ze słuchawkami na uszach nawet przy śniadaniu. A kiedy wychodził, zostawałam w pustym mieszkaniu i nie mogłam tego znieść. Dzwoniłam do naszego wspólnego przyjaciela, ale telefon nie odpowiadał. Dziwne, bo przecież dawniej, kiedy wszystko było w porządku, mój mąż wychodził, a ja zostawałam w domu, ale dom nie wydawał mi się pusty. Teraz wiem, że wypełniała go nasza wspólna obecność, ale przede wszystkim nasze marzenia i nasze plany. To mieszkanie było w stanie radosnego oczekiwania na przemalowanie ścian, na nowy stół i wreszcie na dziecko, o którym już zaczynaliśmy mówić. A potem, kiedy zaczęłam być pewna, że mój mąż się ode mnie oddala, przestrzeń mieszkania straciła energię marzeń. Stała się terenem niemych przedmiotów, bezradnych i odartych z sensu istnienia. Ale wtedy tego nie wiedziałam. Siedziałam bezmyślnie przy biurku, kiwając się w tę i z powrotem, potem składałam książki, pakowałam do torby i jechałam na drugi koniec miasta, żeby uciszać wiecznie gadającą ciotkę. A jednak pracowałam. Jadłam szarlotkę po szarlotce i zatykając uszy przed gadaniną tej starzejącej się kobiety, jakby na złość wszystkiemu pisałam swoją pracę. Raz tylko rzuciłam skryptem o ziemię, chociaż chciałam rzucić w ciotkę, kiedy patrząc na rosnącą górę moich notatek, powiedziała: „byłam u pana Marka i przekazał ci dobrą energię. Dlatego tak ci idzie". Wtedy nie wytrzymałam. To była moja energia! Moja determinacja i upór! To ja przełamywałam swoje cierpienie, swój ból i upokorzenie! To ja byłam autorką tej pracy, a nie jakiś magik cholerny, który żyje z naiwności prostych ludzi! „Wie ciocia co? Ja tam pójdę zaraz do niego i powiem mu, co myślę o takich jak on". „A idź, idź... wcale cię nie będę zatrzymywać, on tam na ciebie już pewnie czeka, bo i tak czuje, że do niego przyjdziesz. Zresztą tak przepowiedział. Że do niego przyjdziesz i nawet mi powiedział datę, tylko nie pozwolił mówić". „Widzi ciocia tę rękę? No to ja będę tu miała kaktusa, takiego kaktusa będę miała, jeżeli kiedykolwiek do niego pójdę".

„O Boże, dziecko, odszczekaj tego kaktusa, bo ty do niego pójdziesz, jeżeli on to przepowiedział, i jeszcze, nie daj Bóg, rzeczywiście ci jakiś kaktus wyrośnie..."

Noc przed wygłoszeniem referatu na podstawie ostatniej części mojej pracy doktorskiej spędziłam u ciotki. Wieczorem wyszłam wyrzucić śmieci, ale to przeciągnęło się w długi spacer, szłam przed siebie, nie myśląc o niczym. Po prostu czułam, że tak będzie najlepiej. Dzisiaj wiem od Marka, że podświadomie ładowałam szósty czakram, który wymaga ciszy, ale wtedy czułam tylko potrzebę otwartej przestrzeni, nic więcej.

Kiedy wróciłam do ciotki, wykąpałam się i poszłam do łóżka. Spałam świetnie. Rano ciotka zrobiła śniadanie, narysowała mi krzyżyk na czole, sięgnęłam po swoją pracę, ale... na stole nie było mojego skryptu. Ani w sypialni. Ani w korytarzu! Biegałyśmy z ciotką po całym mieszkaniu, zaglądając w każdy, nawet najbardziej nieprawdopodobny kąt, wyrzuciłyśmy z szafy wszystkie ubrania, wyciągnęłyśmy z półek książki, nigdzie nic...

– A nie brałaś tego ze sobą wieczorem, jak wyszłaś?

Nie brałam. Na pewno nie brałam. Po co miałabym brać! A może wzięłam? Nie pamiętam, żebym, ale chyba wzięłam. Tak! Oczywiście, że wzięłam! Pobiegłam do śmietnika. Był pusty. Jak zwykle we środy opróżniono go o świcie. Wróciłam do ciotki, usiadłam przy stole, ona też usiadła i tak siedziałyśmy we dwie, nie mając siły nawet na łzy. To nie były czasy komputerów, nie miałam dyskietki, nie miałam nic oprócz tego jednego egzemplarza, którego nie było.

Nagle ciotka zerwała się z krzesła i krzyknęła:

– Sąsiad! Leć do sąsiada! Leć do pana Marka, on ci to znajdzie!

Wzruszałam ramionami, parskałam śmiechem, ale tak naprawdę dość szybko dałam się namówić. W końcu nic innego poza czarną magią mi nie zostało, do obrony pracy miałam jeszcze godzinę. Zapukałam do drzwi naprzeciwko, a one otworzyły się zdumiewająco szybko. Stał w nich uśmiechnięty brodacz w czarnym swetrze. Dokładnie taki, jak go sobie wyobrażałam.

– Ja pana bardzo przepraszam, ale mam problem i ciocia...

— Nich pani wejdzie — powiedział z tym swoim uśmiechem i usunął się sprzed drzwi. — Napije się pani herbaty?

— Nie, dziękuję, ja się bardzo spieszę... przyszłam, bo...

— Wiem, po co pani przyszła — powiedział i zniknął w drzwiach kuchni.

Pamiętam, że już wtedy jego pokój zrobił na mnie wrażenie. Był tam wprawdzie typowy kawalerski bałagan, ale może książki dawały aurę dobrej, ciepłej ciszy, może amulety albo listy z podziękowaniami stwarzały dobrą energię. — W każdym razie, kiedy zawołał: — na pewno się pani nie napije? — żałowałam, że nie mogę tu zostać dłużej.

— Nie. Niestety nie mogę. Przyszłam tu w takiej głupiej sprawie, zgubiłam...

— Referat na podstawie ostatniego rozdziału pracy doktorskiej — usłyszałam z kuchni — pod tytułem *Surowce wtórne a skład chemiczny podłoża.*

Moje ciche „tak" pewnie nie było słyszalne. Marek wszedł do pokoju z jedną szklanką herbaty, uśmiechnięty jak zwykle.

— Chce pani, żebym to znalazł?

— Jeżeli to możliwe... chociaż, jak rozumiem, pan musi mieć trochę czasu, a zebranie w Instytucie Chemii, na którym mam odczytać referat, zaczyna się za godzinę. Najgorsze, że Tlenek... to znaczy kierownik mojego Zakładu, nazywamy go Tlenek... jest jednocześnie promotorem mojej pracy i...

— Zobaczymy, co się da zrobić — Marek mieszał spokojnie cukier w herbacie, potem spojrzał na mnie, a ja pierwszy raz pomyślałam, że ma dziwne oczy. Jak by to określić... były czyste. Nie naznaczone wiekiem.

— Chce pan... jakiś mój przedmiot? Słyszałam, że zawsze prosi pan o coś, co należy do...

— A po co mi jakiś przedmiot, kiedy mam panią — powiedział Marek, patrząc uważnie na szklankę. — No, może zresztą rzeczywiście... zmierzę pani puls — wstał, usiadł na poręczy mojego fotela i dotknął przegubu mojej ręki. Kiedy się zbliżył, miałam wrażenie, że wokół mnie zmienił się klimat. Zrobiło mi się gorąco. Marek zamknął na chwilę oczy i nagle powiedział:

— Tak. Już wiem, gdzie to jest — wstał, poszedł do kuchni i po chwili z szerokim uśmiechem wrócił, trzymając w ręku mój skrypt.

— Co... jak pan... jak pan to zrobił? — Marek aż skulił się ze śmiechu. — Całkiem prosto. Ja zawsze wychodzę na spacer o wschodzie słońca. Tak się składa, że wtedy przyjeżdżają śmieciarze. Dzisiaj jeden z nich stał koło śmietnika i coś przeglądał. Zaciekawiło mnie, co zatrzymało go przy pracy, a on powiedział: „tak patrzę, bo to moja dziedzina", i pokazał mi ten skrypt z tytułem *Surowce wtórne a skład chemiczny podłoża*. Już chciał to wrzucić do śmieciarki, ale ja zobaczyłem pani nazwisko, to znaczy nazwisko pani cioci, a wiedziałem od niej, że pani pisze pracę i wziąłem to do domu. Mogłem wam zanieść oczywiście, ale wolałem, żeby pani przyszła sama. — Marek uśmiechnął się do siebie, ale ja spojrzałam na zegar, który wisiał na ścianie.

— O Boże, już muszę lecieć.

— Nie musi pani — powiedział spokojnie. — Po pierwsze, ten zegar się spieszy pół godziny, taka jego natura, a po drugie, w ogóle nie musi pani tam iść. To się dzisiaj nie odbędzie.

— Ale dlaczego? — zapytałam, otwierając drzwi.

– Nie wiem dlaczego. Ale się nie odbędzie.

– Ja jednak pójdę.

– Oczywiście – powiedział, odprowadzając mnie do windy. – W ogóle nie radzę wierzyć jasnowidzom we wszystko, co mówią – kiedy zjeżdżałam w dół, pomachał mi ręką na pożegnanie.

W bramie Instytutu spotkałam kolegę:

– Ty to masz szczęście! Tlenek jest chory. Przenieśliśmy zebranie na przyszły tydzień.

Tak to było. Minęły dwa lata, zanim Marek przyznał mi się, że skrypt podrzuciła mu ciotka, która dzień wcześniej odebrała telefon z uniwersytetu, że nie bronię pracy tego dnia. I oboje wykorzystali to do zmanipulowania paranormalnego zdarzenia.

Minęły trzy lata, zanim powiedział mi: „Zakochałem się w tobie na odległość. Twoja ciotka, jak wiesz, dużo mówi i często opowiadała o tobie. A ja zawsze wtedy czułem przyspieszone bicie serca. Wiedziałem, że jesteś moja, chociaż cię nie znałem i nic nie wskazywało na to, że zmienisz swoje życie".

I już nigdy nie zapytam go o to, o co zawsze chciałam zapytać: czy nie zrobił tego, czego mu nie wolno zrobić? Czy wszedł na „planetę czasu" i stamtąd pokierował moim życiem? Czy to, czego dowiedziałam się o mężu, to, czego on sam się o sobie dowiedział, to, co powiedział mi tamtej nocy, czy to wszystko nie był wynik mocy Marka?

Teraz siedzę na podłodze jego pokoju, trzymając w ręku starą kopertę. Póki jestem tu sama, póki nie czuję nawet obecności ducha Marka, mogę zrobić wszystko, a jednak nie mam odwagi, żeby tam zajrzeć. Czuję, że w tej kopercie albo w którejś z tych trzech kopert kryje się coś, co naruszy nasz związek. Bo przecież nasz związek ciągle istnieje, a ja chcę, żeby trwał jak najdłużej. Marek zawsze tłumaczył, że należy słuchać własnej intuicji. Że każdy człowiek ma możliwości jasnowidzenia i jeżeli zaufa swoim pierwotnym instynktom, może uniknąć wielu błędów. Uczył mnie tego, jak zresztą innych swoich pacjentów, on to bardzo lubił i tym różnił się od wielu jasnowidzów zazdrosnych o swoje dary.

No więc teraz dotykam koperty, zamykam oczy i słucham własnego niepokoju. Nie. Nie odczuwam zazdrości o tę kobietę. Nie boję się, że ta osoba jest moją rywalką. To, co czuję, dotykając tej koperty, jest niejasne. Niepokój. Tak można by to nazwać. I coś... coś kobiecego... – nie umiem tego inaczej wyrazić. Muszę wejść na podstawowy poziom energii. Muszę zapytać swojego przewodnika duchowego. Trzeba zadać mu proste pytanie, odpowiedzią będzie pierwsza myśl:

– Czy powinnam otworzyć tę kopertę?

– Tak.

– Dlaczego?

– Poznasz lepiej problemy Marka.

– Co czuję, dotykając koperty?

– Intymność.

– Czy Marek kochał tę dziewczynę?

– Bardzo. On kochał każdego pacjenta.

– Czy była jego kochanką?

Milczenie.

– Czy się spotykali?

– Nie. Nigdy się nie spotkali.

– Dlaczego więc nie odpowiadasz na pytanie, czy była jego kochanką?

Milczenie. Pustka w głowie. Ani jednej myśli.

– Dlaczego nie czuję zazdrości?

– Otwórz te listy.

Pochylam głowę do przodu, otrząsam się z podstawowego poziomu energii. Kładę dłoń na kopercie i ostrożnie wysuwam kartkę z zeszytu, zapisaną nerwowym pismem. Żeby nie uronić żadnej litery, biorę do ręki lupę. Nie mogę się już cofnąć. Czytam.

Panie Doktorze!

Błagam! Błagam! Błagam o pomoc! Przejdę od razu do rzeczy, bo mój problem jest pewnie dla Pana czymś normalnym, ale dla mnie to sprawa życia (przepraszam, jeżeli to, co piszę, brzmi idiotycznie, ale muszę pisać tak, jak czuję, inaczej nigdy nie wyślę do Pana tego listu). Znowu coś piszę bez sensu, ale trudno. Panie Doktorze! Jestem studentką polonistyki na uniwersytecie we Wrocławiu. Jeszcze rok temu nie marzyłam nawet o tym, że tak się będę mogła przedstawiać, ale zdałam jako najlepsza! 100 na 100 punktów! Egzaminy były tak śmiesznie łatwe, że nie rozumiem, jak można było tego nie zdać. Skończyłam szybko i jeszcze podpowiedziałam takiemu Bartkowi, który teraz jest moim chłopakiem, no bo właśnie wszystko się tak ułożyło, że czasem myślę, że to sen. Mam chłopaka! W moim liceum wszystkie koleżanki miały chłopaka, a ja nawet na balu maturalnym tańczyłam sama. W ogóle czasem się bałam, że nie wyjdę za mąż i wtedy nie będę miała dzieci. A ja chcę mieć, muszę mieć dziecko! Muszę! Moja mama mówi, że in vitro to grzech. Ja tak nie uważam, gdybym nie znalazła męża, to uczepię się każdego sposobu.

Panie Doktorze! Niedawno siedziałam w poczekalni u lekarza i tam leżała właśnie Pana broszurka *Możesz*. Przeczytałam to jednym tchem i myślę, że to był znak. Bo kiedy wyszłam od tego lekarza cała zapłakana, to broszurka jeszcze leżała i ja, taka zasmarkana, przepisałam sobie adres tego wydawnictwa i tam mi dali adres do Pana. Od razu pomyślałam, że się Pana poradzę, chociaż to są takie babskie sprawy, a ja jestem z małego miasta i dla mnie to nie jest łatwe tak się przełamać, jak moim koleżankom, które wszystko mogą o sobie powiedzieć i każdemu. No, ale dla mnie Pan jest lekarzem, więc ja mogę Panu się zwierzyć. Ten lekarz to był ginekolog. I ja mam jakieś guzki, to podobno nic poważnego, ale muszę mieć operację. On się śmiał, kiedy mu powiedziałam, że chcę mieć dzieci, i powiedział, że będę mogła mieć i pięcioraczki. Że to jest podobno prosta sprawa. A ja się boję, Panie Doktorze. Bartkowi nic nie mówiłam, bo po co ma wiedzieć. Mam iść do szpitala za miesiąc, ale tak myślę, że jeżeli Pan znajdzie chwilę czasu, to może Pan spojrzy na moje zdjęcie. Z tego pisma wiem, że najlepsze rezultaty ma Pan, wysyłając swoje bioprądy poprzez zdjęcie, więc posyłam Panu moje najnowsze. Nie wyszłam jakoś specjalnie, ale ten fotograf kręcił moją głową we wszystkie strony i już byłam zmęczona. Bardzo proszę! Niech Pan poświęci mi trochę tej swojej energii i może się uda, żeby te guzki zniknęły. Bo ja, jak nie będę mogła mieć dzieci, to zwariuję, tego jestem pewna. O tej całej sprawie wiem tylko ja, lekarz i Pan. Mamie też nic nie powiedziałam. Pozdrawiam Pana i wysyłam ten wariacki list, bo jak się będę długo zastanawiać, to nie wyślę.

Marzena Gąsowska

Koniec. Cała sprawa jest banalna i z pewnością mniej drastyczna od wielu innych, które mieszczą się w tych teczkach. Tylko dlaczego Marek nie dołączył jej do tych innych? Dlaczego włożył kopertę do tego małego pudełka? Dlaczego nie chciał, żeby połączyły się z pozostałymi sprawami?

Następna jest kartka pocztowa. Zwykła widokówka z Wrocławia, data: 15.06.1986. A więc miesiąc później. Wtedy już znałam Marka. Tak. Poznałam go przecież 10 czerwca. Dokładnie między jednym listem a drugim.

Pierwsze dwa tygodnie były zupełnie szalone. Ja się rozwodziłam, a Marek czekał na mnie tuż przed sądem. Prosiłam, żeby tego nie robił, bo przecież mój mąż mógł go zobaczyć i pomyśleć, że to ja go zdradzam. Więc Marek ukrywał się za rogiem, czekał, aż mój mąż wsiądzie do samochodu, i wtedy wyskakiwał zza rogu. Nie bawiło mnie to. Po pierwsze, chciałam być sama, chciałam jakoś to wszystko zrozumieć, dojść do siebie, oswoić się z tym, że nasz wspólny, wieloletni przyjaciel odebrał mi męża, odsunął go ode mnie. Że okazał się wampirem naszego związku. Poza tym... bałam się Marka. Był we mnie naprawdę zakochany. Pragnął mnie bardzo, ja to czułam, ale nie byłam gotowa do miłości. Pociągał mnie niewątpliwie, ale równocześnie bałam się go. Przeszkadzało mi to jego jasnowidzenie. I to, że miał zdolności parapsychologiczne. Mógł wpływać na ludzkie losy. Nie byłam pewna, czy nie zechce wykorzystać tych zdolności, uzależniając mnie od siebie. Czy ten mężczyzna wyskakujący zza rogu jak dziecko, z tymi oczami, które błyszczały pożądaniem... czy on nie zrobi wszystkiego, co w jego mocy, żeby mi związać życie? Zadałam mu wreszcie to pytanie, tu, w tym pokoju, kiedy staliśmy przytuleni po pierwszym pocałunku. Odsunął mnie delikatnie od siebie i powiedział:

– Pierwsze przykazanie parapsychologii brzmi: „nie wykorzystuj talentu przeciw bliźniemu swemu" – a potem usiadł na poręczy fotela i nie wypuszczając mojej dłoni, dodał:

– To ty jesteś dla mnie niebezpieczna, nie ja dla ciebie. Zajęłaś mi wszystkie zmysły. To ja mam problem. Po prostu zabrałaś mi część światła – przyciągnął mnie do siebie. – Jest takie pojęcie jak aura. Każdy człowiek ją ma, ale tylko niektórzy ją widzą. Ja widzę. To jest coś w rodzaju kolorowej obwódki. I teraz w mojej aurze jest twoja aura. Nie odbieram już tak silnie impulsów innych ludzi. – Kiedy szliśmy w kierunku łóżka, zapytałam:

– Może powinnam odejść? Może ja jestem jakąś przeszkodą?

– Poradzimy sobie z tym – powiedział. I tak zaczęła się nasza miłość.

Nie rozmawialiśmy nigdy o jego pacjentach. Ciągle stali w korytarzu, przychodziło mnóstwo listów. Siedział za biurkiem, czytał, odpisywał, ale kiedy przyjmował kogoś albo „pracował nad czyimś zdjęciem", musiał być sam. Wychodziłam wtedy do ciotki, która cały czas pytała o ślub i dzieci. A myśmy o tym nie rozmawiali. Ja zresztą czułam, że on nie chce mieć dzieci. Że już nie może rozdawać więcej miłości.

Tak więc kiedy ta dziewczyna przysłała kartkę, ja już byłam w życiu Marka. I byłam już pewnie wtedy, kiedy odpisywał na jej pierwszy list. Bo on na wszystkie listy odpisywał.

Tym razem pismo jest równe, właściwie kaligraficzne, pisane pewną ręką, w spokoju. Zresztą to tylko kilka zdań:

Panie Doktorze!

Dziękuję serdecznie za odpowiedź i przepraszam za swój list, który pewnie zawierał mnóstwo błędów. Nie mogę sobie wybaczyć, że będąc w tak złej formie psychicznej, zajęłam Panu tyle czasu swoją grafomanią. Jestem wdzięczna za to, że starał się Pan pomóc mi, eliminując swoją energią symptomy choroby. Niestety po wizycie u lekarza okazało się, że sprawa posuwa się naprzód i operacja jest konieczna. Jednak lekarz stwierdził jeszcze raz, że operacja jest banalna. Niestety Bartek nie chce zrobić sobie zdjęcia. Pozdrawiam Pana serdecznie, jutro idę do szpitala.

Marzena Gąsowska

W pudełku zostały jeszcze trzy listy. Następny datowany jest dziesięć dni później, ale pismo na kopercie znowu nierówne, nawet bardziej rozwichrzone niż w pierwszym liście. Jest tam coś złego. Czuję to. Jednak jeżeli teraz zamknę pudełko, ono już nigdy nie da mi spokoju. Wysuwam z koperty zapisaną kartkę. List jest krótszy niż pocztówka, ale pismo nerwowe, pospieszne. Czytam:

Panie Marku!

Gratuluję. Jest Pan świetnym jasnowidzem! A ja rzeczywiście jestem szczególnym przypadkiem. Wszystko mam szczególne. Nawet w brzuchu miałam szczególny bałagan, no i trzeba było posprzątać. I posprzątali. Pięknie posprzątali. Wyrzucili wszystkie graty. Nawet łóżeczko dla dziecka. Oczywiście nie mogę mieć pretensji, bo podpisałam przed operacją zgodę, że gdyby to było konieczne, to zgadzam się na usunięcie wszystkiego. Ale nie miało być konieczne. Miało być banalnie, ale nie było. Zwykła ludzka pomyłka. Tak bywa. Szkoda, że nie będę mogła powiedzieć swojemu dziecku – tak bywa. Aha, co do Bartka też miał Pan rację. Nie odwiedził mnie w szpitalu, a jak wyszłam, to on był już z moją koleżanką z akademika. Tak bywa.

Cześć
Marzena

O Boże, a więc ta dziewczyna obudziła się po operacji bez macicy. Zastanawiam się... myślę, czy Marek to przeżywał. Czy mogę odnaleźć w pamięci taki moment z tamtego okresu, kiedy czuł się gorzej, był załamany. Ale nie mogę sobie niczego takiego przypomnieć.

Marek najwyraźniej długo był „pustelnikiem". Byłam dla niego odkryciem, kochaliśmy się kilka razy dziennie, nie spaliśmy po nocach, kiedy zostawiałam go samego, już po paru minutach walił do drzwi ciotki i zabierał mnie do siebie. Oczywiście, że myślałam o tym, czy on nie zaniedbuje pacjentów. Ale nawet gdybym zadała mu takie pytanie, on miałby w odpowiedzi tylko pocałunek. Czy ja mu czegoś nie zabrałam? Czy to możliwe, że ta dziewczyna mogła być wyleczona przez Marka, gdybym nie pojawiła się w jego życiu? Zaczynam powoli rozumieć swój związek z tym pudełkiem. To był jedyny przedmiot, który zamykał w sobie wpływ mojej energii na los nie znanej mi osoby.

A może jednak znajdę jakiś ślad reakcji Marka na tę kartkę? To nie było trudne. Marek namówił mnie do podsumowania choćby jednym zdaniem każdego dnia. Miałam pisać o tym, co udało mi się zrobić, a czego nie, czy spełniło się jakieś marzenie albo część planu. Robiłam to jednak po swojemu, opisując raczej zdarzenia i spostrzeżenia. Idę do mieszkania ciotki. Mój pamiętnik leży przy łóżku nie pościelonym dzisiaj (nie mogłam spać u Marka, kiedy leżał w szpitalu). Gruby zeszyt oprawiony w skórę jest otwarty, a ostatnie zdanie napisane tutaj: „Marek śpi. Myślę, że już się nie obudzi".

Szukam daty 16.06.1986. Jest. „Udało mi się namówić Marka na kino" – to wszystko. Pewnie tylko na czas jednego zdania pozwolił mi pójść do ciotki.

Powinnam teraz zdjąć płaszcz i powiesić go na wieszaku, ale chcę jak najszybciej wrócić do Marka i usiąść tam na podłodze.

Następne dwa listy z pudełka są napisane dużo później. Na obu kopertach w prawym rogu narysowany jest kot. Mała kocia mordka. Na stemplu pierwszej z tych kopert jest data: 12.05.1996. Dziesięć lat później. Najlepsze dziesięć lat życia Marka.

Moją ideą było „wyprowadzenie go z domu". Tamten eksperyment z kinem okazał się nadzwyczaj udany. Nie pamiętam, co to było, ale na pewno jakaś komedia, bo Marek zaśmiewał się jak dziecko, potem miał ochotę na lody, a następnego dnia kupił sobie walkmana. Nie wiem, czy to miało jakiś związek z tym kinem, ale sądzę, że wyjście poza obręb świata medytacji było dla niego ożywcze, bo zaczął być głodny nowych wrażeń, stale wynajdował nowe filmy, polubił małe jarskie restauracyjki i pozwolił sobie zamontować telefon z sekretarką.

„Cześć, mówi Marek, zostaw wiadomość, odpowiem" – nagrał nie bez oporów, ale teraz po powrocie do domu zawsze pędził do telefonu sprawdzić wiadomości. Światełko na sekretarce migało coraz częściej, a liczba zostawionych nagrań dochodziła do kilkunastu. Marek był przystojny, uroczy, jednocześnie nieśmiały i jakby nieświadomy swojego wdzięku – był inny, był nowy, toteż media zakochały się w nim od pierwszego wejrzenia. Oprócz pacjentów ciągle dzwoniły redakcje pism z prośbą o wywiady, stacje telewizyjne z propozycją udziału w programach. Na początku Marek odnosił się do tego z rezerwą, ale potem rozsmakował się w życiu publicznym do tego stopnia, że kilka tygodni bez kamery odczuwał jako pustkę i zdradzał objawy rozdrażnienia. Z czasem zaczęliśmy bywać na prestiżowych przyjęciach, gdzie chętnie uśmiechał się do fotografów i chociaż bardzo tego nie lubiłam, obejmował mnie mocno, uwieczniając nas dla kronik towarzyskich. Zauważyłam, że kupuje sobie kolorowe pisemka i sprawdza, czy jest tam o nim jakaś wzmianka. Ale nie zaniedbywał swojej pracy. Wręcz przeciwnie, twierdził, że ma coraz lepsze rezultaty, pracował z radością, tyle tylko, że więcej o tym mówił. Przedtem jego pacjenci, ich choroby, problemy i jego sukcesy były całkowitym tabu, teraz stał się duszą towarzystwa, opowiadając o „obrączce męża pacjentki znalezionej na odległość u jego kochanki", o tym, jak przez kontakt z fotografią powstrzymał stwardnienie rozsiane u młodego chłopaka, jak przewidział wypadek samochodowy znajomych. Pytany o koniec świata, wojnę i przyszłość cywilizacji nachylał się tajemniczo nad zebranymi i mówił, że do tej wizji potrzebny mu jest gulasz z dziewicy.

Napisał trzy książki. Pierwsza – *Wszechświat głowy* – sprzedała się natychmiast, dzięki drugiej *Jesteś stwórcą* zdobył nagrodę „Książki Roku", a trzecia, *Nie wykorzystane zasoby intelektu*, zyskała mu zwolenników w kołach psychologów i psychiatrów, był teraz zapraszany na sympozja i konferencje.

Nawet nie pamiętam dnia, kiedy zrezygnowałam ze swojej pracy. Prawdopodobnie prosto z uczelni musiałam jechać do domu, żeby potwierdzić jakiś przyjazd Marka albo umówić go na spotkanie z wydawcą. Po prostu ktoś musiał kierować tym ruchem, a że to mam być ja, było właściwie czymś naturalnym. A kiedy Marek dostał propozycję własnego programu TV, kiedy zaczął uzdrawiać przed kamerą, kiedy musiał już ograniczać liczbę pacjentów, odsyłając ich „przed telewizor", kiedy (jak twierdził) jego czarny, wyciągnięty sweter stał się ukochanym strojem młodzieży, ja byłam już bardzo zapracowaną sekretarką jasnowidza. Marek promieniał radością. Jak się okazuje, życie publiczne było jego żywiołem. Nawet kiedy kładł ręce na skroniach mojej ciotki, która zachorowała na serce, patrzył w telewizor, oglądając swój program. Ciotka wyzdrowiała, ale niestety pół roku później miała rozległy wylew i miesiąc potem umarła. Marek był wtedy w Paryżu na międzynarodowym spotkaniu terapeutów, więc wiadomość o jej śmierci dotarła do niego z opóźnieniem, a nawet zaskoczyła go zupełnie.

Pamiętam, jak kiedyś wracając do domu, zastaliśmy na sekretarce wiadomość: „Gratulujemy, zostaliście państwo «Parą Roku»".

Marek tak się cieszył! Podniósł mnie do góry, zaniósł na rękach do łóżka i powiedział: „Wszystko ci zawdzięczam. Wiesz?" Ale zaraz potem zadzwonił telefon.

Po wręczeniu nagrody podeszła do nas dziennikarka z telewizji i zapytała mnie:

– Czy pani wie o tym, że pan Marek, mówiąc o sobie, zawsze mówi „my"? Zawsze ma też na myśli panią?

Nie wiedziałam. Nie zauważyłam tego, ale bardzo możliwe. Ja też mówiłam „my", bo jak miałam mówić, skoro nie miałam własnych spraw tylko Marka? Byłam jego życiem. Byłam Markiem. Ale czy Marek był mną? I co to w ogóle znaczyło „ja"? Któregoś dnia Marek pojechał do galerii i kupił tam wielkie lustro. Dotąd w jego mieszkaniu było tylko maleńkie, pęknięte, okrągłe lusterko, które opierało się na ścianie w łazience. Tyle, żeby widzieć przestrzeń między nosem a ustami, kiedy się golił. A teraz stał na środku pokoju z wielkim lustrem, obramowanym w stare, dębowe drewno.

— Gdzie to będzie wisieć? — zapytałam, a Marek podszedł do jedynego wolnego kawałka ściany między półkami i z zadowoleniem oświadczył:

— Pasuje.

— Ale... przecież to jest naprzeciwko okna — Marek zawsze przestrzegał zasad feng-shui — księżyc będzie się w nim odbijać, zawsze mówiłeś, że to jest fatalne dla życiowej energii.

Ale on mnie nie słuchał. Poszedł po młotek, niedługo potem lustro obramowało jego sylwetkę i tak już na kilka lat stało się jego autorytetem w sprawie ubrania. Miał teraz mnóstwo czarnych swetrów z różnych tkanin, swetrów różnej długości, o różnym kroju rękawów i zaczął drobiazgowo dbać o proporcje swetra w stosunku do nogawek spodni.

Kiedy gasiliśmy światło, lustro zawsze błyszczało w ciemności. Nie spałam wtedy dobrze. Wydawało mi się, że tafla szkła wchłania blask księżyca i oddaje całemu pokojowi jego zimną energię. Kiedyś przy pełni księżyca nagle wstałam, podeszłam do biurka i napisałam... nie wiem, jak to nazwać... opowiadanie, impresję. Miało to związek z moim małżeństwem, z rozmową ostatniej nocy, tej nocy, kiedy mój mąż odjechał z naszym wspólnym przyjacielem. Nazwałam to *Pisane nocą w obecności lustra*. Pisałam bez zastanowienia, wszystko, co przychodziło mi do głowy, jakby to lustro wyciągało ze mnie pewne obrazy. Kiedy powiedziałam o tym Markowi, uśmiechnął się, pogłaskał mnie po głowie i powiedział:

– Osiągnęłaś tak zwany stan Theta, fale mózgowe cztery do ośmiu cykli na sekundę. W tej częstotliwości może przyjść natchnienie. I bardzo dobrze. Jakaś część nas zostaje zamknięta w przeszłości. Taka blokada utrudnia przepływ energii przez aurę. Pisząc, rozbiłaś te obrazy i uwolniłaś się od nich... Wszystko jest w głowie. Nigdy ci tego nie mówiłem, ale w całej tej sztuce jest bardzo dużo siły sugestii. Polub to lustro po prostu, musisz je oswoić, tak samo zresztą jak księżyc, i po wszystkim. – Zdjęłam lustro dopiero, kiedy zachorował. Oddałam do dobrej galerii.

A Marek zachorował 27 sierpnia 1996 roku. To znaczy, wtedy zrobił pierwsze badania. Bo już przedtem czuł się fatalnie. Kiedy pierwszy raz niespodziewanie zemdlał? Zresztą mogę to sprawdzić. Pamiętam, że zapisałam to w swoim pamiętniku czerwonym flamastrem. O, jest! „Marek zemdlał!!!" to z 20 czerwca 1996 roku.

List z pudełka, który trzymam w ręku, ma stempel z 12 czerwca. Może to nie ma żadnego związku. Pismo na kopercie jest znowu równe, kaligraficzne. Koperta jest gruba, pewnie mieści się w niej kilka kartek. Otwieram. Z koperty wypadło zdjęcie jakiejś wymalowanej kobiety i pięć kartek złożonych równo. Ale na kartkach jest też ślad innego zagięcia. Najwyraźniej osoba, która pisała ten list, zagięła kartki w innym miejscu, a ten, kto czytał, poprawił zagięcie, złożył kartki idealnie równo. To musiał być Marek. On wszystkie listy zawsze składał po swojemu, zawsze równo z brzegami. Muszę dotknąć tego zagięcia. Witaj, Marku. Teraz przebrnę przez setki równych liter, przejdę dziesiątki linijek tego listu, po których być może dotrę do Ciebie. Czytam.

Panie Doktorze!

Myślę, że nie dziwi Pana styl mojego listu. Nie staram się nic uładzić – piszę tak, jak myślę – o to przecież prosi Pan pacjentów, prawda? „Niech Pani odrzuci sztukę epistolarną – muszę wniknąć w organizm, przez poznanie Pani osobowości". Pana biopole świetnie działa na dużą odległość. Ale nie zadziałało w moim wypadku.

Ciekawe, swoją drogą, w jakiej rubryce figuruję... ...„Bezpłodność?", a może „sprawy beznadziejne"? albo „porażki"?... tak czy inaczej, chyba winna jestem dokończenia teraz mojej historii. Zaraz po operacji pojechałam do domu, czyli do mojego rodzinnego miasteczka. Spakowałam w akademiku wszystkie moje rzeczy i wyjechałam bez pożegnania. Chcę przez to powiedzieć, że rzuciłam studia. Proszę nie robić takiej miny! Mimo „zadziwiającego ilorazu inteligencji", którą odnalazł Pan na mojej fotografii, i nie najgorszej pozycji na uczelni, ja nigdy nie chciałam robić kariery naukowej , chociaż mogłoby to tak wyglądać. Moim celem był jednak dom i dzieci. Dużo dzieci – jak to się mówi – „ile się da". Jak Pan widzi, nie jestem bardzo ładna, a przynajmniej nie byłam (prawdę mówiąc, jestem teraz tylko bogatsza o parę lat i trochę więcej umiem, na przykład udawać kota, pozując do zdjęcia), dlatego nie mogłam liczyć na wielbicieli. Ale miałam nadzieję, że na uniwersytecie znajdę ojca swoich dzieci. Ludzie z różnych powodów idą na studia, jak się okazuje. No tak. Bartek był dzieckiem, a nie ojcem. Po operacji nie chciałam już poznać nikogo.

Na zdjęciu, które wypadło z tej koperty, jestem ja. Wiem, że nie dziwi to Pana, bo przecież zawsze przed postawieniem diagnozy prosi Pan pacjentów o co najmniej jedną fotografię. Zdziwi Pana jednak z pewnością mój list. Nie proszę o żadną pomoc, przynajmniej na razie. Ani o radę, ani o uspokojenie jakiejś udręki. Proszę tylko, żeby Pan przyjrzał się mojej fotografii. Żeby postarał się Pan odnaleźć w pamięci jedną ze swoich pacjentek i pomyślał: „ach, to ona". Nie. Nie pomyśli Pan tak, pomyśli Pan: „jaka ładna kobieta" – proszę mi wybaczyć ten brak skromności, ale wiem, że tak Pan pomyśli. Sama tak pomyślałam, kiedy odbierałam zdjęcia z zakładu fotograficznego. Fotograf też tak pomyślał już wtedy, kiedy siedziałam przed aparatem, a on ustawiał światła. Dlatego tak się uśmiecham i patrzę trochę jak kot. Bo patrzę trochę jak kot, prawda? Kobieta, która wie, że się podoba, jest zawsze podobna do kota. Kiedyś miałam oczy zgubionego psa, na przykład na zdjęciu, które przysłałam Panu dziesięć lat temu. I właśnie dlatego nie może mnie Pan teraz rozpoznać, chociaż nie zmieniłam ani wagi, ani koloru włosów, ani nie postarzałam się tak bardzo – tylko że wtedy byłam psem, teraz jestem kotem, a to różnica na miarę kosmosu.

Chcę, żeby Pan wiedział, że nie uśmiecham się do fotografa. Uśmiecham się do Pana. I patrzę na Pana.

Często patrzę na Pana zdjęcie. Wycięłam je dosyć dawno razem z wywiadem, którego udzielił Pan pewnej gazecie. Dawniej całymi godzinami starałam się wyobrazić sobie, jak zmieniła się Pana twarz, kiedy musiał Pan do mnie napisać, że... „w życiu kobiety oprócz rodzenia dzieci jest wiele innych wspaniałych doznań. Przy okazji popracowałem nad zbadaniem ilorazu Pani inteligencji i muszę powiedzieć, że jest on zadziwiająco wysoki, proszę więc zaufać swojej głowie". Znam ten list na pamięć. I wywiad z Panem, i tę twarz na fotografii.

Ale to już historia. Teraz jestem kotem – przynajmniej na tej fotografii. Chociaż nigdy nie będę „kocią mamą". „Nigdy nie mów «nigdy»" – tak się mówi. Ale w tym wypadku wystarczy chociaż trochę pouczyć się anatomii, żeby uznać to powiedzenie za wyjątkowo naiwne, prawda?

Niech Pan mi się przyjrzy. Bardzo proszę. Niech Pan nie angażuje zanadto swojego biopola – niech Pan odpocznie trochę i popatrzy na mnie jak amator. Nie jak zawodowiec. Amator kotów na przykład. I niech Pan nie zagląda mi w oczy, tylko niech pan popatrzy mi w oczy. Bo ja patrzę Panu w oczy, o czym nie miał pojęcia wyżej wspomniany fotograf. Zrobi Pan to, prawda? Już pan to robi. Moja prośba jest tak dziwna, że trudno się jej oprzeć, zwłaszcza że nikt, ale to nikt oprócz Pana nie będzie o tym wiedział, więc nawet jeśli uważa mnie Pan za osobę niespełna rozumu – zrobił to Pan, i to, jak sądzę, kilkakrotnie. To dobrze. Nie mówię „dziękuję" – w pewnych sytuacjach kobiety nie mówią dziękuję, na przykład, kiedy mężczyzna patrzy im głęboko w oczy. Brzmiałoby to idiotycznie, prawda? A więc spojrzeliśmy sobie w oczy.

Teraz pozostaje tylko czekać, chociaż w wypadku listu słowo „teraz" nie jest jednoznaczne. Czy list jest „teraz", kiedy się go pisze, czy kiedy się go czyta – chociaż w krótkim życiu listu są takie dwa, trzy dni, kiedy go w ogóle nie ma, a jednak nie można już odwrócić biegu wypadków. No cóż, teraz, kiedy piszę list, jestem pewna, że nie popełniam błędu... ale co myślę „teraz", kiedy Pan go czyta, nie wiem... może odczuwam lekki dreszcz... Bardzo bym chciała, żeby tak było. A potem będzie mnie Pan miał „z głowy". Dosłownie. Przepraszam – to taki żart na mój własny użytek. Niech Pan będzie dobrej myśli. I niech się Pan nie stara odgadnąć tego, co napisałam... To naprawdę niemożliwe nawet dla jasnowidza. Powiem Panu jeszcze tylko tyle, że ponieważ nie mogłam być Pana wierną pacjentką, stałam się Pana wierną czytelniczką. *Wszechświat głowy*, *Jesteś stwórcą*, *Nie wykorzystane zasoby intelektu* przewertowałam od góry do dołu i proszę mi wierzyć, że wyczerpałam z nich wszystko, co mogły dać. Może być Pan ze mnie naprawdę dumny.

Dziękuję, że poświęcił mi Pan trochę cennego czasu.

Życzę sukcesów w pracy zawodowej i w życiu osobistym.

Pana
oddana Marzena

PS – dziękuję za wiadomość, którą zaczerpnęłam ze *Wszechświata głowy*. Nie wiedziałam, że dusza znajduje się w okolicy szyszynki. Ciekawe tylko, czy wokół tej duszy może owinąć się ciało.

Przyglądam się temu zdjęciu i dopiero teraz widzę, że to jest twarz tej samej dziewczyny, ale...

Czy to jest możliwe? Tamta dziewczyna z pierwszego zdjęcia jest słaba, należy do tych, którzy przyszli na świat z małą dawką energii, tylko jako świadkowie wydarzeń, a tutaj, na tym zdjęciu... To jest przecież wampir energetyczny! Ona ma potworną siłę! Nawet ja z tym swoim miernym biopolem, patrząc na zdjęcie, dotykając go, czuję dreszcze i gorzki smak w ustach.

Mam podejrzenie, że Marek zasłabł na skutek tego listu. Potem zaczęły się depresje, najpierw kilkudniowe, przemijające po udanym programie albo po jakimkolwiek dowodzie popularności. Potem depresjom zaczęły towarzyszyć wątpliwości co do własnych talentów.

Coraz częściej odwoływał pacjentów... Coraz częściej używał do tego pretekstów dotyczących własnego zdrowia. Doszło do tego, że jeden z nich żalił mi się po seansie: „właściwie pan Marek cały czas opowiadał o sobie". Zaczął mieć tremę przed każdym programem telewizyjnym, najwyraźniej nie sprawiały mu już one radości, tylko wywoływały potworną frustrację. Niestety, było to widoczne.

Każdego tygodnia jego twarz na ekranie była coraz bardziej napięta, a oczy tak rozbiegane, że operatorzy kamer oddalali jego zbliżenie, pokazując Marka w pewnej odległości. W dodatku wymyślił sobie rywala. Twierdził, że pojawił się jakiś chłopak, którego tam, w telewizji, uważają za talent parapsychologii, i jego udział w programie „jest tylko kwestią miesięcy". Co gorsza, w jego słownictwie pojawiało się coraz więcej określeń pesymistycznych. Na przyjęciach nawet w żartach używał często słów: „dopóki mnie nie wyrzucą" albo „każdy ma swoje pięć minut i to jest moja piąta minuta", albo „mój następca pewnie będzie miał biopole multimedialne". W ogóle coraz częściej mówił o „swoim następcy". Próbowałam wypytać się dyskretnie o to, czy rzeczywiście w tej dziedzinie pojawił się jakiś młody talent, ale nikt o nikim takim nie słyszał. Któregoś dnia kupiłam pismo z Markiem na okładce i przeczytałam wywiad z nim, zatytułowany: *Idol zagrożony*. Marek w każdym zdaniu sugerował istnienie rywala.

Zaczął pić. To była naprawdę ostatnia rzecz, jakiej się po nim spodziewałam. Nie był w stanie zacząć programu bez kieliszka koniaku, kiedy wracał do domu, rozluźniał się sporymi łykami whisky, a przed spotkaniem z pacjentem „strzelał sobie kielicha". Nie było to dużo jak na ilość, ale jak na przekonania Marka to była katastrofa.

Pewnego wieczoru wrócił po programie roztrzęsiony. Nie było mnie wtedy w domu, a kiedy wróciłam, otworzył mi drzwi wściekły, że wychodzę w czasie, kiedy mogą być do niego telefony. Chodził po pokoju, nalewał sobie whisky, siadał na fotelu, po chwili wstawał. Znowu przyszedł ten chłopak. Był w studio. Stał obok kamery numer dwa. Tuż obok tej kamery, do której Marek zwraca się bezpośrednio i patrząc prosto w obiektyw, przenosi swoją energię na telewidzów. Tym razem nie był w stanie się skupić, bo... „raczej trudno zebrać myśli, kiedy przed tobą stoi smarkacz, który uśmiecha się bezczelnie z rękami w kieszeniach i daje do zrozumienia, że jesteś zerem! Zerem!" Marek coraz częściej używał w stosunku do siebie tego określenia.

— Ale jakim cudem mogłeś go zobaczyć, przecież tam w studio jest zupełnie ciemno.

– Jak to, jakim cudem! Miał biały sweter! Czy ty wiesz, co to jest biały kolor? Każdy ruch jest wtedy widoczny! A on potrząsał głową, wzruszał ramionami, drapał się po brzuchu! Czy ty wiesz, co to znaczy, kiedy od skupienia twoich oczu zależy życie milionów ludzi? Oczywiście, że nie wiesz, bo przecież ty już nawet nie oglądasz mojego programu. No, kiedy ostatnio oglądałaś, można wiedzieć kiedy? A kiedy twoi znajomi oglądali? Kiedy?

Zadzwoniłam do producentki programu, bardzo miłej osoby, i poprosiłam, żeby już nie wpuszczali do studia nikogo poza ekipą, a przede wszystkim, żeby za kamerą nie stał nikt oprócz operatora, bo Marka to rozprasza. Była zdumiona.

– Tam nigdy nikt nie stoi. My tego bardzo pilnujemy, przecież Marek ma stworzone wszystkie możliwe warunki do skupienia. Proszę mi zaufać, że pracuje w idealnych warunkach.

Niestety, następnym razem rywal też był w studio... Przemykał się pod kamerami w swoim białym swetrze i stawał naprzeciwko Marka. Marek przerwał nagranie. Żądał opuszczenia sali. Zapytałam, czy mogłabym przyjść do studia następnym razem i przypilnować, żeby mu nikt nie przeszkadzał. Dostał szału.

– Ty mi po prostu nie wierzysz! Ja nie mogę mieć w studio nikogo, kto mi nie wierzy! Wystarczy mi ten smarkacz!

Coraz bardziej przebierał w pacjentach. Jednego nie mógł przyjąć, bo ma zły dzień astralny, innego, bo nie jest w stanie mu pomóc, ale najczęściej było dla niego oczywiste, że pacjent jest wysłannikiem tego smarkacza w białym swetrze. Że sprawdza jego możliwości. A skąd on to wie? A wie to, bo jest do cholery JA-SNO-WI-DZEM! Czy ja już tego nie pamiętam? Czy zapomniałam już o tej drobnostce? Otóż jest jasnowidzem i żąda szacunku dla resztek swojej energii! Coraz częściej mówił o „resztkach swojej energii".

– Kokietuje pan? – pytała dziennikarka w jednym z wywiadów dla prestiżowego pisma.

– Nie. Nawet najsilniejszą energię można komuś odebrać, jeżeli się bardzo chce.

– Panu ktoś odebrał?

– Ale nie będzie miał z tego pożytku. Jak to mówią, kradzione nie tuczy.

– Jak mam to rozumieć?

– Że siła młodości to nie wszystko. Nie wystarczy skupić się na zabraniu komuś energii. Trzeba jeszcze umieć ją wykorzystać, a kto się sprzeciwił prawu „nie wykorzystuj talentu przeciwko bliźniemu swemu", krótko będzie się z niego cieszył.

Rywal w białym swetrze pojawiał się już nie tylko w studio. Stał przed nim w księgarni, podglądając książki, które Marek zamierzał kupić. Postarał się, żeby na rynku zabrakło ozdrowieńczej herbaty, którą Marek codziennie pije. Siłą swojej energii wywoływał uczucie zmęczenia, które paraliżowało Marka od rana. Powodował zaburzenia pamięci. Zamieszanie w skupieniu i medytacji. Zablokował czakram szósty i wywołał zaburzenia w połączeniu z jądrem ziemi. Kiedy jednak to się udawało i Marek z największym wysiłkiem lądował na „plaży czasu", tam, na terenie największej mocy i wizualizacji pragnień, z odległego horyzontu wyłaniał się on. Z rękami w kieszeniach, w swoim białym swetrze, szedł spokojnie aż na środek tej „plaży czasu", tam stawał, przekrzywiał głowę i uśmiechał się do Marka jak do dziecka. Ale przede wszystkim rozgościł się w studio. Już nie stał za kamerą. Lśniąca biel jego swetra widoczna była z odległego kąta, gdzie siedział, kiwając nogą założoną na nogę, rozparty w wiklinowym fotelu. Marek coraz częściej przerywał nagranie. Gubił się w słowach, miał pretensje do operatorów kamer, że tendencyjnie „nie oświetlają jego oczu, tak żeby ich siła działała na widzów". Było ich zresztą coraz mniej.

„Słupki oglądalności" spadały z tygodnia na tydzień. Marek drżącymi rękami przeglądał rankingi popularności gwiazd telewizji i nalewając sobie kolejną whisky, wodził palcem coraz niżej aż do miejsca, gdzie pojawiało się jego nazwisko, z każdym miesiącem spadające w dół.

Prawdę mówiąc, z ulgą przyjęłam telefon od producentki programu:

– Muszę z panią bardzo szczerze porozmawiać, chociaż to jest dla mnie bardzo trudna decyzja. Przeciągaliśmy ją w redakcji wystarczająco długo, ale chyba nie da się już dłużej. Coś niedobrego dzieje się z Markiem, wszyscy to widzimy, a pani na pewno też. Musimy przerwać program na jakiś czas, Marek powinien odpocząć.

– Rozumiem. Czy on już wie?

– Nie. Bardzo liczymy na to, że pani go jakoś przygotuje do rozmowy z nami. Musimy zrobić przerwę dla jego dobra.

– Naturalnie. Porozmawiam z nim.

Kiedy odebrałam ten telefon, Marek siedział w kuchni. Coraz częściej zamykał się tam, jakby unikał swojego pokoju, jakby ciasnota tego małego pomieszczenia bardziej mu odpowiadała. Nie zapalał światła i teraz też odwrócił głowę, kiedy przekręciłam kontakt. Odsunęłam firanki. Szybę wąskiego okna pokrywał zmierzch.

– Musimy porozmawiać – powiedziałam, siadając naprzeciwko Marka, który patrzył uporczywie na przeciwległą ścianę.

– Nie musimy – powiedział. – Wiem, co się stało.

Z początku nie byłam pewna, czy dobrze rozumie, o czym chcę mówić. Nie mógł słyszeć mojej rozmowy. Telefon stał w końcu pokoju, a ja mówiłam bardzo cicho, ściana między kuchnią a pokojem była wystarczająco gruba, w dodatku zabarykadowana wielkim kredensem, i mój głos nie miał prawa tam przeniknąć. Marek oparł głowę o ścianę, odwrócił się w stronę okna i po chwili w szarej, przybrudzonej szybie zobaczyłam jego odbicie. Było rozproszone, niejasne, jak impresja czyjejś twarzy... W załamaniach szkła i księżyca wytworzyły się wokół odbicia Marka połamane wiązki promieni. Marek wielokrotnie mówił mi o istnieniu aureoli jako o zjawisku zupełnie realnym, ale nie przypuszczałam, że kiedy ją zobaczę pierwszy raz, będzie raczej oznaką smutku niż promiennej siły. Milczeliśmy długo, a kiedy odwrócił głowę w moją stronę, nie ukrywał tego, czego nigdy nie spodziewałabym się zobaczyć. Płakał.

Zrozumiałam, że rzeczywiście nie muszę mu niczego mówić, że on dobrze wie, co się stało przed chwilą, a wie dlatego, że jest jasnowidzem. Prawdę mówiąc, od dawna nie myślałam o nim w ten sposób. Po prostu zapomniałam. Nagle powiedział:

– Jestem szczęśliwy.

— Co ty mówisz, kochanie — pierwszy raz powiedziałam do niego „kochanie".

Marek otarł łzy rękawem swetra i powiedział:

— Ja już nie mogę tego robić.

— Chodzi o program? Myślę, że po prostu powinieneś odpocząć. To wszystko.

— Nie mówię o programie. Mówię o wszystkim. — Zabrał się do parzenia herbaty. Widziałam teraz tylko jego zgarbione plecy. — O całym tym interesie mówię... — nalał do czajniczka wodę z kranu. — Czas się z tym pożegnać.

— Ale jak chcesz się pożegnać ze swoim biopolem? Ono przecież się nie zmieniło. Nawet teraz, kiedy masz depresję, uzdrawiasz ludzi, odnajdujesz przedmioty, może nie tak wiele jak dawniej, ale ja na przykład nie mogłabym zrobić żadnej z tych rzeczy.

Marek zapalił gaz pod czajniczkiem i usiadł przy stole.

— Czy ja ci mówiłem, że jestem magistrem leśnictwa?

— Nie... czy ty naprawdę masz zamiar rzucić pacjentów? — ale Marek nie odpowiedział, tylko przysunął do siebie pustą szklankę i wpatrywał się w nią dłuższy czas.

— Skończyłem leśnictwo. Chciałem mieć leśniczówkę i kawałek ziemi, którą mógłbym się opiekować. I nie widzę powodu, żeby do tego nie wrócić — wstał od stołu, wsypał herbatę do czajniczka, zalał wrzątkiem, postawił na gazie i znowu usiadł przy stole, a potem zaczął kręcić palcem kółka na brzegu szklanki, wywołując jednostajny, wysoki ton. Milczeliśmy. Nie bardzo wiedziałam, jak z nim rozmawiać, co powiedzieć, żeby nie sprowokować kolejnego ataku furii, która ogarniała go coraz częściej.

– Jest takie miejsce – powiedział wreszcie, nie przestając grać na szkle. – Trzeba by było wyremontować chatę, chociaż mnie taki stan nie przeszkadza, ale ty pewnie nie wytrzymałabyś w takich warunkach. Z tym, że piece chciałbym zostawić. Jest trochę roboty z paleniem w piecu, ale ja to będę robił. Doiłaś kiedyś krowę?

Marek uśmiechnął się do mnie prawie takim samym uśmiechem jak dawniej, jak wtedy, kiedy pierwszy raz otworzył mi drzwi. Owszem, doiłam krowę. Kiedy byłam małą dziewczynką, ciotka zabierała mnie do rodziny na wieś. Ale nie był to cel mojego życia! On mnie nawet nie zapytał o zdanie. On mnie już w tej swojej głowie spakował i posadził przy piecu, gdzie miałabym spędzić resztę życia.

– Co się dzieje... czy możemy spokojnie porozmawiać?

– A czy ja nie jestem spokojny? – dźwięk szkła stawał się coraz wyższy. – Dawno nie byłem tak spokojny.

– Dlaczego odrzucasz to, co dał ci Bóg! Marek, to zobowiązuje! Naprawdę mógłbyś z czystym sumieniem z tymi swoimi darami siedzieć na odludziu i palić w piecu?

Szklanka zaczęła śpiewać niższym, głębokim dźwiękiem. Marek powoli zaczął zwalniać koła, a szkło grało swoją jednonutową melodię coraz ciszej. Zanikający dźwięk był tak intensywny, że oboje wsłuchiwaliśmy się w wibracje szkła, jakby cała przestrzeń kuchni sprowadziła się do śpiewającej, szklanej obręczy. Miałam nawet wrażenie, że księżyc zbliżył się do okna, przywołany wibrującym śpiewem. Nie wiem, ile czasu tak siedzieliśmy. Marek wpatrywał się w pustą szklankę, jakby wywołanie dźwięku wymagało mikroskopijnej dokładności. Nagle powiedział:

– Mam syna.

Oderwał rękę od szklanki, wstał, zgasił maleńki płomień gazu i nalał sobie herbatę. Kiedy usiadł, byłam już zdolna do tego, żeby zadać mu jakiekolwiek pytanie:

– Dlaczego nigdy nic mi nie powiedziałeś?

– Nie wiedziałem.

Czarne płatki fusów tańczyły w naczyniu wypełnionym herbatą. Patrzyliśmy, jak powoli opadają na dno. To znaczy, Marek patrzył, a ja robiłam po prostu to samo co on. Jak zawsze.

– Ile ma lat? – zapytałam, kiedy wszystkie płatki herbaty leżały na spodzie szklanki. Marek spojrzał na mnie ze zdziwieniem.

– Lat? On nie ma jeszcze lat – powiedział, patrząc mi w oczy z uśmiechem. Tak. Uśmiechał się, mówiąc, że mnie zdradzał! Bo przecież, jeżeli to dziecko jest niemowlęciem, musiało się począć, kiedy byliśmy razem! Kiedy wspierałam go w jego depresji! Kiedy całe dnie poświęcałam jego karierze! Kiedy zrobiłam z siebie lalkę dla fotoreporterów! On wtedy był z inną kobietą!

– To znaczy, kiedy? Kiedy się urodził?

Marek wypił łyk herbaty i wpatrzony w szklankę powiedział:

– Trzy dni temu.

Przechyliłam się przez stół i uderzyłam go w twarz. Oczywiście z tej pozycji nie mogłam tego zrobić tak mocno, jak chciałam, wypadło to raczej żałośnie, a w dodatku Marek wydawał się tym zupełnie zaskoczony. Jakby nie spodziewał się, że będę miała coś przeciwko temu. Powiedział nawet:

– Oszalałaś? – a ponieważ herbata wylała się na stół, zajął się intensywnym wycieraniem blatu, jakby nie było niczego ważniejszego. Wybiegłam z kuchni, włożyłam płaszcz, wyszłam z mieszkania, po chwili wróciłam, wzięłam swój ręcznik, kapcie, szlafrok i kilka swoich książek, które przyniosłam do Marka. Trzymając to wszystko w rękach, miałam trudności z otwarciem drzwi i kiedy usiłowałam uwolnić jedną rękę, wkładając ręcznik w zęby, Marek stanął obok mnie. Starałam się nie zauważać jego obecności, ale kiedy zapytał:

– Czy ty mnie podejrzewasz o zdradę? – stanęłam z tym ręcznikiem między zębami i nie byłam w stanie się ruszyć. Po kilku chwilach milczenia Marek wziął ode mnie książki, położył je na biurku, a potem zaprowadził mnie na fotel. Przysunął krzesło i usiadł naprzeciwko mnie. Patrząc mi głęboko w oczy z pewnym zainteresowaniem, jak psychiatra raczej niż kochanek, zapytał:

– Ty naprawdę myślisz, że mógłbym być z jakąkolwiek inną kobietą oprócz ciebie? Czy do tego stopnia brakuje ci intuicji? – długo walczyłam ze łzami, za wszelką cenę chciałam je opanować, bo nagle zdałam sobie sprawę, że...

– To był żart, tak? Z tym synem? Ale dlaczego chciałeś mnie wypróbować? Marek, co się z tobą dzieje...

Oparł się na krześle, po uśmiechu nie było już śladu. Wstałam, pochyliłam się nad Markiem i krzyczałam:

– Co to za kobieta! Kiedy ją poznałeś! – a on odpowiedział:

— Nigdy. Ja jej nie znam.

Wtedy pierwszy raz pomyślałam, że Marek oszalał. Że ta zmienność stanów, które ostatnio przeżywał, to nie była oznaka depresji, tylko początki choroby, która teraz naprawdę się ujawnia. Dopiero wtedy zrozumiałam, że „rywal w białym swetrze" to nie jest tylko wizja zrodzona ze strachu, ale urojenie, które ma korzenie w chorobie psychicznej. A może to jest związane z jego nadzwyczajnymi zdolnościami? Może tacy ludzie narażeni są na utratę zmysłów, które pracują zbyt intensywnie? Nie wracałam już do tego tematu. Tylko w dniu awantury pod datą 12 lutego 1997 napisałam: „Marek zwariował". Ustaliliśmy, że odwołam wszystkich pacjentów, mówiąc, że wyjechał. On natomiast siedział w domu, a raczej w kuchni, pił herbatę i patrzył w ścianę.

A potem zaczęła się prawdziwa choroba. Jedno głupie badanie, które zrobiliśmy, żeby sprawdzić stan jego zdrowia, wykazało coś niepokojącego, potem szereg innych badań, potem szpital, naświetlania, operacja...

Powinnam zdjąć płaszcz. Zniszczy się, jeżeli będę w nim siedziała na podłodze, ale nie jestem w stanie zrobić żadnego ruchu, dopóki nie przeczytam wszystkich listów. Ostatni ma datę 9.02.1997. Czytam.

Panie Doktorze!

Dzisiaj minęło dziewięć miesięcy od wysłania poprzedniego listu. Zapytałam na poczcie, ile czasu może iść on do Pańskiego miasta, i powiedziano mi, że trzy dni. O tym, co się dzisiaj wydarzy, Pan dowie się za trzy dni. Tak bardzo chciałam, żeby Pan to ze mną przeżywał, żeby Pan czytał mój list teraz. Jest mi Pan potrzebny bardziej niż kiedykolwiek, no może poza pewnym okresem naiwnej młodości. Ale Pana „teraz" jest trzy dni później. Leżąc w łóżku i pisząc do Pana, jestem więc swoją własną przeszłością.

Z góry przepraszam za moje pismo. Pisanie w łóżku jest karkołomną czynnością. Oczywiście podłożyłam sobie pod kartkę wielki album w twardej okładce (nawiasem mówiąc, jest to księga o pielęgnowaniu niemowląt), ale jestem zdenerwowana, kolana mi trochę drżą – dlatego moje pismo przypomina elektrokardiogram.

Położyłam się do łóżka już ok. 11 w południe. Muszę powiedzieć, że obstawiłam się Pana zdjęciami. Patrzy Pan na mnie ze wszystkich stron, a ja wpatruję się w Pana. Przepraszam. Całkiem możliwe, że odczuwa Pan od dawna moje działanie, potrzebę Pana obecności, możliwe też, że jest to męczące. Ale mężczyźni często bywają zmęczeni kobietami. Poza tym, przepraszam, ale w mojej sytuacji, tak to nazwijmy, należy mi się trochę uwagi. Może nawet poświęcenia.

Coś mi mówi, że po przeczytaniu poprzedniego listu poszukał Pan w dokumentach mojego przypadku. Przypomniał Pan sobie?

A więc wróciłam do miasteczka, do mojej mamy i zaczęłam pracować w tutejszej bibliotece. Proszę mi wierzyć, że dla mojej mamy, która utrzymywała się z szycia worków na szkolne kapcie i tym podobnych prac, moja posada w bibliotece była szczytem naukowej kariery i powodem do dumy. A ja miałam pracę i bardzo dużo czasu. I jeszcze książki na wyciągnięcie ręki. Były tam też Pana książki – postarałam się o to, jak się Pan domyśla. Zaczęłam od poważnej literatury fachowej, ale szybko przerzuciłam się na Pana urocze „samouczki". *Samoobrona organizmu*, *Samostanowienie o sobie*, *Twoje nieznane możliwości*, *Wyjdź z siebie*, a zwłaszcza niepozorna broszurka pt. *Możesz*. Wstyd powiedzieć, ale każda kartka jest wymiętoszona przeze mnie jak stara przytulanka. Ale chyba powinien mnie Pan zrozumieć... z tej cienkiej książeczki wynika jasno, że „mogę".

Mogę, chociażby wszystko temu przeczyło. Trzeba tylko wyrwać się wszelkim ograniczeniom wiedzy i wyobraźni. I przede wszystkim cienia pokory, jak rozumiem.

Trzeba uwierzyć w nieograniczone możliwości swojej energii i inteligencji – wynika z tego, że choroba czy jakakolwiek ułomność jest rezultatem ciasnoty umysłu, a nie niedoskonałości ciała. Kto chory, ten głupi – mówiąc najprościej. A przecież mój iloraz inteligencji jest zdecydowanie wyższy od przeciętnej krajowej.

A więc głowa. Zaufać jej bezgranicznie. Modlić się do niej rano i wieczorem, zanosząc jedną, jasno sprecyzowaną prośbę. Głowa lubi mieć to na piśmie – dobrze więc codziennie kłaść jej przed oczy małą karteczkę. Głowa potrzebuje czasu i dlatego nie należy jej popędzać ani zajmować innymi problemami. Trzeba okazać jej wiele cierpliwości i szacunku, a wtedy, chociaż może trwać to całe lata, wreszcie wykona każde powierzone zadanie. Głowa jest na tyle zorganizowana, że daje znać o rozpoczętych pracach – objawia się to bólami o rozmaitym natężeniu.

Jeszcze raz przepraszam za moje pismo – jak Pan widzi, jest z nim coraz gorzej – po prostu nie mogę opanować drżenia kolan... a poza tym... wydaje mi się, że właśnie, choć jeszcze nie całkiem wyraźnie, coś zaczyna pulsować w okolicach skroni – pulsuje i ustaje... pulsuje i ustaje... o! Ustało. Porozmawiajmy o głowie.

Na przykład powiedzenie: „nie mieści mi się w głowie". Mówi się tak, prawda? A dlaczego miałoby się zmieścić? Oprócz tak zwanej jamy gębowej, w której może się zmieścić najwyżej kawał wołowiny, i kilku kanalików dla dopływu tlenu głowa jest przedmiotem całkowicie wypełnionym, a ludzie dziwią się, że nie mogą tam pomieścić czyjejś zdrady, świństwa, nie mówiąc już o wojnach czy masakrach. Chociaż trzeba przyznać, że są tacy, którym się mieści więcej niż to możliwe. Himalaje na przykład. Pewnego dnia wychodzą ze swoich ciepłych i czystych mieszkań i idą w Himalaje. Ale żeby tak było, musi się to im przedtem pomieścić w głowie. Albo skok do płonącego domu po jakieś dziecko. Są tacy, którym mieści się w głowie cały wieżowiec w ogniu, ze wszystkimi tego konsekwencjami – jest ich niewielu. Większość ma normalnie zbudowane głowy, ale jednak są tacy. Z tego jasno wynika, że głowa zdolna jest pomieścić coś, co na oko nie może się tam znaleźć. To dobrze. To bardzo dobrze.

Albo: „przewróciło mu się w głowie", albo „jej". A więc to coś, co mieści się w głowie, chociaż nie ma prawa, może się tam nawet przewrócić – to oznaczałoby, że ma jednak sporo miejsca. Jak się przewraca – z boku na bok? Czy może robi przewrót do tyłu... Tak czy inaczej, może się tam poruszać. To dobrze. To bardzo dobrze.

Nawiasem mówiąc, kiedy czytałam Pana broszurkę *Możesz* – przyszło mi do głowy, że mogłabym zrobić Panu coś w rodzaju małego świństwa. Myślę o wydrukowaniu gdzieś Pana listu do mnie. Takie, na przykład, zdanie: „Nie jesteśmy ludźmi doskonałymi i trzeba się z tym pogodzić. Medycyna zarówno niekonwencjonalna, jak i tradycyjna opiera się tylko na zdobyczach ludzkich możliwości – które też są niedoskonałe i ograniczone". Sprawdziłam dokładnie: broszurka powstała o wiele wcześniej niż Pana list. A przecież w *Możesz* dowodzi Pan, że mamy w sobie potencjał sił nadprzyrodzonych. Czyżby więc zmienił Pan zdanie? A może jestem po prostu wyjątkiem, który potwierdza regułę.

Teraz odczuwam lekki ból głowy. Mówi się: „głowa ćmi", prawda? To tak, jak „deszcz mży". A więc moja głowa ćmi... z małymi przerwami.

Ciekawa rzecz. Z Pana prac wynika (i jest to bardzo przekonywające spostrzeżenie), że głowa zdecydowanie woli pracować „dla drugiego człowieka". Jeżeli pracuje w swoim własnym interesie, często w najmniej odpowiednim momencie dostaje gorączki albo nagłego skoku ciśnienia. Natomiast kiedy ma załatwić choćby tę samą rzecz w czyimś imieniu, pracuje jak nowo naoliwiona maszyna – bez skrępowania i kompleksów.

Pan nie ma dzieci, prawda? Nie ma Pan też żony. Gdyby Pan chciał, toby Pan miał i żonę, i dzieci – widocznie Pan nie chce. Ludzie, którzy nie chcą mieć dzieci, nie powinni ich mieć, prędzej czy później wyjdzie na jaw, że przy stole siedzi ktoś niepożądany w rodzinie. Ale czy nie uważa Pan, że są tacy, którzy powinni postarać się o potomstwo w imię lepszego świata?

Przepraszam za pismo, ale wynika to z nagłego ataku bólu głowy (teraz minęło, dzięki Bogu). Geniusze na przykład. Nawet jeśli dziecko geniusza będzie człowiekiem przeciętnym, to jednak przeciętność, która otarła się o umysł genialny, jest ponad przeciętną człowieka, przynajmniej o kilka stopni. Na przykład Pana dzieci. Nawet gdyby nie odziedziczyły całego biopola, które z małymi wyjątkami nigdy nie zawodzi, to jednak miałyby je chociaż w połowie. Powinien Pan mieć zresztą tylko jedno dziecko, żeby nie rozdzielać niezwykłej energii na zbyt wiele istot.

Ta przerwa, ten kawałek pustego papieru oznaczały chwilowy powrót bólu głowy. Tak będę robić, dobrze? W ten sposób, zaznaczając je pustymi miejscami na papierze, zorientujemy się, jaka jest ich częstotliwość. Przyzna Pan, że niegłupio to wymyśliłam. Wracając do Pana dziecka. Myślę, że nie ma Pan do tego głowy. Z wywiadu ze zdjęciem (wisi teraz nad moim łóżkiem obok świętego obrazu) wynika, że poświęcił Pan życie swoim pacjentom – Pana los ma charakter misji, a misjonarze rzeczywiście nie powinni mieć dzieci, bo naraziliby je na chroniczną tęsknotę. Chyba że znajdzie się ktoś (kobieta oczywiście), która...

(ból trwał trochę dłużej niż poprzednio)
która powie „już moja w tym głowa" i weźmie cały trud wychowania potomka na siebie. To też swojego rodzaju misja. Dbać o rozwój wybitnej połowy potomka. Czy mówi się „dojrzewa w głowie"? Nie. Ale mówi się, że jakaś myśl „dojrzała", a skoro dojrzała, to musi się wydostać. To zna...

(teraz nie można już mówić o bólu – przyznam, że po prostu głowa mi pęka)

Właśnie. Mówi się...

(ból ustał zupełnie)

„głowa mi pęka", ale czy ktoś słyszał, żeby komuś pękła? Głowa tylko pęka w czasie niedokonanym, a czas przeszły w ogóle jej nie dotyczy. Gdyby jednak pękła, to jak? W poprzek, czy raczej od połowy czoła...

Więc jeżeli jednak w głowie może coś dojrzewać... coś, co zmieściło się najpierw, potem się przewracało i dojrzewało, to ile czasu potrzebuje głowa, żeby stworzyć coś, co jest na tyle skończone, żeby mogło z głowy wylecieć – bo przecież wylatują nam z głowy różne rzeczy, prawda? Na przykład brzuch kobiety potrzebuje na to ściśle określoną liczbę miesięcy i każdy niemal brzuch podporządkowuje się tym prawom bez zastrzeżeń. A ile...

(boli, obawiam się, że w tym stanie rzeczy moje pismo stanie się niedługo zupełnie nieczytelne)

a ile czasu potrzebuje głowa? Jak długo może trwać ciąża głowy? Myślę, że to jest sprawa bardzo indywidualna. Ciąża głowy zależy od determinacji matki. Coś co zmieściło się w głowie, może trwać całymi latami albo małą chwilę, albo tyle co głębokie spojrzenie w oczy. Choćby na fotografii. Oczywiście w tym wypadku siła wewnętrzna ojca ma ogromne znaczenie. Niestety niewielu jest takich dawców. Znalezienie ich też zależy od determinacji matki. Myślę, że...

Nie... teraz już nic nie myślę... obawiam się, że i tak nic Pan już nie odczyta... zresztą nie mogę już pisać... długopis potrzebny mi będzie tylko do towarzystwa, potrzebuję go... jak najbliższego człowieka albo jak ręki lekarza...

Teraz niech Pan patrzy na moją fotografię, Panie Doktorze! Niech Pan patrzy!... Niech Pan będzie ze mną!

Przed chwilą rozmawialiśmy o rozpadzie głowy... prawda? A więc powiem Panu, jak pęka głowa. Jak Ziemia. Rozstępuje się nierównomiernie. Ale przedtem doznaje wstrząsów. Trzęsienie Ziemi – to właśnie teraz dzieje się w mojej głowie. Trzęsienie głowy. Oddycham bardzo szybko. Tylko to może zagłuszyć ból – tak przynajmniej piszą w książkach. Niech Pan pisze, Panie Doktorze. Niech Pan w to wszystko naprawdę uwierzy... Niech Pan zaufa swoim nieznanym możliwościom... niech Pan samostanowi o sobie i niech Pan... I niech Pan poczyta broszurkę pt. *Możesz*, znajdzie Pan tam wiele... uwag, które nie mieszczą się w gło...

Życzę wielu sukcesów w pracy i w życiu osobistym.

Pana oddana pacjentka.
Kobieta i matka
Marzena Gąsowska

PS Ma Pan syna.

Jest mi bardzo gorąco, ale nie mam siły zdjąć płaszcza. Składam list równiutko z brzegami, tak jak zrobiłby to Marek. Na spodzie leży jeszcze jedna mała kartka złożona równiutko we czworo. Odwijam ją ostrożnie. Nie boję się. Nawet teraz, kiedy odkrywam, że to pismo Marka. Czytam.

„Kochanie,

Nie miej wyrzutów sumienia, że otworzyłaś to pudełko. Zepnij koperty spinaczem i włóż do teczki numer 211 „Sprawy załatwione". Teraz, kiedy to czytasz, jestem prawdopodobnie nieobecny. Ale bez względu na to, gdzie jestem i czym jestem, kocham cię, wybacz mi to, co czujesz, że masz wybaczyć. Parapsychologia może doprowadzić człowieka do nieznanych rejonów, ale nie prowadzi do doskonałości.

Marek

PS Zdejmij płaszcz.

Pisane nocą w obecności lustra

Oczywiście, że musiała przyjść ta burza. Stojąc przy szybie ociekającej wodą, myślała także i o tym. Przeczuwała ją od dawna, tak jak przeczuwa się wszystko. Dopiero później, dopiero po, można sobie uświadomić, że cokolwiek się zdarzyło, od początku do końca stało się wcześniej. Potem jest się już świadkiem echa, odbicia światła, które jaśniało naprawdę przed wypełnieniem się w czasie. Przypomniała sobie szczególne milczenie tego ranka – i jeszcze to, że jej mąż siedział z gazetą i wyglądał jak manekin z domu towarowego. Tak, to był jeden z tych chorych ranków, który zwłaszcza tu, w tym wielkim domu, daleko od miasta, krążył po ogrodzie, pokładał się na bezpłodnych gałęziach drzew. Przecież taki ranek właśnie powitał ich trzy lata temu, kiedy jako młoda para stanęli przed staroświecką bramą „niespodzianki", którą zgotował im w podarunku ślubnym jej zdziwaczały kuzyn. Pamiętała go tylko z rodzinnych wigilii, jak siedział w fotelu dziadka, niczym wiekowy żółw. Ten stary dom był jego twierdzą. Niechętnie przyjmował tu rodzinę. Była tu może dwa, trzy razy... Jakieś drobne wspomnienia z dzieciństwa: mosiężny dzwonek przy bramie, ogromny, biały i bardzo stary pies, wizytowa sukienka za ciasna pod pachami i smak wodnistej herbaty. Zresztą jakieś tam sprawy, jakieś życie musiało płynąć między nim a jej rodzicami, bo skąd inaczej to milczenie przerywane półsłówkami, tak jakby wszystko było do końca wiadome i żadne pytanie nie mogło zmienić biegu rzeczy. Nawet nie przyjechał na ich ślub. Dopiero kiedy w czasie wesela otwierała uroczystą kopertę, zapachniało tamtym ogrodem. W kopercie była tylko wiadomość o wyjeździe do Australii i „przekazaniu nieruchomości na rzecz młodej pary". Wtedy, w tamtej chwili właśnie, jak by to nazwać, właściwie umarła.

Wilgoć starych ścian, skrzypiąca podłoga, konający ogród, to wszystko było jej darowane jako „nowe życie", dożywocie we dwoje, beznadziejna próba sił. Ma tu w ogrodzie swoją ulubioną gałąź. Patrzy na nią, stojąc w ogromnym oknie. Teraz, kiedy już po deszczu, zawisła na niej jedna kropla i stara się oderwać od gałęzi. Zbiera siły, pęcznieje, ciąży w dół, wyciska z siebie siły strumieni, potoków i wodospadów. Nic z tego: sucha gałąź trzyma ją z całej mocy i jak wszystko, co martwe, obezwładnia każdą wolę życia.

Pomyślała, że już wtedy w tamtej kopercie tkwił zarodek wczorajszej burzy. Trzy lata dojrzewała w zimnym brzuchu tego domu, żeby wreszcie rodzić się przez jedną noc, tu, w ogrodzie, który zwijał się z bólu i rozdrapywał niebo trzeszczącymi gałęziami drzew.

A teraz zasypia. Po szybie ściekają ostatnie łzy, ranek paruje ciężkim snem.

To zabawne, że jakby wbrew całej tej tragedii, kiedy tak stoi przed spłakaną szybą już od jakiegoś czasu, widzi przed sobą wyraźne kontury szklanki napełnionej jasnym piwem. Pojawiła się na szkle trzy razy, a więc może były to trzy szklanki jasnego piwa...

To chyba On wprowadził ten zwyczaj – zawsze o pierwszej urywali się z wykładu i biegli do ogródka pobliskiej kawiarni, gdzie czekały już na nich dwie szklanki napełnione piwem. Trzecią trzymała delikatnie piękna męska dłoń, żeby gestem toastu powitać ich punktualność.

Stał się nieodłączną częścią ich miłości. Wtedy, w księgarni, przeglądając album *Malarstwo europejskie*, na który nie było ich stać, poczuła pierwszy raz ten zapach dobrej wody kolońskiej, który mieszał się z ciepłem jakiegoś dziwnie bliskiego ciała, owiniętego w długi, świetnie skrojony płaszcz. Trzymał w ręku tom wierszy Eliota, zaczytany, jakby zapomniał, że pochłaniając nie kupiony towar, popełnia swego rodzaju kradzież. Pewnie dlatego zresztą uśmiechnął się zaskoczony, kiedy odwrócił głowę ku dziewczynie. Odruchowo chwyciła rękę narzeczonego, który odwzajemnił uśmiech, spoglądając na otwartą książkę.

Czas teraźniejszy i czas, który minął,
Razem obecne są chyba w przyszłości,
A przyszłość jest zawarta w czasie, który minął.
Jeżeli wszelki czas jest teraźniejszy wiecznie.

Jego głos, jakby przytłumiony, zdradzał wrażliwość na muzykę, rytm, puls poezji. Podał jej książkę otwartą na tym właśnie wierszu, a ona przeczytała półgłosem następny fragment i po chwili podała ją narzeczonemu:

Inne także echa
Mieszkają w ogrodzie, czy mamy tam iść?
Śpiesz, mówił ptak, znajdź ich, znajdź ich,
Oni tuż, tuż. Więc przez pierwszą bramę
W pierwszy nasz świat, czy mamy tam iść
Za oszukaństwem drozda? W nasz najpierwszy świat.

Taka była ich pierwsza rozmowa – wspólny wiersz podawany z rąk do rąk jak narkotyk. Potem wszystko już było właśnie takie. Wieczory na koncertach, popołudnia na wystawach, książka czytana przez Niego, a potem przez Nich, pospiesznie, w maleńkim wynajętym pokoju. Potem milczenie o tym wszystkim o pierwszej w południe przy trzech szklankach piwa.

Był panem czasu. Nigdy mu tego nie powiedzieli, ale kiedyś, wracając tramwajem z pewnego przedstawienia, które we trójkę skwitowali jednym skrzywieniem, mówili długo o tym, że czas spędzony z Nim zyskuje jeszcze jeden wymiar – taki, w którym wszystko da się pomieścić – bo przecież kiedyś zawsze gdzieś gonili, nigdzie nie mogli zdążyć, zawsze coś przepadało, a teraz... Zajęci tymi samymi studiami, mają jakby więcej czasu.

Sprzedawał konie. Sprowadzał je skądś tam i wywoził je gdzieś tam. Zdaje się, że studiował kiedyś filologię klasyczną, ale czy skończył... On bardzo mało mówił o sobie. Miał siostrę w Szwajcarii, czasem do niej jeździł, tłumaczył trochę z włoskiego, czasem musiał kogoś odebrać z lotniska, znał dobrze grecką kuchnię. Chętnie mówił o koniach. Wtedy jego długie ręce tańczyły w powietrzu, opowiadając o lśniącym grzbiecie, cienkich pęcinach, muskularnej szyi. Widywali się raz, czasem trzy razy dziennie. Zawsze o pierwszej, potem po południu i wieczorami.

Wielka mucha łazi po zmoczonej szybie. Ogromna. Mucha nie jest bez znaczenia. Usiadła kiedyś na brzegu szklanki z piwem. Inna mucha oczywiście. Łaziła po krawędzi szklanki, którą postawił przed chwilą jej narzeczony. Zapatrzyli się na tę muchę, a On machnął ręką nad jego szklanką. Zrobiło się potem tak cicho...

To przez Niego Chopin kojarzył jej się zawsze z landrynkami. W przerwie koncertu powiedziała, że Chopina można słuchać bez końca, a on wyciągnął z kieszeni paczkę cukierków i powiedział: „Nie wiedziałem, że lubisz landrynki..." Właściwie nic już nie było takie jak przedtem. Ani Renoir, ani Tomasz Mann. To wszystko, czego dotąd pewne były jej zmysły, cała podstawa, na której ustawiało się szeregiem wszystko od najgorszego do najlepszego, rozbiła się nagle jak o skałę. Zaczęła wstydzić się tego, co czuła, a może tego, że czuła tak mało? Oboje byli nowicjuszami w tym świecie, poruszali się jeszcze niezdarnie w gąszczu zjawisk „trywialnych", „bez znaczenia" i „sentymentalnych bzdur". Nie tak łatwo było im jeszcze rozpoznać prawdziwe perły w stosach sztucznych błyskotek rzucanych przez całe wieki głupocie ludzkiej na uciechę. Tak to w ciągu kilku przegadanych wieczorów – skruszona ława przysięgłych w osobie dwojga studentów – musiała ulec sile mowy oskarżycielskiej i orzekła „winien" Dostojewskiemu, Sienkiewiczowi, skazany został cały batalion impresjonistów, nie mówiąc już o świecie widzianym oczami Ditfurtha. Właściwie tylko muzyka nie weszła nigdy na wokandę sądową. Muzyka, choć brzmi to paradoksalnie, należała do świata ciszy. Cisza w ogóle była jednym z najważniejszych przejawów tej przyjaźni. Umieli milczeć. Na spacerach, przy piwie, przy muzyce. Już po paru dniach nauczyli się rozmawiać milczeniem. Tę ciszę trzeba przemyśleć...

Szyba zrobiła się szara. Coraz mniej widać, nawet jeżeli oprze się czoło o mroźne, wilgotne szkło... Z tą kroplą dzieje się coś dziwnego. Rozciągnęła się wzdłuż gałęzi jak przezroczysta gąsienica. Mały, świetlisty skazaniec do ostatniej chwili szuka ratunku, który tkwi gdzieś pewnie w gimnastycznych talentach wody. Pierwsze promienie, które już za chwilę przedrą się przez wilgotny półmrok, jak złoty odkurzacz wchłoną w siebie ślady nocnej ulewy.

...Na przykład tamten spacer. Pojechali do lasu. Lubili takie wycieczki. Któregoś dnia on zapytał: „pojedziemy do lasu?" I wsiedli do starego czerwonego trabanta. To był jego samochód, bardzo brzydki i zaniedbany, co zresztą było dziwne, zważywszy całą aurę doskonałości, którą wokół siebie wytwarzał. Trzeba by ten samochód przemyśleć... Był zwykle taki moment (na przykład kiedy małym kluczykiem otwierał samochód), który sprawiał, że cała ohyda tego wnętrza nabierała tajemniczości... Nigdy nie powiedział czegoś w rodzaju: „przepraszam za bałagan" albo „nie przestraszcie się", tylko ten kpiący, dziwny uśmiech – satysfakcji raczej niż zażenowania.

Tamten spacer... Zaczęło się chyba w samochodzie, kiedy skuleni mknęli w dusznej, obdrapanej skrzynce, mijając w milczeniu różne odcienie zieleni, już wtedy, w tym samochodzie, było ciszej niż zwykle. Potem wysiedli i szli w milczeniu przez las. W pewnej chwili ta cisza wypchnęła ją naprzód. Z rękami w kieszeniach, skulona, szła szybko, zostawiając za sobą dwóch mężczyzn. Potem przestraszyła się swojej samotności, poczuła się obco ze swoim smutkiem i szybko znalazła drogę powrotną, a na niej dwie męskie sylwetki. Dwie głowy przechylone ku sobie. Dwóch mężczyzn związanych rozmową. Zwolnili kroku i drażniąc ją milczeniem, szli dalej. Może wtedy trzeba było zrozumieć, że to oni są całością, a ona tylko „żonką", jak ją nazywał? Natrętnym żyjątkiem, które powinno się usunąć z terenów zajętych przez koneserów? Tak, ten spacer nie był bez znaczenia.

...Gdyby spróbować tak dokładnie przemyśleć tę noc... A jednak to niemożliwe... Jak można wspominać coś, co jeszcze jest: w gasnącym kominku, w trzech filiżankach, w ostatnim łyku zimnej herbaty. Jeszcze leży na podłodze gazeta, która wypadła z ręki, bo w samym środku burzy coś stuknęło, jakby z innego świata, konkretnie, technicznie. To były czerwone drzwi samochodu.

Mały wiklinowy stolik jeszcze nie wrócił na swoje miejsce. Stał na drodze do okna i męska noga zahaczyła o niego, tak że aż oparł się o lustro. Właśnie, lustro...

Lustro nie ma pamięci... Lustra nie mają pamięci, a szyba? O! Szyba służy pamięci. I nadziei. Nawet jeżeli to, co było za szybą, co się pojawia i znika, ulega deformacji szkła. Na przykład czerwona plama w środku deszczu. Zjawiła się razem z błyskiem, który rozświetlił ogród, dom, pokój, lustro.

Ogromna mucha zniknęła. Pewnie oderwała się od okna, bo jak długo można znieść towarzystwo nieruchomej kobiety z czołem opartym o szybę. Chodzi teraz po lustrze. Może muchy widzą w nich to, co lustra zachowały w pamięci? Jeżeli tak, to teraz mucha chodzi po ciemnym pokoju, w którym walczą dwa ognie: jeden rodzi się i umiera w kominku, drugi wali w okno z oszalałego ogrodu. Mimo to w pokoju jest cicho. W tym milczeniu, w świetle dogasających płomyków majaczą trzy sylwetki pochylone nad herbatą. Mroczny obraz zawisł wczoraj wieczorem na miejscu lustra. Na samej krawędzi, przy ramie, widać było kawałek jasnego rękawa długiego, dobrze skrojonego płaszcza. Mokry od deszczu, rzucony na stary fotel, odpoczywał po podróży.

Czy lustra słyszą? Czy potrafią w ciemnościach odróżnić płacz od deszczu? Samotność od pustki? Czy lustro widzi w ciemności? Na przykład drobne ciało związane bólem, wciśnięte w głąb kanapy? Czy może je zbudzić błyskawica, żeby choć na sekundę w szklanym świetle widoczna była kobieca sylwetka skulona na poduszkach?

Przecież w końcu burza ustała. Więc pewnie była jakaś spokojna godzina, jakiś sen.

Potem walizka. Zajęła pół stołu, a przecież tak niewiele mogła pomieścić. Pośpiech nie służy pakowaniu. Czy kiedy lustra ślepną, wszystkie dźwięki wchłania czarna szklana powierzchnia? Wszystkie dźwięki? Na przykład kroki po skrzypiących schodach? Szelest poduszki ściśniętej zimną dłonią? Płacz?

Jeszcze wszystko działo się tu, w pokoju, jeszcze zapinano walizkę, a ona już podeszła do okna. Może trzeba było się przyłączyć? Rozdzielić tych dwóch? Szarpnąć walizkę, schować, rzucić się na szyję, pod drzwi? A ona tylko podeszła do okna, tak jakby cały jej świat tu, wewnątrz, rozkradany właśnie do ostatniej nitki sensu, był niczym wobec czerwonej kreski osłoniętej deszczem...

Kilka minut po tym, kiedy usłyszała trzask drzwi, czerwona plama drgnęła, obraz skrzywił się, załamał, czerwień rozlała się czerwoną smugą i zniknęła w szarości. I nie ma już nic poza szybą, zimnym świadkiem teraźniejszości.

Nie ma też kropli. Jest tylko sucha gałąź, która wyciąga w stronę okna chudą łapę. Cały ogród, a jest go przecież tak dużo, cały ogród wie, co się stało z kroplą. Ale ogród jest sam dla siebie, a nie dla kobiety z czołem opartym o drugą stronę szyby.

Za plecami jest wielki cichy pokój: dogasający kominek, lustro, zimna herbata. Czas dojrzewający za szybą ma tylko jeden wymiar, nawet jeżeli przeczy temu wszelka wiedza, nawet jeżeli przez szarość nie można dopatrzyć się świtu. A może dzisiaj nie będzie świtu?

Pisane o trzeciej nad ranem.

Podróż Katarzyny W.

Tory. Największa drabina na świecie. Kiedyś przystawią ją do nieba i będzie koniec świata. Na razie leży pośrodku pól i jeżdżą po niej pociągi.

Te kilka zdań, namalowanych na płótnie cienkim pędzelkiem, od tygodni jest przedmiotem rozważań, badań, plotek i niezliczonych artykułów. Serce mi zabiło, kiedy wchodząc do wielkiego mieszkania, zobaczyłam, że ten dziwny obrazek oprawiony w drewnianą ramkę wisi w wielkim holu tuż przy oknie, dyskretnie zasłonięty cienką firanką. Wiadomo, że został namalowany w nocy, następnego dnia oprawiony i powieszony na ścianie, mimo protestów rodziny. Tak mi przynajmniej opowiadano. Byłam przekonana, że teraz zdjęto go ze ściany, a jednak tylko przeniesiono do przedpokoju, pewnie żeby nie rzucał się w oczy. Kobieta, która wpuściła mnie do tego domu, niby przypadkiem zasuwa firankę. Potem wkłada mój płaszcz do oszklonej szafy, a ja wdycham dyskretny, korzenny zapach, którym nasączona jest przestrzeń tego apartamentu. Kiedy poprawiam włosy, zerkając do lustra, widzę za swoimi plecami niewielkie zdjęcie, a właściwie fragment zdjęcia z początku dwudziestego wieku. Jest na nim mała dziewczynka i chudy mężczyzna. Jak na wszystkich starych fotografiach w kolorze sepii postaci mają wyraz uroczystego przerażenia, jakby świadome, że diabelski cud techniki czyni je właśnie nieśmiertelnymi. Chudy mężczyzna ma na sobie mundur, ale na pierwszy rzut oka nie mogę rozpoznać jaki. Dziewczynka jest pewnie jego córką, patrząc na nią, przychodzi mi do głowy określenie „dorosłe dziecko". Wydaje mi się, że obok dziewczynki poza obszarem lustra jeszcze ktoś stoi, odwracam głowę, ale...

— Pani idzie za mną — mówi kobieta, znikając w głębi domu. Oddycham z ulgą, że udało mi się tu wejść, mimo że: „kazał powiedzieć, że się spóźni, więc może pani albo poczekać, albo przemówić się na potem". Ten człowiek już któryś raz wymawia się od rozmowy, nigdy nie weszłam za próg tego domu, tym razem jednak kobieta daje się uprosić, żebym mogła przynajmniej z nią porozmawiać, pewnie robi to dlatego, że czuje się samotna w tym sterylnie białym apartamencie. Jej ciemna sukienka, zapinana na małe guziczki, kupiona w tanim domu towarowym, jest wzruszająco niestosowna w jasnym luksusowym wnętrzu, gdzie jedyną „niepraktyczną" ozdobą są obrazy tej samej malarki. Znam je dobrze, bo należą do najczęściej pokazywanych prac w katalogach, albumach i na wystawach współczesnego malarstwa. Zastanawiam się nawet, czy obrazy, które widzę, to oryginały czy kopie, chociaż byłoby to dziwne, gdyby w domu malarki nie wisiały jej autentyczne prace. Kobieta z wałeczkami tłuszczu, owiniętymi w sukienkę, ma na imię Czesia. Wiem o tym, bo ile razy starałam się umówić na wywiad z panem tego domu, mówił: „Pani Czesia panią wpuści". Ciepła i swojska, z żylakami na nogach, w wielkim białym skórzanym fotelu wygląda jak zagubione zwierzątko. W rękach trzyma ścierkę od kurzu i popatruje niechętnie na mój magnetofon i stos papierów, które układam na stole.

— To materiały, teksty o pani Katarzynie, wywiady — tłumaczę. — Chcę napisać o niej duży reportaż. Rozmawiałam z wieloma ludźmi. Może uda się coś wyjaśnić.

Pani Czesia bierze do ręki krótką notatkę, skserowaną w czasie ostatniej wystawy:

„Katarzyna Wołek (1955), malarka urodzona w Zalężu. Zajmowała się prowadzeniem domu i wychowywaniem dwójki dzieci. W 35. roku życia, po wypadku samochodowym, w ramach terapii zajęła się malarstwem. Jej prace dostrzeżono bardzo szybko i uznano za wybitne. Wystawy jej obrazów organizowane były m.in. w Paryżu, Londynie, Japonii i w Nowym Jorku".

Pani Czesia wpatruje się długo w notatkę, wreszcie siada na brzegu fotela.

— Ja dużo pani nie powiem. Po pierwsze, że nie bardzo rozmowna jestem, po drugie, że co sobie przypomnę, to na płacz mi się zbiera, i po co wam taka rozbeczana stara baba. Zresztą muszę sprzątać, bo powiedział, żeby jak najmniej śladów po niej było w mieszkaniu. Przez wzgląd na dzieci. Ale dzieci i tak wiedzą, przecież taka rzecz się nie ukryje, wszystko było w telewizji, ludzie dzwonią, pytają, lekarze, policja...

Pani Czesia wstaje i idzie w kierunku telewizora.

— Wszystko mam nagrane na wideo. Wszystko o pani Kasi. Nawet pierwszą wiadomość, jak to się stało, bo od razu powiedzieli w telewizji. Przepraszam. Człowiek się jeszcze nie przyzwyczaił i beczy.

Bardzo się boję, że będzie mi chciała pokazać coś na wideo, ale wytrzymam. Nie mogę spłoszyć pani Czesi. Już wiem, że jej gadanina będzie idealnym kontrapunktem do wypowiedzi innych osób. Za mało mam rozmów z bliskimi, z dziećmi, z mężem, sekretarka broni ich, jakby siedziały w twierdzy. Zresztą siedzą w twierdzy, bo jego firma tak mniej więcej wygląda. Jak potężna szklana twierdza.

Pani Czesia włącza wideo i siada na brzegu fotela. Trudno mi jednak skupić wzrok na ekranie telewizora. Moje oczy ciągle wędrują nad kominek, gdzie wisi ogromny obraz: magnetyczne, granatowe koło, jedno z tych wielkich kół Katarzyny Wołek nazwanych przez krytyków „magicznymi kołami" albo „formami astralnymi". Ona nazwała serię po prostu *Podróż*. Tutaj koło robi na mnie większe wrażenie niż na wystawie. Tam musiałam zaglądać do programu, gdzie i tak znalazłam tylko takie określenia, jak: „Iluzyjna przestrzeń, pulsacja, obrazy medytacyjne, gęstnienie koloru, złudzenie ruchu, kosmiczne rejony, intymna przestrzeń psychiczna". Ja widziałam tylko jednobarwne plamy, które mogłabym namalować w godzinę. Teraz, kiedy wisi nad kominkiem w prostej, metalowej ramie, nie mogę oderwać oczu od tego koła. Jego obecność jest z sekundy na sekundę coraz bardziej intensywna. Mam wrażenie, że wciąga mnie do środka, że im dłużej patrzę, tym dalej idę w głąb koloru granatowego... Staram się nie patrzeć na nie i przenieść uwagę na ekran, gdzie przejęty młody dziennikarz mówi wśród tłumu na dworcu kolejowym:

– Dobry wieczór państwu. Zaczynamy od wydarzenia, które wstrząsnęło całym światem artystycznym. Jedna z najwybitniejszych malarek polskich, szczęśliwa żona i matka, rzuciła się pod pociąg na Dworcu Centralnym w Warszawie. To wydarzyło się dzisiaj, właśnie tutaj, po piątej nad ranem. Katarzyna Wołek, widząc nadjeżdżający pociąg, po prostu zeskoczyła z peronu na tory i ze spokojem czekała na śmierć.

– Pan to widział?! – zwraca się do bagażowego, który był obecny przy całym zdarzeniu.

– No widziałem... zdjęła buty...

– Może pan opowiedzieć od początku? Pan ją obserwował wcześniej, tak?

– Tak, wi...

Pani Czesia zatrzymuje kasetę. Ekran telewizora wypełnia portret człowieka zastygłego w grymasie zdziwienia.

– Zawsze zatrzymuję kasetę w tym miejscu, bo wtedy najlepiej widać twarz tego pijaka, który panią Kasię uratował. Ta twarz śni mi się po nocach i kilka razy dziennie muszę ją zobaczyć. Zresztą myśmy go szukali, ale zniknął z dworca. – Pani Czesia wciska guzik pilota:

...działem. Tę panią. Bo ona tu przyszła na peron. Taka elegancka kobitka, mówię, to rzadko się zdarza o takiej godzinie. Ten naród, co tu przychodzi rano na pociąg, to raczej bidota, wie pan, kto by z elity takiej się szarpał rano na dworzec, jak on ma samochód albo samolotem.

– Wyglądała na niespokojną?

– W ogóle. Na spokojną wyglądała. Jeszcze się przyczesała, zanim ten pociąg nadjechał.

— Czesała się?

— No, jak pragnę Boga. Wzięła grzebień z torebki i się przyczesała. No to czeka na kogoś, myślę, bo ja przepraszam, że się tak jej przyglądałem, ale narodu było mało na peronie, a ona zwracała uwagę. I że ładna kobitka, chociaż chuda, ale włosy takie umyte jak w telewizji. No, krótko mówiąc, pieniądz się od niej czuło. Ja tam nie wiedziałem, że to malarka, dopiero w radiu usłyszałem, a szkoda, bo ja też trochę maluję — postać Chrystusa najczęściej. Mogę pokazać.

— I co było potem? Długo czekała na pociąg?

— Jakieś piętnaście minut. Bo ona na Budapeszt czekała. Piąta pięt...

Pani Czesia zatrzymuje kasetę i ociera łzy pulchną dłonią.

— I jeszcze raz, i jeszcze raz myślę, jak mogłam nie usłyszeć, kiedy wychodziła. Bo On mógł nie usłyszeć. Odkąd został prezesem, śpi na proszkach i otwiera oczy po ośmiu godzinach, jakby był na baterię. Ale ja...? Przecież ja słyszę nawet pstryknięcie kontaktu w salonie, mimo że mój pokój jest zaraz przy kuchni. A przecież rano jest zupełnie cicho i słychać każdy szmer. A pani Kasia szła z pracowni, która jest obok salonu, bo do świtu malowała. Jak mogłam nie słyszeć, kiedy szła przez salon! Musiała iść na palcach. I bez butów.

Pani Czesia naciska guzik pilota.

...naście.

— No i... ogłosili pociąg, i co?

— No i ogłosili pociąg. I patrzeć, a ona buty zdejmuje.

— Buty?

– Takie kozaczki. One potem na policję poszły, te kozaczki, jak pogotowie przyjechało.

– Ale jak zdejmowała buty, to panu nie przyszło do głowy, że coś jest nie w porządku?

– Nie. Bo ja zgłupiałem w ogóle. I reszta też zgłupiała. Myśmy się tylko patrzyli na siebie, że to może nie żadna dama, tylko wariatka, ale to tylko ledwo człowiekowi przez głowę przeszło, bo ona zaraz zeszła na tory. Podbiegam, a ona mówi... coś takiego...

– Powinnam wracać...

– I tak stała. A pociąg jechał. Panie... to sekundy były. Człowiek nie zdążył pomyśleć, tylko babę za płaszcz i jak worek na peron. Na milimetry było od pociągu. Potłukła się, zresztą zemdlała, no i karetka ją odwiozła, a mnie policja spisała, i po krzyku.

– Tak, proszę państwa. Ta niewytłumaczalna próba samobójstwa długo będzie nurtować wielbicieli talentu Katarzyny Wołek. Być może takie są koszta rozbudzonej wyobraźni. Od wieków wiadomo, że wielu ludzi wybitnych wymaga pomocy psychiatrycznej. Niestety, malarka zbiegła ze szpitala i zaginęła. Poszukiwania trwają. Na razie mówią za nią obrazy i zdjęcia z okładek ekskluzywnych pism, na których podziwialiśmy jej przepiękny uśmiech. Czy dowiemy się kiedyś, jaka tragedia kryła się za tym uśmiechem? Z Dworca Centralnego Marek Pa...

Pani Czesia gasi nagle telewizor, bierze ścierkę i podchodzi do stołu.

– A te rysunki dzieci schowam do jego biurka – pani Czesia trzyma w ręku dziecięce kartony. – Serce boli patrzeć na to. A tej pani psycholog nie lubię od pierwszego dnia. Mam ją na wideo. Męczy te dzieciaki, ducha matki wywołuje, po co to?

Kilka pstryknięć pilotem i na ekranie pojawia się śliczna brunetka i dwoje tłuściutkich dzieci bez właściwości.

– Wolisz kredki czy farby? Chciałabym, żebyś namalował mamę.

– Kredki.

– Narysuj mamę, a ja porozmawiam sobie z... jak masz na imię?

– Marysia. Nie. Maria.

– Mario... kiedy myślisz o mamie, to co widzisz?

– Bajkę. Bajkę o złym chłopcu.

– Opowiesz mi bajkę o złym chłopcu?

– Tak. Był sobie zły chłopiec, jego mama umarła i on wtedy za nią tęsknił, i ją pokochał. Tak pokochał, że ona ożyła.

– Lubiłaś, kiedy opowiadała?

– Nie.

– Dlaczego?

– Nie wiem. Bo płakała.

– I co jeszcze pamiętasz? Co jeszcze mama robiła?

– Czesała. Mnie.

– Lubiłaś, kiedy cię czesała?

– Nie.

– Dlaczego dwie... Narysowałeś dwie mamy!

– Tak.

– Dlaczego?

– Bo dwie.

– Która jest prawdziwa?

– Ta.
– A co to jest?
– Łezka.
– Mama płacze, tak? Dlaczego?
– Bo umarła.
– A ta druga żyje?
– Nie.
– Też umarła?
– Nie. Uciekła. Pod pociąg.

Pani Czesia wpatruje się w okno.

– Przed tym wypadkiem samochodowym tylko zerknęła na dzieci i zaraz gdzieś poleciała na kawę albo do sklepów, czasem, ale to tak między nami, myślę sobie, po co takiej kobiecie dzieci. Jak jej nigdy w domu nie ma. A po wypadku, jak przyszła ze szpitala, to inna osoba. Nie do poznania. Tylko w domu siedzieć, i z tym malowaniem zaczęła, i z tym czesaniem, i te bajki... Ale ta bajka o złym chłopcu to dziwna jakaś. Mnie to się niedobrze robiło od tej bajki, jak i zresztą od niektórych obrazów, żeby tak prawdę powiedzieć.

Pani Czesia wstaje i z wielkim skupieniem czyści kominek, na którym stoi zdjęcie Katarzyny Wołek. Patrzę na tę ładniutką, kokieteryjną kobietkę i przenoszę wzrok na granatowe koło: monumentalne, ciężkie od farby, hipnotyczne, głębokie. Chcę zapytać, czy to zdjęcie jest robione przed wypadkiem samochodowym, ale pani Czesia siada na poręczy fotela i jakby czytała w moich myślach, mówi:

– Ten wypadek to straszny był. Jak zobaczyłam zdjęcia samochodu, harmonijkę taką, to mówię: w Matce Boskiej nadzieja, ale i ona chyba nie pomoże. Pani Kasia jak ta kłoda leżała w szpitalu. Jak mumia. Ja się modliłam od świtu do wieczora: „Święta Mario, zrozum kobietę, młode to jeszcze, głupie". Bo przecież, tak między nami, to ona wtedy pod gazem była. A bo to raz wsiadała za kierownicę po koniaku? Albo po winku czy szampanie? A jak ja się jej pytam: „Jedzie pani po kieliszku? Może zamówię taksówkę?" To ona mnie całowała w policzek i: „Czesia! Ja wolę krócej żyć, niż umrzeć z nudów!"

– Tak zawsze mówiła i rzeczywiście zabawowa była bardzo. Przed wypadkiem. On to się za głowę łapał, co ona potrafiła kupić. Potem oddawała do sklepu i znowu kupowała, ostatnia rzecz to to lustro w przedpokoju. W dębowej ramie. Kupiła w galerii i...

– Czesia! – mówi – nie mogłam się powstrzymać, tylko gdzie ja je powieszę? I bardzo jej się podobało w przedpokoju, że tam w tym lustrze prababkę widać. Bo tam taka fotografia wisi jej prababki jako dziecka. Z ojcem prababki w kolejarskim mundurze i jakiś typ jeszcze z boku... A ja w to lustro nie patrzę, bo...

– Kolejarz? – pytam, nie mogąc opanować podniecenia – czy pochodziła z kolejarskiej rodziny?

Pani Czesia wstaje nagle, jakby chciała otrząsnąć się z naszej rozmowy.

– Ja nic o jej rodzinie nie wiem. Nic mi nie mówiła. Tyle tylko, że ta prababka, co się odbija w lustrze jako dziecko, to też się na tory rzuciła.

Nic nie mówię. Nawet nie zapisuję ani nie nagrywam. Chcę, żeby ta kobieta czuła się tak, jakby mówiła do siebie. Jakby mnie tu nie było.

– I mnie się zdaje, że to wszystko jeden diabeł. Dlatego ja w to lustro nie patrzę.

Robi kilka kroków i nagle nieruchomieje.

— Ona za często na to zdjęcie patrzyła. Mówię pani. Po wypadku nagle wyciągnęła je z albumu i położyła przy łóżku, a mnie się już wtedy nie podobało to zdjęcie. Dreszczy dostawałam od niego, jakby mnie śmierć przeszła, nie mogłam na tę dziewczyninę patrzeć. Smutne to, biedne, chore życie miała, to widać nawet na takim zdjęciu. Chore życie. I też dwoje dzieci podobno zostawiła. A jak to lustro zawisło i ona się w nim odbijała, to ja coś czułam, ale nie wiedziałam co. A teraz wiem. Ona wciągnęła ją na tory.

— Jak to wciągnęła... — pytam cicho.

Pani Czesia milczy chwilę, wpatrując się w magnetofon, a potem wraca do czyszczenia kominka.

— Jak dzisiaj pamiętam ten dzień, kiedy mnie zapytała, gdzie są kredki jej dzieci. Albo farby. Leżała w łóżku, po wypadku, jeszcze z obwiązaną głową, i nagle patrzę, a ona wstaje. Że musi coś namalować. Pobiegłam po kredki, bo taki jakiś niepokój w niej czułam, że myślę sobie, jeszcze mi tu zemdleje na środku pokoju. I zaczęła rysować w łóżku jakieś maski nie maski, jakiegoś dziwnego stwora, jakiegoś dziada starego, darła go potem i znowu rysowała, zamazywała, potem, jak się jej ten dziad znudził, to znowu koła, jakieś kwiaty, aż lekarz kazał kupić sztalugi. Żeby ona sobie tak polegując, dla relaksu malowała. A ona to kazała przenieść do gościnnego pokoju i już tam ciągle siedziała z tą obwiązaną głową. Nawet w nocy. Rozpinała płótna na tych sztalugach i całe takie jedno potrafiła zamalować na granatowo. I na to marnowała swoje zdrowie. Ja mówię: „kładzie się pani, pani Kasiu?", a ona mazała i mazała, a jak się przystawiło ucho do drzwi, to takie sapanie było słychać, jakby diabeł tam chodził. A jak się uchyliło drzwi, to widać było, że to pani Kasia tak sapie, jakby to jakiś straszny wysiłek był. Ja mówię: „pani Kasiu, co to za obrazy, sam jeden kolor granatowy". A pani Kasia mnie wzięła za rękę do obrazu i mówi: „To jest kilka różnych granatów".

– Bidulka. Tak jej się w głowie po szpitalu pokręciło. Bo przecież ona śmierci spod kosy uciekła po tym wypadku. Mało który lekarz dawał szansę i...

Dyskretnie przeglądam to, co mam w teczce. Niewiele. Są tylko powielające się pytania. Psycholog zajmujący się naturami twórczymi dał mi suchą notatkę:

„Fenomen malarstwa Katarzyny Wołek długo będzie nurtować krytyków sztuki. Objawienie talentu malarskiego w wieku 35 lat jest zjawiskiem rzadkim, ale możliwym. Jak jednak wytłumaczyć nagłe objawienie wszelkich możliwych technik bez jednej lekcji, bez lat prób i błędów? Liczne rozmowy i wywiady przeprowadzone z malarką nie dają żadnej odpowiedzi. Odwrotnie, komplikują przypuszczenia i nasuwają dodatkowe pytania. Artystka bowiem nie tylko odpowiada po prostu: «Nie wiem» albo «Poczułam, że muszę tak malować», ale też nie zdradza żadnych cech osobowości natury twórczej. Najwyraźniej nie ma stosunku do swoich dzieł. A przecież jej twórczość jest wyrazem niezwykłej wyobraźni i duchowego bogactwa. Inne pytania nasuwa samo życie malarki w stosunku do treści jej obrazów. Rażąca jest tu bowiem różnica między dostatnim dzieciństwem, bezkonfliktową młodością, małżeństwem zapewniającym poczucie bezpieczeństwa i spełnionym macierzyństwem a mrocznym światem jej obrazów, zwłaszcza z serii *Dzieci* i *Matka*. Oba cykle tak różne w stylistyce..."

Pierwszy raz zobaczyłam *Matkę* na wystawie współczesnych polskich malarek. Obraz wisiał osobno, bardzo wyeksponowany, i pamiętam, że od pierwszej chwili wstrzymałam oddech. Z ciężarnego brzucha szkieletu obciągniętego białą farbą wypełza pępowina, która owija się wokół szyi. Kobieta skazaniec, kobieta stwórca, kobieta w niewoli własnego płodu. Poród jako egzekucja. Nie pamiętam już innych obrazów z tej wystawy.

Odwracam głowę i patrzę na niewielki obraz tuż nade mną. To jedna z *Matek*. Wygina się w łuk, jak w szczycie rozkoszy albo cierpienia. Jest chuda jak wszystkie *Matki*, a w jej wielkim brzuchu rośnie ciernisty krzak. Obraz jasny, sterylny, a nawet ascetyczny, malowany delikatnie, ale zdecydowanymi ruchami. Wygięcie ciała zadane jednym pociągnięciem pędzla, jakby razem z krzykiem tej kobiety. Piekło macierzyństwa.

– Żeby szczęśliwa matka coś takiego namalowała, to ja pojęcia nie mam – pani Czesia patrzy na obraz i wzrusza ramionami. – Na przykład jedna *Matka* ma w brzuchu nóż. Albo ta z wężem przyczepionym do pępowiny. I wszystkie się za te brzuchy z taką świętą radością trzymają, jakby nie wiedziały, co je czeka. Ale skąd to u niej się wzięło, nie wiem. Jak pytałam, to mówiła, że też nie wie.

Ja też wiem coraz mniej. W dodatku nie mogę się pozbyć wrażenia, że odpowiedź tkwi w kole nad kominkiem. Hipnotyzuje mnie nieskończonością odcieni granatu. Im bliżej środka, tym jest ich więcej. Przypominam sobie określenie „intymna przestrzeń psychiczna" i wchodzę w nią, pozwalam się wciągnąć w granatowy lej, jestem coraz dalej, coraz głębiej, płynę przez granatowy tunel...

— A to pani zna? — pani Czesia krótkim pytaniem budzi mnie z dziwnego letargu, pokazując album *Malarstwo Katarzyny Wołek*. Na okładce pół twarzy kobiety (smutnej, ponurej nawet, odartej z kokieterii), drugą połowę stanowi ciemne półkole. Jakby twarz zachodziła za horyzont. W środku niewiele tekstu:

„Twórczość Katarzyny Wołek podzielić można na kilka etapów:

Pierwsza seria obrazów pt. *Podróż* (1990-1991, olej) — malarstwo abstrakcyjne, magiczne koła o niezwykłej kolorystyce. Mamy do czynienia nie tyle z grą kolorów, ile z grą światła w ciemnej przestrzeni.

Drugi etap (1991-2002) — seria obrazów pt. *Duchy* — artystka zaniechała ciemnych kolorów na korzyść rozmytej bieli i sepii. W cieniutkiej pajęczynie białego światła unoszą się ledwie dostrzegalne sylwetki, ich niezwykła ekspresja przywodzi na myśl stan nirwany, błogostanu, rozkoszy. Zwykle jest to kilka postaci, które nie mają ze sobą żadnej relacji, są osobne, jakby nie widziały siebie nawzajem, całkowicie spełnione w swojej samotności. *Duchy* to najbardziej znana i najwyżej oceniana seria obrazów Katarzyny Wołek".

Pani Czesia zagląda mi przez ramię.

— Te *Duchy* to już były po zdjęciu bandaży. Sama sobie kupiła białe farby i muszę powiedzieć, że już je wolałam od tamtych mazideł, ale to i tak dla mnie nie były obrazy. Tyle że nie sapała przy tym, tylko cichutko sobie siedziała, czasem do rana, i takim malutkim pędzelkiem białe na białe kładła.

Duchy wiszą po lewej stronie, nad białą kanapą. Znam je z galerii, gdzie wystawiane były na sprzedaż, ale szybko znikały z wystawy. Czasem stałam przed nimi, wpatrywałam się w cenę i myślałam, czy nie zrobić tego szaleństwa, nie wydać wszystkich oszczędności po to, żeby *Duchy* roztoczyły opiekę nad moim małym mieszkankiem. Mam dobry fragment rozmowy o tych *Duchach* z malarzem Andrzejem Zadrą:

— Pamiętam, wchodzę do jakiegoś domu i widzę na ścianie takie nieduże płótno. Jakieś zamglone postaci, prześwietlone, oderwane od ziemi, mnie wbiło w podłogę dosłownie, bo to wszystko miało taki klimat niepowtarzalny. „Czyje to?" – pytam, a oni mówią, że żona ich przyjaciela, biznesmena, nagle zaczęła malować i podarowała im to na rocznicę ślubu. I pytają, czy to może wisieć w pokoju, bo im się podoba, ale nie znają się na malarstwie, i czy to jest dobre? Mówię: „Ludzie, to jest bardzo dobre! Nie chcecie chyba mi wmówić, że to jest amatorska robota! Że ona tak po prostu siadła w domu i zaczęła sobie malować!" A oni mi mówią, że właśnie tak, że ta kobieta miała jakiś wypadek samochodowy i terapeuta zalecił jej spokojne życie i malowanie. Jako takie seanse wyciszenia... No więc ja pytam: „Macie więcej jej obrazów?" Oni nie mieli, ale nasi wspólni znajomi tak. Pojechałem do nich, obejrzałem trzy z tej serii *Duchy* – te postaci w nieostrości, w poświacie, lewitujące (tak, one nie fruwają, tylko lewitują) i tam coś takiego było w tych obrazach, że mówię: „Słuchajcie, ja muszę tę kobietę poznać". I oni właśnie mi powiedzieli, że to nie jest ta sama osoba co kiedyś. Że miała jakiś wypadek samochodowy i chyba z powodu szoku straciła swój wigor, a ja mówię – no i dobrze. Z tego wigoru nic poza plotami by nie wyniknęło, a tak to mamy artystkę. No więc oni urządzili takie party, zaprosili ją z mężem, i muszę powiedzieć, że kompletnie inaczej ją sobie wyobrażałem.

– To znaczy jak?

– Wie pani, my, malarze, się wyczuwamy. Mamy swoją chemię. Ja tego nie umiem inaczej określić. My jesteśmy pewnym gatunkiem i w ramach tego gatunku... No... Jak pani widzi na przykład kobietę malarkę i ona jest taką „szarą myszką" w podkoszuleczkach, to niech jej pani nie wierzy. Ona jest zakomponowana od stóp do głów, ona manifestuje swój „szaromysizm", to nie jest podkoszulek, tylko wyznanie wiary. A Kaśka wyglądała jak stuprocentowa mieszczka. Mówię o ubraniu. Bogata mieszczka bez wyobraźni. Potem, kiedy zaprosili mnie do siebie, jeszcze mniej rozumiałem. W takim wnętrzu żaden artysta nie mógłby żyć! To nie było mieszkanie, tylko sklep meblowy! Ktoś, kto się dobrze czuje w takim domu, nie maluje... Tak nie maluje!

– Ale przecież zdarza się, że artysta jest zupełnie inny niż jego dzieło.

– Oczywiście, że tak, ja nie mam przecież mieszkania wysadzonego drzewami, mimo że maluję drzewa. Ale w moim mieszkaniu są pewne ślady życia... życia... no, życia wewnętrznego, rozumie pani? I to nie chodzi o artystyczny bałagan: grzebień w talerzu, majtki na lampie i rentgen płuc jako wycieraczka. Może być sterylnie, wnętrze idealnie ułożone, ale wchodzi pani i pani wie, że w to włożono coś. Duszę, nie duszę. No, że tam jest moja „pieczątka". A w tamto mieszkanie włożono forsę. Nic więcej. Kiedy wszedłem, pomyślałem, że póki nie zobaczę jej pracowni, nie uwierzę, że to ona malowała te obrazy.

— I zobaczył pan?

— Tak. I tam było w porządku. I tam Kaśka była malarką.

— To znaczy, jaka była tam, w pracowni?

— Milcząca, właściwie niesympatyczna. Trochę męska. Ale nie seksualnie, tylko... no mnie to jest trudno, widzi pani, wyrazić, łatwiej byłoby mi namalować tę jej kobiecą męskość. To patrzenie spode łba trochę, nieufnie, dziko. O! Dziko! Kaśka była dzika. Ja to mówię pani jako malarz. Czyli że malowanie ją wywróciło na drugą stronę. Weszła w taki introwertyzm.

„Trzeci etap (2002–2003) — to cała seria kwiatów, niespodziewanie barwna i optymistyczna".

Kwiaty wiszą na tej samej ścianie co granatowe koło, ale nie przyciągają uwagi tak jak obraz nad kominkiem. Wstaję z fotela i podchodzę do obrazu.Ta krótka seria musiała się dobrze sprzedać. Bajecznie kolorowe kwiaty patrzą w górę, rozwijają kielichy, są ufne, szczęśliwe, stojąc przed obrazem, mam wrażenie, że lecę nad nimi a one podziwiają moją lekkość.

Jest w nich mimo wszystko jakaś destrukcja. Jakby mówiły: „zostań z nami, nie wychodź nigdzie, tu jest dobrze, po co ci więcej". Nie chciałabym mieć w domu tych kwiatów.

Kiedy odwracam się od nich, wracając na fotel, czuję na plecach dziwne ciepło. Mam wrażenie, że ono idzie od koła. Jego obecność jest coraz bardziej intensywna, staram się nie zwracać na to uwagi, czytając:

„Czwarty etap – *Dzieci* (2003, olej) jest to malarstwo całkowicie realistyczne, zaskakujące u autorki tak współczesnej. Są to wnętrza biednych chat wiejskich i mieszkających tam nędzarzy, a zwłaszcza dzieci. Szczególnie zwraca uwagę powtarzający się motyw chłopca i dziewczynki i piętno zła, jakie zostawia na ich twarzach otoczenie skrajnego ubóstwa. Seria krytykowana często za sentymentalizm".

One tu są. Te *Dzieci*. Zauważyłam je na samym początku. Stoją w drzwiach wynędzniałej wiejskiej chaty. Chudy chłopak z rękami w kieszeniach i dziewczynka, która trzyma w ręku złoty pieniążek. Ubrani niechlujnie, w obwisłe, jakby za duże lniane szaty, wpisani w rzeczywistość dziewiętnastowieczną, w każdym razie namalowani w takiej manierze, z kiczowatą wręcz dbałością o pejzaż, chmury na niebie i chude drzewa. I jakby w kontraście do tej dbałości coś dziwnego dzieje się z ich twarzami. Nie domalowane, groteskowe, „to raczej maski niż twarze" myślę sobie, patrząc na rozmyte kontury głów, jakby malarce zabrakło odwagi w namalowaniu ich rysów. Tylko płomieniście rude włosy dziewczynki są wypracowane do każdego pukla, do każdego cienia, które przyjmuje ruda, pofałdowana struktura. I może nie byłoby w tym obrazie nic szczególnego, gdyby nie fakt, że każdy obraz z tej serii to identyczny pejzaż, chata i dwójka dzieci wchodzących do domu, wychodzących albo stojących na progu. Są zupełnie inne niż dzieci Katarzyny Wołek. Jej córka nie ma rudych włosów, tylko dwa mysie ogonki, złożone z cieniutkich, bezbarwnych kosmyczków. Jej syn jest tłuściutkim, ułożonym prymusem. A ten chłopiec jest chudy, wysoki, zawsze taki sam. Na wszystkich obrazach.

– Jak ja pierwszy raz zobaczyłam ten obraz, to calutką zupę wylałam, co niosłam pani Kasi. Calutką zupę na podłogę! Bo wszystkiego bym się mogła spodziewać, ale że pani Kasia tak pięknie maluje, to nigdy! Pytam: „A skąd pani to przyszło, takie obrazy jak żywe! I te dzieci, i drzewa, i dom". A ona mi mówi, jakby sama się dziwiła: „Wstałam w nocy z łóżka i zaczęłam malować".

Wracam na fotel. Jest coś trującego w tych pejzażach. Może ta sina zieleń w tle, jakieś napięcie, coś poza dwuwymiarowym wizerunkiem. I to napięcie idzie z zewnątrz obrazu, jakby dramat istniał w tym, kto go malował... Jakby stworzył te dzieci, żeby przemówić do nich. Takie mam wrażenie przynajmniej.

„Etap ostatni (2003 rok, olej) *Matki* – cykl nie skończony, niezwykłe impresje kobiet ciężarnych, najbardziej znana praca *Powrót* – kobieta rodząca bluszcz".

Zamykam album. Pani Czesia miętosi ścierkę w rękach, bierze oddech, jakby chciała coś powiedzieć, rezygnuje, ale po chwili wyrzuca z siebie:

– Nawet chciałam Jemu powiedzieć kilka dni potem, jak to się stało, ale mówię... co to zmieni? Chociaż może powinien zrozumieć, że pani Kasia po wypadku to nie miała za dobrze w głowie? Może Mu ulży, jak się dowie, że to wszystko nie z jakiegoś nieszczęścia, tylko z choroby? Z urazu? I że to malowanie też z choroby? No bo co normalnego może być w tym, że kobieta siedzi w pracowni malarskiej i pisze?

Pani Czesia odwraca głowę w stronę holu, gdzie mimo zasłony widać napis:

„Tory. Największa drabina na świecie. Kiedyś przystawią ją do nieba i będzie koniec świata".

– I to pamiętam jak dziś. Nagle wstała od obiadu i poszła do pracowni. Jak lunatyczka. No to ja biorę obiad, zanoszę jej, pukania mojego nie słyszy, więc wchodzę, a tam ona siedzi przy sztalugach i pisze pędzelkiem. I nawet nie widzi, jak stawiam talerz.

Pytam się: „Co pani robi?" A ona mówi: „Nie wiem". A potem rano powiesiła to nad kominkiem. Ale kazał przewiesić do przedpokoju. Następnego dnia, patrzeć, znowu wychodzi od obiadu, i to w niedzielę. A On tylko macha ręką i mówi, że lekarz powiedział, że ma robić, co chce (po tym wypadku), i że dobrze, że maluje. Żebym była gadatliwa, tobym powiedziała, niech tam do niej pójdzie i zobaczy, jak „maluje". Bo ona siedziała na podłodze i dziecinnymi kredkami mazała po papierze listowym. I to znowu była twarz tego dziada. Albo maska. Rysowała tego dziada i darła. Rysowała i darła. Pytam się, bo z obiadem przyszłam: „Co pani robi?" A ona znowu mówi: „Nie wiem".

Pani Czesia milknie i przygląda mi się jakiś czas, a potem jakby podjęła decyzję:

– Może powinnam Mu o tym powiedzieć, bo przecież to znaczy, że jej się tory w tej chorej głowie lęgły już po wypadku. Bo On tam nigdy nie zaglądał.

– Gdzie? – pytam.

– Do pracowni. Nigdy. Ale przecież w końcu kiedyś tam zajrzy.

Pani Czesia przygląda mi się jeszcze uważniej i nagle mówi:

– Pani idzie ze mną – kładzie ścierkę na kominku i kołysze się w stronę korytarza. Wychodząc, odwracam się w stronę kominka. Koło wibruje miliardami atomów granatowej farby.

Oczywiście, że czuję dreszcze, dochodząc do pracowni, z której pewnego ranka wyszła kobieta zdecydowana na śmierć. Oczywiście, że mam przeczucie, że zobaczę coś niezwykłego. Oczywiście, że ociągam się, widząc przed sobą tłuściutkie plecy pani Czesi. Oczywiście, że serce mi bije, kiedy otwiera drzwi małym kluczykiem.

– Pani sobie poczyta – szepcze kobieta i lekko wpycha mnie do środka ciemnego pokoju.

Stoję pośrodku czarnych ścian pokrytych tysiącami maleńkich białych znaków. Od sufitu do podłogi. Na podłodze wiją się tory narysowane węglem. Prowadzą do drzwi.

Pani Czesia wchodzi za mną i zapala małe lampki, które świecą białym światłem. Teraz widzę, że te znaki to kaligraficzne litery. Każdy napis można teraz zobaczyć wyraźnie. Na dwóch ścianach napisy są krótsze i oddzielone od siebie. Dwie pozostałe ściany zapisane są całkowicie maleńkimi literami z białej farby. Najpierw czytam mniejsze napisy:

„Zapisać”
„Pisać”
„To jest pokój Niepokoju”
„Nie maluj”
„Pisz”

„...Wiosna. Po torach idzie mała dziewczynka. Tory kurczą się z roku na rok. Tej wiosny widać to wyraźnie. Kiedyś trzeba było skakać z belki na belkę, a teraz wystarczy zrobić krok. Czy to znaczy, że świat znika?”

„Nie wolno pozwolić torom zaciągnąć się za daleko, bo prowadzą tam, gdzie nie ma już nawet słońca”.

„Ciemność jest bardzo głośna. Chrzęści kamykami i bije pięścią w środku ciała”.

„Mówią, że ze strachu można umrzeć. Nie można. Żeby nie wiem jak się chciało”.

„Tory w powrotną stronę są takie same, a jednak nie ciągną do przodu. Tory w stronę domu zwalniają. Idzie się stopa za stopą, można wejść na szyny, rozłożyć ręce na bok jak skrzydła. Najgorzej, jeśli na tory spadnie pociąg. Trzeba wtedy zamienić się w jajko, bo tylko jajko może stoczyć się daleko od torów”.

Nawet nie wiem, kiedy pani Czesia wyszła, kiedy zostałam sama w czarnym pudle, kiedy usiadłam na podłodze w plątaninie torów i zaczęłam czytać tę opowieść. Ostre słupy białego światła uwypuklają każdą literę. Pierwsze z nich są większe niż pozostałe:

BAJKA DLA DOROSŁYCH DZIECI PRZED WYJŚCIEM I PRZED POWROTEM PISANE PRZEZ NIEPOKÓJ

Dawno, dawno temu w bardzo biednej chacie mieszkała mała królewna. Kiedy jej mama umarła, ojciec, który był kolejowym dróżnikiem, musiał pilnować pociągów i nie miał czasu dla swojej małej córeczki, która zawsze bawiła się sama na kolejowych torach. Udawała, że jest królewną, że jedzie po torach karetą i pozdrawia drzewa, które wyszły na powitanie. Pewnego dnia niedaleko chaty dróżnika zamieszkał zły czarownik. Nie wiadomo, skąd przyszedł. Był jednak tak złośliwy i gburowaty, że cała wieś zamykała przed nim okna i drzwi. Owdowiały dróżnik też. Ale niedługo po pogrzebie żony czarownik zaczął go odwiedzać. Tatuś dziewczynki wiedział, że to jest zły czarownik, ale co miał robić. Bardzo chciał mieć jakiegoś przyjaciela. Dziewczynka bała się czarownika, więc kiedy przychodził, uciekała z chaty na tory. Każdego dnia kareta jechała coraz dalej, daleko, aż do samego wieczoru. Królewna nie chciała wracać do domu, ale czarownik przynosił jej ojcu truciznę. Dróżnik wiedział, że to jest straszna trucizna, ale ten człowiek umiał go tak zaczarować, że nawet nie wiedział, kiedy wypijał całą butelkę do dna. Gdy czarownik wychodził, dziewczynka wracała i opiekowała się chorym ojcem. Któregoś wieczoru czarownik znowu przyszedł do dróżnika, ale potem nie poszedł do swojego domu, tylko ukrył się za drzwiami, i kiedy królewna wróciła, zamknął drzwi na klucz. Dziewczynka chciała uciekać oknem, ale on ją złapał i posadził na krześle. I wtedy nagle stało się coś dziwnego. Zły czarownik ukląkł przed dziewczynką i zaczął płakać. Powiedział, że nie jest złym czarownikiem, tylko tak wygląda, bo nikt go nie kocha. A nikt go nie kocha, bo jest brzydki i stary. Położył głowę na jej kolanach, płakał coraz głośniej i powiedział, że nosi w sercu wielką tajemnicę. I że bardzo chciałby się jej zwierzyć, tylko musi mu obiecać, że nie powie nikomu, nawet tacie. Dziewczynka pomyślała, że nie może mieć przed tatą żadnych tajemnic, ale czarownik wyglądał jak pies, kiedy prosi, żeby mu dać jeść, więc zgodziła się wysłuchać jego sekretu. Wtedy on, klęcząc przed nią, wyznał, że jest zaklętym królewiczem, który wyruszył w podróż, żeby szukać żony. Wędrował przez cały świat, ale nie znalazł żadnej kobiety, którą mógłby pokochać. Aż kiedyś doszedł do tej wsi i zobaczył na torach małą królewnę, która jechała karetą. I wtedy zabiło mu serce, które już umierało, i poczuł, że to jest ta, którą mógłby pokochać, i zrozumiał, że stał się najnieszczęśliwszym człowiekiem na świecie, bo przecież ona jest małą dziewczynką, a on brzydkim starym dziadem. Dziewczynka wzruszyła się i powiedziała, że nie jest starym dziadem, tylko zaklętym królewiczem. Wtedy on przytulił się do niej mocniej, płakał, płakał, aż w końcu wyznał, że zamieni się znowu w królewicza tylko wtedy, kiedy ta, którą kocha, pocałuje go w usta trzy razy. Dziewczynka poczuła, jak bije jej serce ze strachu i obrzydzenia, ale zamknęła oczy, pochyliła się nad zaklętym królewiczem i chociaż czuła zimne dreszcze, dotknęła ustami wielkich suchych warg czarownika. Wtedy z jego ust wyskoczył gorący wąż i wcisnął się w usta dziewczynki. Chciała się wyrwać, ale czarownik trzymał ją mocno jedną ręką, a drugą sięgnął po butelkę z trucizną. Wypił ogromny łyk, a potem przystawił butelkę do ust dziewczynki. Wołała na pomoc ojca, ale on nie mógł się podnieść z łóżka, bo był bardzo chory. W końcu wyrwała się czarownikowi, a wtedy on znowu padł na kolana i płakał, że pocałowała go tylko raz, a nie trzy razy, i teraz już na pewno zawsze będzie zły i nikt go nie pokocha.

Wtedy królewna pomyślała, że może w tej opuchniętej, czerwonej twarzy naprawdę jest zaklęta piękna twarz królewicza. Pochyliła się nad nim i pocałowała go drugi raz, a wtedy czarownik rzucił ją na ziemię i cały zamienił się w węża. Dusił dziewczynkę, wciskał się w jej ciało, a kiedy zasłabła, wypełzł cichutko z chaty. Królewna długo płakała, a potem przez wiele tygodni czuła się tak bardzo chora, że nie mogła nawet bawić się na torach. Kiedy wychodziła z domu po chleb, ludzie śmiali się z niej, bo bardzo się zmieniła. Stała się ciężka, niezgrabna, a jej brzuch zrobił się wielki jak piłka. Próbowała wypytać tatę o ten brzuch, ale on wtedy sięgał po butelkę z trucizną, więc zrozumiała, że czarownik zaczarował ją w grubą wstrętną babę. Aż raz, kiedy szła po chleb, stara młynarka zapytała:

„A kto tobie zasadził ziarenko?"

Powiedziała, że nikt, ale młynarka wytłumaczyła jej, że ktoś musiał zasadzić, bo inaczej brzuch by tak nie urósł. I powiedziała, że ma w brzuchu czyjeś ziarenko, że ono zakwitło i że jeżeli zasiał je dobry człowiek, to dobry owoc dojrzewa w jej brzuchu, a jeżeli zły człowiek, to w jej brzuchu dojrzewa trucizna. Od tej pory dziewczynka nie spała ani jednej nocy. Kiedy tylko zamykała oczy, pojawiał się zły czarownik i śmiał się z radości, że zasiał w jej brzuchu ziarenko trucizny.

Któregoś ranka dziewczynka wyszła z domu na tory i udawała sama przed sobą, że nie ma tego brzucha, w którym dojrzewa zatruty kwiat, i skakała z belki na belkę tak wysoko, aż brzuch zaczął ją boleć i pękać. Pobiegła do starej młynarki i tuż na progu poczuła taki ból, jakby w środku jej brzucha rozrósł się chwast i dusił wszystkie wnętrzności. Młynarka co chwila robiła znak krzyża, ale kazała dziewczynce wypychać owoc z siebie, ile tylko sił, i położyła czyste prześcieradło na swoim łóżku, i krzyczała na dziewczynkę, i odmawiała zdrowaśki, a dziewczynka błagała, żeby zabiła ją lepiej, bo nie wytrzyma tego bólu i właśnie wtedy, kiedy błagała o śmierć, usłyszała krótki krzyk, jakby jakiś kot zapłakał. Wtedy ból ustał, a młynarka powiedziała: „Chłopiec".

I rzeczywiście był to śliczny maleńki chłopczyk. A kiedy dziewczynka dowiedziała się, że to jej własne dziecko, kiedy poczuła ciepło maleńkiego ciałka, które wyrosło z ziarenka w jej brzuchu, kiedy zobaczyła, jak ufnie zbliża usta do jej piersi, pomyślała, że jest najszczęśliwszą istotą pod słońcem.

Mijały miesiące. Ojciec dziewczynki coraz częściej sięgał po truciznę, ale ani zbieranie chrustu w lesie, ani palenie w piecu, ani obsadzanie maleńkiego poletka, ani cięższe prace, których podejmowała się w sąsiednich obejściach, nie zmąciły jej szczęścia. Kiedy maleńki chłopczyk wyciągał do niej rączki, kiedy uśmiechał się na jej widok albo kiedy słyszała jego dziecinny, ufny śmiech, czuła, że nie musi już bawić się w królewnę, bo jest nią naprawdę, bo nie ma większego królestwa na świecie niż miłość, niż kochać i być kochaną choćby przez jedną bezbronną istotę. Którejś nocy, kiedy trzymała za rączkę usypiające przy niej dziecko, ktoś zapukał w szybę. Był to zły czarownik. Królewna przestraszyła się, że obudzi dziecko, więc wstała cichutko i wpuściła go do domu. Nie krzyczała, kiedy czarownik znów przewrócił ją na podłogę i zamienił się w węża. Wiedziała, że nie wolno jej umrzeć ani z bólu, ani ze wstydu, bo wtedy jej dziecko zostałoby samo na świecie.

I znowu w jej brzuchu zakiełkowało ziarenko. Kiedy brzuch rósł, dziewczynka dotykała go i głaskała. Wiedziała już, że tam kwitnie nowa miłość i że teraz będzie jej miała jeszcze więcej. Kiedy ludzie mówili, żeby nie pracowała tak ciężko, żeby nie nosiła worków kartofli ani belek drewna na budowę, uśmiechała się tylko, bo wiedziała, że Bóg ją chroni, skoro przysyła jej takie podarunki. I kiedy znowu poczuła ból, pobiegła do młynarki i trzymając się za brzuch, płakała ze szczęścia. Przysięgła sobie, że nie będzie krzyczeć, ale dziecko wyrywało się z jej ciała tak gwałtownie, że krzyk sam wyskakiwał z gardła, żeby zagłuszyć ból. I kiedy był tak głośny, że słychać go było na całą wieś, młynarka powiedziała: „Dziewczynka". I ból ustał.

Mijały lata. Domek dróżnika kolejowego zapadał się i obrastał bluszczem, który dziewczynka podcinała z roku na rok, ale niezbyt dokładnie, bo nie miała na to zbyt dużo czasu. Musiała pilnować pociągów, które zaniedbywał jej ojciec, całkowicie bezsilny z powodu picia trucizny, którą ciągle gdzieś zdobywał, mimo że czarownik umarł dawno pod własnym płotem. Między jednym pociągiem a drugim dziewczynka podejmowała się najcięższych prac, nawet drzewa z drwalami rąbała, chociaż śmiali się z niej i dostawała mniej pieniędzy od innych, bo cios jej siekiery był „jak kopniak muchy" – tak mówili. Ale kiedy wracała do domu i dwie różowe istotki śmiały się, wołając: „Mama! Mama!" – zapominała o głodzie, bólach pleców i rąk. Zarobione pieniądze chowała w szufladzie pod kawałkami szmat, które służyły za pościel. Chowała je dla dzieci na naukę. Ludzie czasem coś im dawali do ubrania, ale niechętnie, jak to dla nieślubnych. Więc kiedy dzieci rosły, wiązała na córeczce jedną ze swoich dwóch sukienek, a na chłopcu spodnie taty, który już nie wstawał z łóżka. Dzieci wyglądały dziwacznie, ale i tak nikt ich nie widział, bo bawiły się same na torach, tak jak kiedyś ich mama. Aż przyszedł dzień, kiedy nie mogła ich tam znaleźć. Biegała wzdłuż torów, do lasu, na łąki, nigdzie ich nie było. Wróciła do chaty.

Pierwszą rzeczą, jaką tam zobaczyła, była otwarta szuflada. Podbiegła do niej i podniosła kawałek szmaty, pod którym chowała pieniądze. Nie było tam ani grosza. Potem usłyszała jęk. Podeszła do łóżka, gdzie leżał jej ojciec, i zobaczyła krew na jego twarzy. Na podłodze, obok łóżka, leżały dwa długie cienie. Odwróciła głowę i zobaczyła, że to są cienie jej dzieci, które stały w kącie i śmiały się cicho. Pomyślała, że dopiero teraz, po tych cieniach widzi, jak one bardzo urosły. Że są o wiele wyższe od niej. Zauważyła, że się śmieją inaczej niż zwykle. I pomyślała, że zna ten śmiech. I serce jej stanęło, kiedy zrozumiała, że to jest śmiech złego czarownika. I dopiero wtedy, kiedy podeszły do drzwi, zobaczyła, jak one są do niego podobne.

„Dokąd idziecie?" – zapytała, ale one nawet na nią nie spojrzały. Nie było ich kilka długich dni. Dziewczyna biegała po całej wsi, pytała ludzi, ale mówili tylko, żeby się cieszyła, że sobie poszły, bo to były bardzo złe dzieci. I opowiadali jej o kradzieżach, o pobitych starcach, i o tym, że od kilku lat wieś żyje w strachu przed ich zaczepkami. W końcu straciła już wszelką nadzieję na powrót dzieci.

Ciągle jeszcze zaglądała w okno, patrząc, jak każdego dnia świat traci jeden kolor. Ranki stały się szare jak ziemia, a słońce nie dosięgało już żadnej rzeczy: było tylko kulą dręczącego światła. Noce już nie służyły do snu, tylko do słuchania ciemności. Patrząc na niebo, zrozumiała, że księżyc jest martwą twarzą ziemi, odbitą w szybie okna.

Pewnego ranka, który otaczał chatę sinozielonym światłem, a ona karmiła ojca wodnistą zupą, drzwi skrzypnęły i na progu znowu pojawiły się dwie sylwetki – jedna chłopięca, podobna do swojego cienia, druga już nie dziewczęca, ale jeszcze nie kobieca, z długimi kręconymi włosami, o ogniście rudym kolorze. Dziewczyna pomyślała przez chwilę, że miło byłoby czesać te włosy, tak jak matki czeszą włosy swoich córek. Mimo różnic sylwetek, mimo zupełnie innych barw, które przypisała im natura, dzieci były bardzo podobne. Pomyślała nawet, że ich różowe twarze zarosły twarzą szatana. Nagle chłopiec zbliżył się do starej komody, wyciągnął ogromną czerwoną dłoń, szarpnął szufladą i wyjął z niej kilka monet, które matka zarobiła, kopiąc kartofle na polach i pilnując pociągów. Chłopiec włożył monety do kieszeni, a kiedy powiedziała: „Zostaw te pieniądze", jednym ruchem przewrócił stół, podszedł do matki i podsunął jej pod oczy wielką pięść. Wtedy od progu znowu rozległ się dziewczęcy śmiech, a po chwili drzwi zamknęły się z trzaskiem.

Od tego dnia dzieci wracały do domu o różnych porach. Zostawiały po sobie przewrócone meble, po podłodze turlały się wyskrobane garnki, rozmazując błotniste ślady wielkich stóp i małych dziewczęcych butów. Czasem pośród plam błota błyszczały czerwone strużki krwi. Maleńka chata chyliła się z miesiąca na miesiąc coraz bardziej, tak jakby chciała schować się pod ziemię. Przez rozbite szyby okien wchodziły gałęzie bluszczu, a przez szpary w drzwiach przeciskały się prostokąty światła, w których tańczyły drobinki kurzu. W środku chaty było zupełnie cicho, jak zawsze wtedy, kiedy wszystkie zmysły skupione są na obronie. Co kilka godzin ciszę przerywał pociąg, siarczystym rykiem pozdrawiał dziewczynę i znikał za zakrętem. I potem znowu było cicho, aż do chwili, kiedy dzieci wpadały tam nagle, a wtedy po podłodze fruwały cienie stołków, garnków, pewnego dnia zatańczył tam nawet cień noża. Kiedy cienie znikały, sufit przez chwilę bujał się jak na morzu, a potem chata rozjaśniała się do zielonej szarości. Ale nigdy jaśniej. Nigdy bardziej niż do kolorów ziemi. Każdy dzień był ciężki jak na chwilę przed deszczem. Szare niebo spadało na chatę gęstą mgłą, która wchodziła przez okno do środka głowy i trudno było wstać z łóżka z takim ciężarem. Leżąc godzinami w pożółkłej pościeli, odkryła, że róg poduszki może być większy od okna. I że załamania poszewki, jej wypukłości, kąty proste, łaty, rozdarcia, wgniecenia, odcienie starej bieli są znacznie ciekawsze od pól i pociągów, jęczącego starca i dwojga wyrostków w maskach czarownika. Gdyby tylko miała farby, toby namalowała świat widziany w załamaniach pościeli... Niestety tych dwoje coraz częściej wpadało do chaty, krzycząc, że nie wyzwoli się od nich, póki nie zdradzi nowej kryjówki na pieniądze. A jak ona mogła zdradzić coś, czego nie było. Nie było kryjówki, bo nie było pieniędzy. Skąd mogły być pieniądze, kiedy nie było pracy. A skąd mogła być praca, kiedy się nie wychodzi z łóżka. Tylko na chwilę, żeby machnąć chorągiewką przed pociągiem.

Któregoś dnia, stojąc przy torach, zobaczyła, że między dwiema belkami, które łączyły szyny, wystaje maleńka łodyżka. Słuchając dalekiego wołania pociągu, zobaczyła, jak dwie istoty w maskach czarownika biegną w jej stronę i nagle postanowiła położyć się obok łodyżki. Tory krzyczały jej coś do ucha, rozpychały gorącą ziemię, czuła ich dudniący puls, słyszała krzyk przerażonego pociągu. Krzyczał, że nie zdąży zahamować biegu gorących kół i nic nie zmieni już siły jego pędu. I po chwili, rycząc z bólu, przycisnął swoją masą istotę skuloną na torach.

Co było potem? Cichy lot w górę. Piórko. Może chmura. Oderwanie od czasu. Od wagi. Od kształtu. Od lęku. I jedna jasna myśl, że ta lekkość to „ja". I że ludzie skupieni wokół ciała tam na torach tak nerwowo szukają „mnie", a mnie tam nie ma. Ja jestem nad nimi, za nimi, przy nich, na nich, jestem, gdzie chcę, tylko nie tam, gdzie mnie szukają. Pewnie to ludzie z pociągu, który stoi niedaleko jak zbity pies. Mówią, że nie żyję. Czyjś płacz. Drugi płacz. „Mamo!" „Mamo!"

Widzę swoje ciało. Ktoś przytula moje dzieci. Ktoś mówi, że żyję. Że trzeba do szpitala. Widzę, jak dzieci tulą się do mojego ciała. Wiszę nad nimi, ocieram się o swoją głowę i widzę, jak płaczą. Jak całują moje policzki, nos, brodę, ramiona, ręce. Jak niosą mnie do karetki. Ale ja nie idę z nimi, idę tam, gdzie pojawił się wielki ciemny tunel. Otacza mnie granatowymi ścianami, opieram ręce na jego ścianach. A więc jednak mam ręce, mimo że nie mam ciała. A może mam pamięć o rękach i to wystarczy, żeby je mieć. Idę. Nie trwa to ani długo, ani krótko. Trwa tyle, ile myśl, że w tunelu czas nie istnieje. Nie istnieje też słowo, które nazwałoby światło w końcu tunelu. Na ziemi nie ma takiego światła. Nie ma nazwy na takie światło.

Potem przeszłam przez pajęczynę, chmurę, ścianę światła. I tam, za tą granicą (bo był to rodzaj granicy, tak czułam), za tą granicą czekało na mnie kilka istot, osób, duchów, dusz, może aniołów... Ich obecność daje uczucie całkowitego bezpieczeństwa. Tyle mogę powiedzieć. A więc były to Obecności. Cieszyły się, że przyszłam, i pytały, czy ja też się cieszę. Oczywiście, że tak. Spytały, czy chcę zostać. Oczywiście, że tak, odpowiedziałam, i wtedy usłyszałam tamten płacz nade mną, na torach. I ten drugi płacz.

I już nie byłam pewna, czy mogę zostać. Powiedziałam o tym Obecnościom, a one odpowiedziały, że muszę zdecydować sama. Jedna z tych istot wzięła mnie za rękę (a jednak miałam ręce) i wyprowadziła poza to miejsce, ale nie wiem, w jaki sposób, bo przecież tam nie było ścian ani drzwi. Prawdopodobnie było to tylko uczucie, że jestem poza tym miejscem. Kiedy zostałam sama, zobaczyłam wokół siebie nie kończącą się łąkę ogromnych kwiatów. Miały tylko kielichy, jakbym widziała je z góry. Rozwinięte, dojrzałe, we wszystkich możliwych i niemożliwych kolorach. Idąc tą łąką, czułam coś w rodzaju ciepła, a raczej otulenia. Niewidoczny kokon otulał pamięć o moim ciele. Czułam go wokół ramion, stóp, brzucha, chociaż nie miałam ciała. To uczucie można porównać z ciepłą kąpielą.

— Czy chcesz tu zostać? — jakaś świetlista postać (inaczej nie umiem tego opisać) stała przy mnie, nade mną, za mną, wszędzie. Powiedziała też, że nie mam wiele czasu na odpowiedź.

— Czy moje dzieci się zmienią, jeżeli wrócę? — zapytałam.

— Tego nie mogę ci powiedzieć— odpowiedziała postać, a ja nie zauważyłam nawet, kiedy znalazłam się znowu wśród białych Obecności. Odczułam je wtedy jako rodzaj sądu nad moim życiem. Sądu albo raczej narady. Powiedzieli:

— Powinnaś wrócić, żeby zostawić swój ślad. Twój ślad jest potrzebny.

— Jaki ślad? — zapytałam, ale oni powiedzieli tylko:

— Nie musisz wracać w to samo miejsce, jeżeli nie chcesz. Ani do tego samego ciała, ani do tej samej epoki. To, czego dowiesz się teraz, jest jeszcze dla ciebie za trudne: Czas nie istnieje. Czas na ziemi jest tylko faktem przemijania, a przemijanie to zmiana. Czas jest tylko nieustanną zmianą. Nie następstwem wypadków. Tu, gdzie jesteś teraz, wszystkie zdarzenia są równoległe. Twoje dzieci czekają na Ciebie, a jednocześnie rodzą się ich dzieci i dzieci ich dzieci. I jednocześnie umierają. Możemy przerwać życie któregoś z nich, ale nie gasić go do końca. Możesz wrócić do życia swoich następnych pokoleń jako część kogoś, kogo przebudzimy. Jako czyjś niepokój. Ale zostawimy ci ślady pamięci twojego życia. I najlepsze, i najgorsze. Zostawimy ci pamięć o naszym spotkaniu. Zostawimy ci możliwość wyboru. Możesz zostać tam, ile chcesz, możesz wrócić do swoich dzieci, kiedy będziesz gotowa. Kiedy one będą gotowe.

– Czy dzieci się zmienią? – zapytałam.

– Jesteś im potrzebna – odpowiedzieli. – Jak każda matka.

– Boję się. Jestem tylko dzieckiem.

– Każda matka jest tylko dzieckiem.

– Jak mam wrócić? – zapytałam, a oni odpowiedzieli:

– Tą samą drogą. Torami.

Ostatnie słowa kończą się już na podłodze, ich przedłużeniem są linie rysowane węglem. Wiją się przez całą podłogę i prowadzą do drzwi. Siedzę zamknięta w ciszy tej czarnej bajki, w środku skończonej, niezrozumiałej historii i mam wrażenie, że na zewnątrz nic nie ma.

Jestem pewna, że za wcześnie wpuszczono tu światło, otwierając drzwi. Że nie jestem jeszcze gotowa, żeby wejść do białego salonu i idąc za panią Czesią, założyć płaszcz, przeglądając się w lustrze, gdzie zobaczę kawałek starej fotografii z dziewczynką na kolanach chudego kolejarza, koło którego stoi jeszcze ktoś, ukryty poza obszarem lustra.

Gips

Jest ranek, godzina 8.25. Mężczyzna, o którym mowa, wchodzi właśnie na stopnie samolotu. Mimo czterdziestostopniowego upału, jaki panuje teraz w Rzymie, ma na sobie płaszcz zapięty na wszystkie guziki... Jego słynny kapelusz z szerokim rondem przez chwilę góruje nad głowami innych pasażerów, ale tuż przed wejściem do samolotu znika z głowy mężczyzny, który musi schylić się mocno, żeby wejść do środka. Natychmiast rozpoznają go roześmiane stewardesy i podają mu gazetę, pokazując, że na pierwszej stronie jest jego zdjęcie w tym właśnie kapeluszu, tuż pod napisem: „Profesor Janusz Wolski nareszcie w Polsce – rozmowa ze słynnym genetykiem str. 2". Otóż ten człowiek, który idzie teraz korytarzem samolotu, myśli tylko o jednym: żeby udało mu się nie zasnąć w czasie lotu. W całym swoim życiu spędził w samolotach tyle samo czasu, ile na wykładach i konferencjach, i właściwie zaczął traktować to miejsce jak sypialnię albo, jak mówi jego francuska psychoterapeutka, Catherine, „jako kołyskę". Rzeczywiście, w samolocie zasypia jak dziecko.

Jeszcze zanim maszyna rusza z pasa startowego, on już zapada w głęboki, relaksujący sen. Tym razem jednak musi zachować trzeźwość umysłu. Już w drodze na lotnisko postanowił sobie, że w samolocie napisze wstęp. Że wstęp jest absolutnie konieczny. Że całą mowę musi opatrzyć jakimś komentarzem, zacząć od refleksji, od żartu może, w każdym razie, zanim zacznie opisywać nić DNA, zanim padnie pierwsze zdanie jego wykładu, zanim powie: „Życie na ziemi jest przypadkiem", musi do tego przygotować ludzi, którzy tam przyjdą.

— Ale dlaczego? — pytała Catherine, siedząc przy staroświeckiej lampie za swoim biurkiem w paryskim gabinecie psychoterapii. — Jesteś naukowcem! Wybitnym genetykiem, który pretendował do Nagrody Nobla! Dlaczego musisz się wytłumaczyć ze swojej pracy? Chcesz ich za coś przeprosić? Za co?

— Za drobnostkę. No, krótko mówiąc, Catherine, za to, że nie ma Boga.

— Twoim zdaniem odkrycie genu świadczy o tym właśnie? — Catherine oparła się na swoim czarnym fotelu. Żółte światło lampy dosięgało tylko połowy jej twarzy. — Przepraszam cię, ale jestem osobą wierzącą i nie wyobrażam sobie takiego odkrycia naukowego, które dostatecznie wyjaśniłoby nasze istnienie. Czy te twoje geny, białka, chromosomy nie są takim samym cudem, jak Ewa wysupłana z żebra Adama?

— Nie. Nie! — nawet w taksówce, jadąc na lotnisko, rozmawiał w myślach z Catherine. — Nie! Twój Bóg to geniusz. Wszechmocny, zależny tylko od swojej woli. Mógł nie stworzyć, a stworzył. I wprawdzie robił to całe sześć dni, dorabiając codziennie coś innego, widział braki, wypełniał luki, ale jednak cokolwiek zamyślił, to się udało. Chciał wodę, była woda, chciał rośliny, były rośliny, chciał bydło, było bydło. Nic bardziej błędnego, Catherine. Życie jest wynikiem miliardów prób. Przez miliony lat próbowano bezskutecznie powołać do życia jakąkolwiek substancję. Twój Bóg nie jest zdolnym chemikiem. Cztery miliardy lat siedział nad niestabilną substancją RNA, która i tak nie znaczyła nic bez białka i DNA, bezskutecznie powielał matematyczne szyfry, robił kopie, kodował informacje, które rozpadały się po chwili istnienia. W końcu zaczęły powielać się same. Tak, Catherine. Same! Zupełnie przypadkiem jeden element wskoczył w odpowiedni trybik, jeden z miliardów zapisów na dzień zszył się z odpowiednim zapisem i zaczął wytwarzać kopie. I teraz ja, jedna z tych kopii genetycznego przepisu w DNA, kolejna bakteria, forma grzyba albo pleśni, jadę na lotnisko, chociaż bardzo tego nie chcę. Jestem po prostu o wiele słabszym organizmem od bakterii LUCA, naszego ostatniego, uniwersalnego przodka, który karmił się siarką, żelazem, węglem i wodorem w szczelinie wulkanicznych skał! Tak, Catherine! On nie ulegał destrukcji.

W samolocie, kiedy znalazł swoje miejsce, znowu rozmawiał z Catherine:

– Dobrze – powiedziała. – Zostawmy w spokoju Pana Boga i pomówmy o tobie. Jesteś niewierzącym naukowcem. Masz tam zakomunikować ludziom to, co jest zdobyczą nauki. Przecież to proste i dobre. Możesz mi wytłumaczyć twoje wątpliwości?

– Nie mogę, Catherine. Nie zrozumiesz – zdjął płaszcz, wygładził materiał, złożył w równą kostkę i włożył go do schowka.

– Mam tremę. Mam opory – wyciągnął z kieszeni marynarki chusteczkę higieniczną i wieczne pióro, wytarł ręce i zdjął marynarkę.

– Jadąc do Polski, wkraczam na pewien teren. I na tym terenie działają siły, w które ja nie wierzę, ale to nie zmienia faktu, że one tam istnieją.

Złożył marynarkę na pół, wygładził materiał, włożył ją do schowka, zamknął schowek i usiadł w fotelu.

– Ja nie wierzę w Boga, więc tym bardziej nie wierzę w Chrystusa ani w Matkę Boską, nie było Zmartwychwstania ani Niepokalanego Poczęcia – jednym ruchem zapiął pas. – Nie muszę uciekać się do wiary w rzeczy niemożliwe, żeby uznać przypadek życia za dar i cud. Jesteśmy kupą niesamowitych szczęściarzy, o czym wy w tych ponurych kościołach zupełnie zapominacie, ale to nie zmienia faktu, że ja się boję w Polsce to powiedzieć.

– Ludzi się boisz? Tych, którzy przyjdą na twój wykład?

– Nie, Catherine! Ja się boję Chrystusa i Matki Boskiej.

Kiedy zaproszono go na tę konferencję, chciał odmówić. Zirytował go ten telefon. Jakaś smarkula, jakaś Basia, Paula czy Dziunia mówiła po angielsku. Dzwoniła do niego z Polski i mówiła po angielsku! Swoją drogą, dobrze mówiła i może to go zirytowało. Tak. Może to. Wyjął z teczki skórzany notes i skrypt, dmuchnął w czarną powierzchnię skryptu i położył go na kolanach. Smarkula. On w jej wieku mówił szkolnym angielskim, wykutym ze słówek, które marną kredą zapisywał na tablicy wiecznie skacowany nauczyciel. A ta siksa gadała po angielsku jak luksusowy automat.

— Waćpanna nie mówi po polsku? — zapytał zirytowany, może, cholera, za histerycznie.

— Ależ tak, naturalnie, bardzo przepraszam, panie profesorze, to przyzwyczajenie. Często dzwonię za granicę i od razu coś mi się w głowie przestawia na angielski. Proszę mi wybaczyć. Prezes Pękała bardzo gorąco prosi, żeby pan zgodził się wziąć udział w tej konferencji i w spotkaniu z mieszkańcami Warszawy. Choćby ze względu na to, że znacie się panowie ze studiów, tak?

Długo, przeciągając to w nieskończoność, udawał, że szuka kalendarzyka, w końcu powiedział:

— Bardzo mi przykro, w maju jestem zajęty. Proszę pozdrowić prezesa.

Tak. Taki powinien być koniec rozmowy. I byłby taki, gdyby nie ty, Catherine! Gdyby nie ty! Otworzył skórzany notes i wykreślił notatkę: samolot Rzym 8.40. Zajrzał do skryptu na stronie z napisem: „Prof. Janusz Wolski, *Genetyka szansą epoki*", złożył skrypt i włożył do teczki. Mój Boże! Niezdolny, wręcz tępy, tchórzliwy i prostacki Pękała jest prezesem czegoś tam! Czy ten kraj kiedykolwiek odzyska równowagę? Czy dojrzeje? Czy tam wreszcie ktoś zrozumie, że trzeba przestać bawić się w życie?

Samolot powoli wypełniał się pasażerami. Profesor wytarł ręce, złożył chusteczkę, włożył ją do kieszeni spodni i zamknął oczy.

— Mówiłaś: „Pojedź, przełam się, to ci dobrze zrobi, już w samolocie poczujesz się lepiej." Nie czuję się lepiej, Catherine. Jesteś dobrą psychoterapeutką, masz międzynarodowe licencje, ale nie baw się więcej w jasnowidza. Nie czuję się lepiej. Jestem wściekły. Nienawidzę cię, Catherine. Nienawidzę cię za to, że ci uległem, że wydałem na ciebie majątek, a wciąż jestem na tyle słaby, że nie potrafię sobie powiedzieć: ta głupia baba nie ma pojęcia o moich problemach, o moim kraju, jak może decydować o moich wyborach!

— Ja nie decyduję — Catherine siedziała za biurkiem i jak zwykle, kiedy tam przychodził, pisała coś w zeszycie. — Ty decydujesz — mruknęła znad zeszytu. — Ja tylko uważam, że uciekasz przed nałogiem.

— Przed jakim nałogiem?! Przed jakim nałogiem?! — Miała paznokcie obcięte zwykłymi nożyczkami, postrzępione, nierówne. Nie znosił tego u niej.

— Ja nie mam zamiaru jechać do swojego kraju, bo sobie przysiągłem, że tam nie wrócę! Że będą mnie prosić, a ja odmówię! Przysiągłem sobie to, kiedy wsiadałem do pociągu.

— Ile miałeś lat?

— Dwadzieścia dwa. Wyrzucili mnie z uniwersytetu, postawili na dworcu z grupą ludzi, którzy nagle zostali po prostu Żydami w podróży. Czy ty coś z tego rozumiesz, Catherine? Czy w ogóle chcesz coś z tego zrozumieć?

— Nie. Nie chcę. Przez całą terapię starasz się mi wmówić, że twoje problemy są nieodłączne od historii twojego kraju.

— Bo są! — podniósł głowę i spojrzał na schowek. Był nie domknięty. Świadczyła o tym wyraźnie ciemna linia wzdłuż klapy.

— Alkoholik zawsze znajdzie wymówkę. Oczywiście piłeś, bo masz problemy z tożsamością, z piętnem komunizmu i kompromisów ojca, ja tego nie neguję, tylko że widzisz, gdybyś urodził się Eskimosem na przykład, piłbyś, bo musisz zabijać foki (Eskimosi cierpią z tego powodu). To ty piłeś, a nie Polak o żydowskim pochodzeniu. To ty masz fobię otwartych form, to ty się pocisz, kiedy brakuje ci symetrii, to ty stworzyłeś sobie zastępcze męczarnie w miejsce kaca. I ja ciebie mam postawić na nogi, a nie twoją ojczyznę.

– I już mnie postawiłaś – odpiął pas, docisnął klapę schowka i usiadł z powrotem. – Nie uważasz, że powinniśmy skończyć te randki, Catherine? Ja nie piję już piętnaście lat! Jestem chlubą anonimowych alkoholików! Powinno się mnie obwozić po świecie jako przykład silnej woli! – Zapiął pas, wytarł ręce chusteczką higieniczną i otworzył gazetę. Catherine uśmiechała się z zadrukowanej strony.

– No to skończmy terapię. Przecież to zależy od ciebie. Nie mów mi o silnej woli, tylko powiedz: „Do widzenia, to było nasze ostatnie spotkanie".

– I powiem to, Catherine. Powiem to prędzej, niż się spodziewasz. Kiedy tylko wrócę z Warszawy, wejdę do twojego gabinetu z butelką szampana i powiem:

– Ja tylko na chwilę, dziękuję za wszystko, jesteś wspaniałą kobietą. Pocałuję cię w rękę, co was, Francuzki, tak podnieca, i odejdę raz na zawsze.

– Świetnie. Na razie widzę przed sobą dwudziestodwuletniego chłopca, który obraził się na swój kraj albo po prostu się go boi. Boi się powrotu do przestrzeni, w której zaczął pić. A ja chcę, żebyś siebie tam właśnie zobaczył, jak w lustrze po wakacjach. Pamiętasz to wrażenie, kiedy jako dziecko widziałeś siebie we własnym lustrze po dłuższej przerwie? Z jakim zdumieniem oglądałeś odbicie wysokiego, opalonego chłopaka, którego nigdy w przestrzeni tego mieszkania nie widziałeś? No więc ja bym chciała, żebyś pojechał do Warszawy i żebyś tam zobaczył, jak bardzo urosłeś. Chyba że...

– Chyba że co? – Starał się przebić przez obraz Catherine i skupić się na swoim wywiadzie. Obok umieszczono wspomnienie o słynnym polskim terapeucie, którego pogrzeb ma się odbyć jutro.

– Chyba że nie urosłeś. Byłaby to i twoja, i moja klęska.

– Przepraszam, ale chciałbym usiąść, a pan... – zobaczył nad sobą twarz jakiegoś mężczyzny. Stał pochylony, trzymając w ręku jego teczkę.

– To jest pana, tak?

Mężczyzna miał około czterdziestu lat, lekko przerzedzone włosy, czarne spodnie marnego gatunku, pomiętą marynarkę, wczorajszą białą koszulę i ciemne okulary.

– Jak to się zapina, przepraszam? – próbował złączyć obie części pasa. – W tamtą stronę też pas się nie zapinał – bezradnie tarł jedną klamrę o drugą. – Żeby ich obesrało, tych Włochów! – Profesor jednym ruchem zapiął pas mężczyzny, wyjął paczkę chusteczek, wytarł dokładnie ręce i sięgnął po skrypt.

– Dlaczego właściwie nie możesz porozmawiać z tym mężczyzną? – Catherine zawsze wpatrywała się w niego, trzymając rękę przy twarzy. Straszne miała te paznokcie.

– Bo to bolesna strata czasu, Catherine! On jest na znacznie niższym poziomie niż muszka owocowa! Słyszałaś o muszce owocowej? Wzór kobiety, Catherine. Śliczna, głupia i uległa. Jest jednym z najprostszych organizmów, jakie zna natura. Nazywamy ją pieszczotliwie Dunce, co znaczy nieuk albo osioł, ale ona nie ma żalu, nie nasyła na nas feministek i poddała się nieprawdopodobnym torturom dla dobra ludzkości. Jej głupota wyznaczyła pewnego rodzaju zero, od którego mogliśmy się odbić. Wyobraź sobie, Catherine, nie była w stanie skojarzyć tego, że kiedy znajdowała się w kręgu pewnego zapachu, spotykał ją zawsze szok elektryczny. Leciała do celu mimo bolesnych doświadczeń. Ale była na tyle cierpliwa, że dała się zmutować, zmienić genetycznie (przez usunięcie genu białka CREB zresztą, ale tym cię nie będę nudził) i stała się bardzo inteligentną babą, która uciekała od niebezpiecznego terytorium już po jednej lekcji! A ten człowiek, który siedzi koło mnie, nie umie zapiąć pasa, mimo że już ma za sobą jeden lot!

– Przepraszam pana, nie widział pan takiej poduszki w kształcie nerki? – mężczyzna zanurzył głowę pod fotel.

– Zaspałem w hotelu, bo to człowiek zanim się z Włochem dogada, to już była druga w nocy, jak skończyłem. Jak to w interesach. A rano wszystko szybko do walizki na kupę, żeby zdążyć na samolot. Taką poduszkę pod kark kupiłem żonie na lotnisku i wsiąkła. W barze pewnie, srał to pies. Włoch to, proszę pana, taki jest, że nie poleci za człowiekiem, że poduszkę zostawił – mężczyzna otworzył płócienną torbę i grzebał w niej bezradnie. – Zna pan te poduszki? W kształcie nerki. Podkłada pan sobie pod kark i mniej boli – rzucił na kolana otwarty krem do golenia, hotelowe mydełko zawinięte w papier, skarpetki i plastikowy czepek pod prysznic. – Co to jest, że teraz te karki takie wybrakowane mamy. Żona to ma od komputera, bo ona jest „Przepisywanie komputerowe ". Jakby pan miał coś do przepisania, to ja panu dam wizytówkę po starcie. No i nie ma... Przepraszam, pan śpi, a ja tu panu nad głową...

Nie spał. Jak mógł spać, kiedy ten człowiek położył na kolanach otwarty krem do golenia! Zwiniętą tubkę skręconą na wszystkie strony, z otwartym pyszczkiem, który wysychał w męczarniach! Jak mógł spać, kiedy tuż obok niego leżała storturowana otwarta forma! Catherine! Ratunku! Myślę o ubraniach zadręczonych w walizce tego człowieka. O ich zwłokach rzuconych w paszczę walizki! Czuję falę gorąca i coś w rodzaju psychicznych torsji.

– Oddychaj głęboko – szepnęła Catherine. – Myśl o swojej walizce.

Idealny układ pachnących prostokątów. Cztery koszule: biała, błękitna, niebieska, granatowa. Nienagannie złożone. Kilkakrotnie sprawdzane. Obok prostokąt swetrów: biały, szafirowy, morski. Garnitur w plastikowym ochraniaczu. Przy nim mały prostokąt neseseru na przybory toaletowe styka się z prostokątnym pagórkiem bielizny, który wystaje nieco nad prostokąt jedwabnej piżamy i pachnącego szlafroka. Kolejność według planu zdarzeń i prognozy pogody. Kilkakrotnie zmieniana. Wielokrotnie sprawdzana. Dobrze jest zamknąć oczy i myśleć o nienagannym układzie sił w pachnącej walizce. Dziękuję, Catherine. Nie pozwól mi zasnąć.

– A obiad to jakiś dadzą, co? – mężczyzna pokręcił zamkiem od stolika, otworzył blat i zaczął szperać w czarnej teczce. – W Rzymie nic nie zjadłem. Nawet pobiegłem na śniadanie, ale zanim się człowiek z Włochem dogada, to.... Interesy nie bardzo poszły, dziwni ci Włosi. Jakiś niekumaty naród. O! Jest wizytówka żony.

Mężczyzna trącił profesora w ramię:

– „Przepisywanie na komputerze”. Jak położy dzieciaki, to może panu wszystko przepisać. I całą noc posiedzi, jak się panu spieszy, żeby mieć na rano.

Profesor wziął wizytówkę, wrzucił ją do kieszeni, otarł chusteczką krople potu i wytarł ręce. Teraz przypomniał sobie tego terapeutę, którego nazwisko było na nekrologu.

– Oczywiście! To ty mnie z nim poznałaś, Catherine, przedstawiłaś mi go jako jasnowidza, a on spojrzał na mnie i zapytał:

– Czy pan ma jakieś kłopoty finansowe?

A kiedy zaprzeczyłem, powiedział zdziwiony:

– Nie wiem dlaczego, ale widzę pana w podartym ubraniu.

Potem pożegnał się, mówiąc:

– Zobaczymy się w Warszawie – a ja ci potem powiedziałem, że znam lepszych jasnowidzów, bo nigdy do Warszawy nie pojadę. A jednak miał rację.

– Niezupełnie – Catherine miała wielkie, matczyne piersi. Tylko dzięki tym piersiom budziła zaufanie. – Nie miał racji, bo skoro jest jego nekrolog, to znaczy, że się nie zobaczycie w Warszawie. Ten człowiek obok zapytał cię, czy dadzą obiad. Odpowiedz mu.

– Tak, proszę pana. Na pewno dadzą obiad. Ale ja nie jem w samolocie, więc mogę panu odstąpić swój. Będzie pan miał dwa obiady.

– Nie je pan? – mężczyzna znieruchomiał, wpatrując się w profesora. – To ja też nie jem. Ma pan rację. Jeszcze się człowiek stru... – przerwał nagle, patrząc przed siebie w głąb samolotu.

Wzdłuż korytarza szła młoda kobieta, bardzo wysoka i bardzo piękna. Miała na sobie szary kostium i żółtą apaszkę, w ręku trzymała granatowy kapelusz, torebkę koloru ciemnego piasku i niewielką paczkę, opakowaną w złoty papier, przewiązany czerwoną wstążką. To opakowanie zupełnie nie pasowało do jej osoby. Profesor spojrzał na nie z niesmakiem: psuło mu obraz prawie idealnej formy. Kiedy kobieta stanęła przy nich, z zachwytem spojrzał na jej granatowy kapelusz. Uwielbiał kapelusze z szerokim rondem. Nie mógł powstrzymać się od uwagi:

– Bellissmo capello. Da Roma?

– Si. Da Roma – powiedziała z obcym akcentem i patrząc na puste miejsce przy oknie, dodała – sorry.

– Yes... yes... on moment. – Mężczyzna nerwowo szarpał się z pasem. – I'm sorry... – klamra za nic nie chciała się rozpiąć. – I don't do it... I only moment... – skulił się cały, mamrocząc coś po angielsku, kiedy szary, jedwabny kostium ocierał się o jego kolana.

– I'm sorry, I'm ferst time in... in...

– Nie szkodzi – mruknęła dziewczyna, usiadła, zapięła pas i natychmiast wyjęła z torebki książkę. Z żalem stwierdził, że to jakiś podrzędny kryminał, kupiony pewnie na lotnisku. Zamknął oczy. Samolot ruszył po pasie startowym.

– Powiem ci, dlaczego te nasze spotkania są idiotyczne, Catherine. Kobieto! Wiesz, jaka była przyczyna mojego picia? Prosta jak drut! Chodzi o szlak dopaminowy od okolicy przedczołowej do jądra migdałowatego! Chodzi o zwiększane wydzielanie mikrokosmkowych enzymów utleniających etanol. Inaczej mówiąc, chodzi o to, że mój ojciec też pił. I właśnie przez zaprogramowanie genetyczne moich szlaków biochemicznych mój organizm reaguje na alkohol zwiększonym łaknieniem alkoholu. A wiesz, dlaczego mój ojciec pił? Bo nie mógł siebie znieść. A nie mógł siebie znieść, bo podał mały palec komunistom, a oni wzięli go całego. Po prostu miał zaburzenia w transporcie serotoniny, a raczej we fragmencie DNA, który wyzwalał jego aktywacje. Cała tajemnica.

Wystartowali. Jak zwykle w takiej chwili samolot wypełniła cisza. Działo się przecież coś, co nie powinno się stać. Odrywali się od ziemi, chociaż ewolucja tego nie przewidziała. Dla muszki owocowej to norma, dla człowieka to cud.

Lubił ten moment, kiedy w ciągu kilku sekund cała ta krzątanina – zapinanie guzików, szukanie nożyczek, ziewanie, kupowanie masła, krojenie cebuli, żebranie, mierzenie welonów, to wszystko oddala się i wygląda jak mechanizm elektronicznej zabawki, a samochody suną po maleńkich ścieżkach jak białe liszki. Lubił śledzić jedną z tych liszek i myśleć o tym, że tam w środku odbywa się być może jakaś decydująca rozmowa. Lubił ten moment, kiedy stawał się fruwającym okiem, które śledzi stan rzeczy w szerszej perspektywie. I kiedy ziemia wygląda jak stara, pozszywana piłka, a potem topi się w oparach chmur jak w wielkiej pralni.

Kątem oka zobaczył, że kobieta obok robi dyskretny znak krzyża, a potem... Potem kładzie dłoń na poręczy fotela i rysuje kciukiem maleńkie koła! W prawą stronę! Takie same koła, jakie robił jego ojciec, kiedy myślał o czymś istotnym! Spojrzał na kobietę, jakby chciał odnaleźć w niej podobieństwo do ojca. Zresztą była podobna. Wysoka, ciemna, wyrazista i wcale nie taka ładna, jak się wydawało na odległość. Luksusowy makijaż ukrywał cerę pokrytą czerwonymi naczyńkami... i to odkrycie... to odkrycie wywołało u niego niespodziewaną falę wzruszenia i... nagłe wspomnienie obrazu Ostatniej Wieczerzy. Długi stół, pokryty białym obrusem, z Chrystusem pośrodku i dwunastoma uczniami zawisł w ułamku sekundy, zasłaniając kobietę, okno i wnętrze samolotu. Dwanaście par sandałów wystających spod obrusa, stopy, których ułożenie znał na pamięć, pojawiły się w ułamku sekundy. Nieważne, Catherine, nie wpatruj się we mnie jak zwierzę w czasie żeru. Ta kobieta, a raczej jej okropna cera, wywołały u mnie pewne skojarzenie. Nieważne skojarzenie i nie miałem na nie żadnego wpływu. Po prostu hipokamp dostał sygnał od neuronów piramidowych i pamięć wywołała ten obraz. Cała tajemnica.

– Przepraszam – kobieta trąciła go lekko w ramię. Zamknął oczy. Zapach perfum wypełnił mu całą głowę. Mocny, niejednoznaczny, wytrawny. Tylko piękne ciała mogą sobie pozwolić na takie zapachy. Piękne ciała ubrane na chwilę. Gotowe na znak. W sukienkach, które opadają za dotknięciem guzika. Przewiązane łatwym paskiem. Rozdzierane na pół zamkami błyskawicznymi. Wkładane cicho i znikające nad ranem. Tak pachną nocą hotelowe podziemia. Tam schodzi się, kiedy nie można zasnąć albo kiedy już nie trzeba spać. Tam nie widać twarzy. Oganiają się od świateł jak od natrętnych much. Tylko sylwetki. Nikłe światło głaszcze je po włosach, po nagich, kobiecych plecach. Gładka skóra rozpięta na łopatkach. Jak u dzikich zwierząt. Szum rozmów – jakby ktoś ściszył perski targ...

– Przepraszam pana – głos mężczyzny drżał lekko. – Przepraszam, bo pan śpi, ale to skrzydło jakby nie przypasowane trochę, widzi pan tam? Niech pan spojrzy przez okno. Widzi pan? – Profesor odwrócił się w stronę okna i zatrzymał wzrok na dziewczynie, która właśnie otwierała skórzaną torebkę. Wyjęła z niej okulary i kilka włoskich pism. Przetarła okulary szmatką, strzepnęła szmatkę, złożyła na pół i włożyła do torebki. Wyjęła z torebki paczkę chusteczek higienicznych, przetarła ręce i włożyła zużytą chusteczkę do pudełeczka z napisem „chusteczki". Miłe to było. Profesor zamknął oczy i oparł głowę o fotel, ale nie zasypiał. Czekał na cichutki dźwięk. Na jeden krótki trzask zamykanej torebki. Świadomość, że kobieta nie dopięła zamka, wytrąciłaby go z równowagi na całą podróż. Nie mógłby zasnąć, nie mógłby pracować, nie mógłby myśleć ze świadomością, że tuż obok niego znajduje się ta otwarta forma. Wstrzymał oddech i dopiero na dźwięk zamykanej torebki odetchnął.

– Nie śpij. Opowiedz mi o Warszawie. Co to dla ciebie znaczy. Najprostsze skojarzenia.

– Catherine! Zadajesz pytania jak podrzędna dziennikarka. Warszawa nic dla mnie nie znaczy. Warszawa jest słowem. Słowem, które pachnie pastą do podłogi i kanapkami z żółtym serem. I chlorem w szkolnej ubikacji. To słowo jest chropawe jak ściany domów, jak papierowe torby na cukier i sól. Wilgotne jak podwórka z Matką Boską pośrodku. Mdłe jak lody waniliowe. Ciasne jak tramwaje obwieszone ludźmi. Ciężkie jak tornister. Brzydkie jak malutka woźna bez trzech zębów. Jej skrzekliwy głos fruwał po szkolnym korytarzu, a ona biegała za nim, jakby chciała go złapać – wystarczy?

– Nie.

– No dobrze. Warszawa to ściany, mury i murki. Ściany, które mają uszy, mury z historią odbudowaną obcymi rękami, murki, na których się siada, żeby pić. Byłem królem murków. Pięknym, inteligentnym, młodym, utalentowanym, dowcipnym królem warszawskich murków. Wystarczy?

– Nie

– Dobrze. Warszawa to jest moje podwórko. Brzydkie, ciasne, z trzepakiem, śmietnikiem i starą ławką. Tunel postawiony pionowo. Pośrodku stała Matka Boska: biało-niebieski kicz z kwiatami u stóp. Nigdy nie mogłem ustalić, kto jej te kwiaty tam składał. Za Matką Boską stał murek oddzielający śmietnik od podwórka. Śmieci cuchnęły okropnie, więc siedząc na tym szczątku ściany, dzieciaki wdychały odpady z czterech kamienic. Był to więc niski zlepek cegieł, oblany cementem. Ale coś w tym murku było szczególnego. Nie siadało się tam z byle powodu. Od tego były trzepak albo stara ławka. Ale kiedy któryś z dzieciaków powiedział: „Chodź na murek", to znaczyło, że ma tajemnicę albo chce się pokłócić o Pana Boga. Nie wiadomo, dlaczego tam, na murku, rozmowa schodziła na Pana Boga. Ani na ławce, ani na trzepaku nikomu przecież nie przyszłoby do głowy rozmawiać na takie tematy. A na murku tak. Może to sprawa światła (Matka Boska rzucała na niego cień), może dlatego, że święta figura była odwrócona plecami, jakby obrażona i to prowokowało do dyskusji teologicznych, no nie wiem, w każdym razie murek był do rozmów wyższego rzędu.

– Przepraszam, że budzę. Gazetę? – stewardesa uśmiechała się tak, jakby obwieszczała cud.

– „Timesa" poproszę.

Przyjrzał się stewardesie. – Szczupła, sprawia wrażenie silnej, a w głębi duszy jest tłuściutką, rozmarzoną, pszeniczną dziewczyną – pomyślał. Żadnej niespodzianki. Lubił chłodne kobiety. Nieobecne. Lubił hotele w południe. Lubił patrzeć, jak hotelowe dziewczyny jedzą późne śniadanie. Lubił kobiety bez nazwisk.

– O której dacie obiad? – zapytał mężczyzna obok, otwierając blat stolika.

– Za godzinę. Przedtem podamy napoje – odpowiedziała stewardesa, cały czas patrząc na profesora.

– Potrzebuje słów – pomyślał, odwzajemniając uśmiech. – Nie przeżyć. Potrzebuje „kocham cię", a potem dużo dzieci.

Nigdy nie chciał mieć dzieci. Właściwie dlaczego? – Miałem przecież dobrych rodziców, dom. Dlaczego, Catherine? Może dlatego, że lubię chłodne kobiety. Bez domów.

– Przepraszam, że budzę. Pośrodku skrzydła taka jakby przerwa. Niech się pan przyjrzy. – Mężczyzna z przerażeniem patrzył w okno. Profesor znowu odwrócił głowę w stronę kobiety. Miała szczupłe dłonie, paznokcie w kształcie migdałów, bez lakieru, na małym palcu dyskretny pierścionek. On też miał takie dłonie. Szczupłe i delikatne. Kobiety są na to czułe. Bardzo czułe. Ciekawe, jakie ma stopy. Miał kompleks swoich wielkich, brzydkich stóp, chociaż kiedyś dostarczały rodzicom wiele radości. Od dziecka umiał ruszać każdym palcem w inną stronę. Kiedy miał anginę i leżał pod kołdrą, robił z tych palców cały teatr, a oni pękali ze śmiechu. Ale stopy kobiety powinny być maleńkie, szczupłe, wzruszające jak u dziecka. Niewinne. Spojrzał w dół. Eleganckie buty w kolorze ciemnego piasku były zaskakująco duże. Jak dwie długie łodzie. Szkoda.

– Tylko nie zaśnij – Catherine jest prawdopodobnie po prostu zazdrosna. – Przypominam o wstępie.

– Za chwilę. Porozmawiajmy o kobietach.

– Dobrze. Nie masz żony, nie masz dzieci, jesteś heteroseksualny, masz kochankę? Kochanki? Jak z seksem? Masz kogoś? – pyta, jakby chodziło o spis powszechny.

– Ja przecież stale gdzieś jeżdżę. Catherine, ja nie mam nic stałego oprócz DNA. Jedyną kobietą, którą mam na stałe, jest muszka owocowa.

– Prostytutki?

– W hotelach schodzę czasem do nocnych barów.

– Lubisz tam chodzić?

– Tak. To rodzaj nałogu, ale nie próbuj mnie z tego leczyć. Słuchaj, Catherine. Jestem tu po to, żebyś mnie wyleczyła z fobii otwartych form. Co ma do tego skłonność do prostytutek?

– Ma. Więcej, niż myślisz. Uciekasz od miłości. Może szukasz ideału tak samo jak nieskazitelnej formy. Miałeś kiedyś zwyczajną dziewczynę? Tak na dłużej? – Catherine bywa podobna do ważki w powiększeniu.

– Nigdy. Na dłużej nigdy. To znaczy była taka... ale nie ma o czym mówić...

– To znaczy, o czym.

– Nudna, brzydka, nieciekawa, mieszkała na tym samym podwórku. W mieszkaniu śmierdziało kapustą. Tłuste włosy do ramion i pieprzyk na czole. Nawet nie pamiętam jej twarzy. To znaczy, rysów nie pamiętam, tylko tyle, że miała okropną, ziemistą cerę z popękanymi naczyńkami. Takie czerwone pajączki na całej twarzy. Malutka, chuda. Zaczytywała się w Agacie

Christie. Potwornie mnie to denerwowało, nie cierpię i nie rozumiem kryminałów. Ona mnie kiedyś znalazła pod figurą Matki Boskiej, leżałem cały... no wiesz, jak to jest, i zaprowadziła mnie do siebie. Potem rosół, drzemka, miska przy łóżku, mokre ręczniki na głowie. I tak mi się to potem wkodowało w tę chorą głowę, że jak się spiłem, to tam szedłem. Nigdy nie mogłem sobie przypomnieć jej twarzy, chociaż znałem ją od dziecka. Zresztą to nie ma nic do rzeczy.

— Może ma. Wszystko jest ważne. Każdy szczegół. Rozwiązanie zagadki człowieka kryje się czasem w najbardziej niespodziewanych miejscach. A seks? Spałeś z nią?

— Chciałem. Leżałem na tym jej tapczanie z ręcznikami na głowie, z potencją nieboszczyka, ale wyciągałem do niej rękę, a ona wchodziła pod koc. Niestety nic z tego. Jak mogłem z nią żyć, kiedy sam nie żyłem. To się zdarzyło wreszcie, ale tylko raz. Potem już mnie wyrzucali z Polski i w ogóle o niej zapomniałem.

— Kochała cię?

— Chyba nie. Nie wiem — poczuł nagle silny ból w łokciu.

— Ja pana bardzo przepraszam, ja przepraszam pana bardzo... pan śpi? Bo pani ma jedno pytanko — mężczyzna szczerzył zęby do stewardesy.

— Sok? Woda? Czy coś mocniejszego? — stewardesa znowu zwróciła się w stronę profesora.

— Herbatę poproszę — powiedział.

— Ja dziękuję za wódkę — mężczyzna klepnął się po brzuchu. — Wątróbka nawala. Albo wie pani co? Może rzeczywiście na rozluźnienie. Z sokiem. Albo bez soku. Bez...

– Czego się pani napije? – zapytał profesor, dotykając dłoni kobiety. Drgnęła lekko, wyjęła słuchawki i powiedziała: – Herbatę poproszę – włożyła słuchawki i zajęła się lekturą, nie przerywając, kiedy profesor podał jej szklankę.

Stewardesa pochyliła się nad profesorem:

– A pan, panie profesorze, na pewno nie chce czegoś mocniejszego? Martini? – mrugnęła przymilnie okiem, a kiedy odmówił, powiedziała: – Mój brat idzie na spotkanie z panem. On się już raz nie dostał na biologię. Strasznie fajny chłopak. Nazywa się Bartek Buczyk.

– Tak? To świetnie – profesor otworzył skrypt, strzepnął pyłki i zawiesił długopis nad pierwszą kartką.

– Ja nie mogę alkoholu – mężczyzna zwrócił się do stewardesy. – Na drugi dzień nie żyję. Kiedyś to można sobie było na to pozwolić, a teraz... – wychylił spory łyk. – Człowiek się o robotę boi. Przepraszam panią, ja mogę od razu dostać na drugą nóżkę? Bo mi na dworcu ukradli poduszkę na kark dla żony. W kształcie nerki. Dziękuję.

Catherine umościła się w swoim fotelu. Zabawne. Nie była piękna, ale zachowywała się tak, jak zachowują się piękne kobiety. Powolne ruchy ułatwiały oglądanie każdego fragmentu jej ciała, w każdej z zajmowanych pozycji wyrażała zadowolenie ze swoich kształtów i spokój o ich akceptację.

– Dobrze było? Pytam o seks z tamtą dziewczyną.

– Nic takiego. Szybko. W ubraniu.

– Tak ją dopadłeś?

– Nikogo nie dopadałem! Nie denerwuj mnie! Była łatwa, a ja byłem młody. Cała historia! No dobra.

Bardzo dobrze było. Spełnienie. Kosmos na brudnym tapczanie. Jak z nikim. Zadowolona?

Catherine zachowuje pokerową twarz. Gdyby powiedział jej, że sypia z pelikanem, nawet nie mrugnęłaby okiem.

– Nie umiem ci nic powiedzieć o tej dziewczynie, bo kompletnie jej nie pamiętam. Natomiast dokładnie pamiętam jej pokój. Właściwie pokój jej rodziców chyba. Ich nigdy nie było, wyjeżdżali na działkę czy gdzieś tam. I ten pokój pamiętam w każdym szczególe. Biały porcelanowy kot na koronkowej serwecie i obraz Ostatniej Wieczerzy na ścianie. Tapczan przykryty kapą z frędzlami. Lichy materiał zsuwał się zawsze z brzegów. Po krótkim, głębokim śnie zostawał na policzku odcisk wzoru tapicerki. Lubiłem patrzeć na ten wzór: dwa kwadraciki, a na nich jeden, znowu dwa... Zostaw mnie na chwilę, Catherine. Chcę być sam.

W tamtym pokoju zawsze czuł się sam. Ta dziewczyna umiała nie istnieć. Wyczuwała chyba, że ten pokój był mu bardziej potrzebny niż ona. Zgłuszony kacem, sprowadzony do emocjonalnego zera czerpał z niego czułą energię. Ten obszar zamknięty drzwiami z pociętego szkła, pachnący gotowaną kapustą, ten teren zamieszkany przez kicze miał w sobie niezwykłą siłę. Biały porcelanowy kot i Ostatnia Wieczerza wrosły w pokój, były częścią jego przyrody, jego umiarkowanego klimatu, terenu życia zgodnego z biologią, z nakazami dwudziestoczterogodzinnych cyklów snu i czuwania. Odwracał się na plecy i patrzył na szklany żółty żyrandol. Przypominał lampę na sali operacyjnej, chociaż, zdaje się, miał przypominać kwiat. Przyglądał się długo żółtym płatkom z ciętego szkła, potem przekręcał głowę i patrzył na wielkie brązowe radio, wciskał biały klawisz i kręcił drewnianą gałką, a ono śpiewało ochrypłym głosem. A potem wpatrywał się w obraz Ostatniej Wieczerzy. W każdego z dwunastu apostołów chwilę po tym, jak usłyszeli: „Zaprawdę powiadam wam, iż jeden z was mnie zdradzi". Zgłuszony kacem patrzył na ich stopy, obute w identyczne sandały. Tylko stopy Chrystusa są spokojne. Inne zdradzają napięcie, poruszenie, zmieszanie. Potem patrzył na swoje stopy. Dwie ogromne istoty, obdarzone małpią zdolnością ruszania palcami. W którymś pokoleniu miały na sobie takie sandały jak apostołowie. Czy pod stołem Wieczernika zachowywałyby spokój, czy kuliłyby się nerwowo? Do kogo należały dawniej jego stopy? Potem wdychał zapach książek. Były wszędzie. Niestety, kryminały, romanse. Na podłodze, na półkach, na parapecie. Leżały stosami obok małej paprotki. Zawsze miał wrażenie, że kiedy tak leży, paprotka na niego patrzy. Wtedy wstawał.

– A inne kobiety? Nie ożeniłeś się? – drgnął, kiedy Catherine wróciła.

– Nie. Wiesz... tak naprawdę, ja cały czas pracuję. Odkąd przyjechałem do Paryża, zacząłem zdawać sobie sprawę, że walczę o życie. Dosłownie. Że tu nikogo nie bawi mój kac, że nikomu nie zaimponuję królowaniem na paryskich murkach, że tu nie ma dziewczyny, która w milczeniu kapłanki położy mi ręcznik na głowę i miskę przy tapczanie. Ale to nie było takie proste. I któregoś dnia w Paryżu jechałem ruchomymi schodami w górę...

Catherine zajrzała do swojego zeszytu:

– Przebiegła obok ciebie grupa chłopaków, coś tam pokrzykując po francusku. Jeden z nich cię potrącił i nagle powiedział: „zdrastwuj!" Pewnie myślał, że to po rosyjsku znaczy „przepraszam".

— Ale dlaczego powiedział po rosyjsku? Dlaczego zobaczył w moich plecach Rosjanina?

— Po prostu kojarzył cię ze Wschodem, a Wschód to dla niego Rosja. Może miał dwóję z geografii?

— Przepraszam — kobieta obok zdjęła słuchawki i odpięła pas.

— Tak... oczywiście — profesor skulił nogi i cierpliwie znosił napór pachnącego ciała, kiedy samolot przechylił się i musiała przystanąć.

— Tak... tak... Już... już... — mężczyzna drżącymi rękami podniósł blat stolika, odpiął pas i wstał, przepuszczając kobietę. — Tylko niech pani prędko wraca, bo obiad ucieknie — zaśmiał się nerwowo. Nawet nie odwzajemniła uśmiechu.

— Klasa babka — powiedział, moszcząc się z powrotem. — Mnie się tu jeden gość nie bardzo podoba. Może pan spojrzeć? — zacisnął kurczowo ręce na oparciach fotela. — Ten czarny... Widzi pan? — szepnął. — Ten po lewej, trzeci rząd od nas. Ja się już mu jakiś czas przyglądam. Co chwila patrzy na zegarek. Taki czarny, młody, blady na twarzy. Ja bym takiego nie wpuścił do samolotu. Może zgłosić stewardesie?

— Ale co pan chce zgłosić? Że patrzy na zegarek?

— A po co w samolocie patrzeć na zegarek. Tylko jeżeli się na coś czeka. Z nerwów. Ja bym zgłosił stewardesie.

— Mnie się też nie podoba, ale niech to zostanie między nami. Jak pan chce, to panu przysięgnę, że on nas nie wysadzi w powietrze.

— Serio?

– Przysięgam panu. Jeżeli złamię przysięgę, to będziemy mieli większe zmartwienia. – Profesor otworzył skrypt, sięgnął po pióro i napisał: „Bardzo trudno w katolickim kraju..." Skreślił. Napisał: „Dobry wieczór państwu. W katolickim kraju bardzo trudno..."

Odwrócił się w stronę okna. Niebo idealnie niebieskie, z białymi kępami chmur, odebrało mu jakąkolwiek zdolność myślenia. Niebo jest tak blisko, a nie istnieje. Ma tylko kolor i skład chemiczny. I jeszcze ma obecność. Nie istnieje, a jest obecne. Z pewnym wysiłkiem oderwał oczy od okna i zerknął na książkę, którą dziewczyna położyła na fotelu. Zaskoczyła go zupełnie inna okładka. Jakoś nie zauważył, kiedy zmieniła lekturę, a przecież ta zmiana była zasadnicza. Nie znał tej książki, ale rozumiał, że jest to jedna z publikacji, które zajmują się popularyzowaniem nauki. Zajrzał do niej nieufnie: co za bzdura! „Geny decydują o naszym życiu!" – mruknął do siebie na tyle głośno, że mężczyzna spojrzał na niego z nie ukrywanym strachem.

– Niech pan to lepiej odłoży, mnie się zdaje. Ta kobieta może mieć pretensję do pana. Nigdy nie wiadomo, kto to jest.

– Ta kobieta? – zapytał, odkładając książkę. – Ta kobieta jest proszę pana wodorostem.

– Przepraszam, nie bardzo dosłyszałem...

– Nie dręcz go! – szepnęła Catherine, ale on nie miał zamiaru jej słuchać.

– Wodorostem, proszę pana. Albo mikrobem. Nie jest tylko pierwotniakiem orzęskiem, o tym mogę pana zapewnić – mężczyzna gapił się na profesora z półotwartymi ustami, potem zaczął ostrożnie rozglądać się dookoła, ale profesor nie ustawał:

– Tak, proszę pana. Tylko pierwotniaki orzęski i jeszcze kilka lokalnych pierwotniaków mają inny kod genetyczny. Poza nimi wszystko, co ma cechy życia, to arginina, czyli CGA, i alanina, czyli GCG. I pan, i ja, i żaba, i glony to jedno. Wszyscy mamy ten sam kod genetyczny. I wywodzimy się z żywego włókna.

– Obiad jedzie! – na widok stewardesy z wózkiem pełnym jedzenia mężczyzna w jednej chwili zapomniał o rozmowie. Sprawdził, czy stolik trzyma się mocno i rozpromieniony zwrócił się do profesora: – Niech pan sobie też stolik rozłoży.

– Kurczak czy pstrąg? – zapytała stewardesa, wyjmując białe tacki.

– Skubnę może kurczaczka – mężczyzna wyciągnął szyję. – A pan, co będzie jadł?

– Ja dziękuję. Mówiłem panu, że nic, ale mogę wziąć rybę, jeżeli pan zje dwa obiady.

– No, zobaczymy. To rybkę dla tego pana poproszę. A... a co z obiadem tej pani? – Nie dokończył, bo stewardesa właśnie odsunęła wózek, żeby przepuścić kobietę.

– Dziękuję za obiad – powiedziała, przesuwając się na swoje miejsce.

– Pani nie je? Tak na głodnego jedziemy? – mężczyzna chrząknął nerwowo, wpatrując się w kobietę.

– Może pan wziąć za mnie – odpowiedziała, zapinając pas.

– To już chyba do księgi Guinnessa przejdę – z trudem rozkładał na stoliku dwie tace. – Ale, jak ma się zmarnować, to może jeszcze jednego kurczaczka. No... ale wino to już się państwu należy. Proszę. Pani buteleczka i pana buteleczka.

– Dziękuję – powiedziała kobieta, wkładając słuchawki. – Wzięła niewielką butelkę wina, postawiła ją przed sobą, ale po chwili sięgnęła po nią, otworzyła ją jednym ruchem, wlała wino po brzegi w plastikową szklankę i wypiła wszystko od razu. Profesor patrzył zdumiony. Zupełnie nie spodziewał się po tej cichej kobiecie takiego rozmachu. Ona natomiast znowu sięgnęła po butelkę, wlała resztę wina do szklanki, wypiła wszystko jak wodę i pochyliła głowę nad książką.

– Niech pani tego nie czyta – powiedział głośno, ale ona się nawet nie poruszyła. Otarł się o nią, przekładając nogę na nogę, wtedy spojrzała na niego i widząc, że chce coś powiedzieć, zdjęła słuchawki.

– Niech pani tego nie czyta. To bez sensu. Geny nie determinują nas do tego stopnia. To bzdura, że bez względu na wysiłek, jaki zrobimy w życiu, i tak zaprowadzą nas do początku. Możemy się zmieniać, zaręczam pani, a ja jestem tego znakomitym przykładem.

– Przepraszam... – kobieta, słuchając go, wpatrywała się w butelkę. – Czy pan będzie pił to wino?

– Nie, proszę pani – sięgnął po butelkę, już miał ją podać kobiecie, ale cofnął rękę. – Dostanie pani to wino, ale za książkę.

– Jak to? – pierwszy raz spojrzała na niego. Zza szkieł okularów patrzyły niespokojnie zielone oczy. „Biały kot z porcelany miał białe oczy". Taka myśl przebiegła mi przez głowę, Catherine. Nie mam pojęcia dlaczego.

– Po prostu zrobimy zamianę. Ja pani dam wino, a pani mi odda książkę, której nie warto czytać.

Dziewczyna patrzyła na niego jeszcze chwilę, wreszcie wzruszyła ramionami i wróciła do lektury. Policzył do pięciu. Zawsze liczył do pięciu, kiedy ojciec zaczynał być niespokojny, bo dokładnie po pięciu sekundach zaczynał rysować kciukiem maleńkie kółka. W prawą stronę. Raz, dwa, trzy, cztery... Dłoń kobiety drgnęła, a jej kciuk zataczał coraz większe koła na poręczy fotela. Profesor zamknął oczy.

— Opowiedz mi o swoim ojcu — Catherine oparła się o swój fotel i stukała ołówkiem w blat biurka.

— Ja nie wiem o nim wiele. Pił. Był naczelnym redaktorem dużego wydawnictwa. Wysoki, przystojny, uroczy w towarzystwie. Mój nauczyciel polskiego, którego spotkałem po latach, powiedział: „Nigdy ci tego, Wolski, nie mówiłem, ale dużo mnie kosztowało, żeby być wobec ciebie bezstronnym. Spytaj ojca dlaczego" — i odszedł. Powiedziałem o tym matce, a ona krzyknęła: „Co ty wiesz o ojcu!" I dała mi w twarz. Potem zamknęła się w łazience i płakała. Pod koniec życia ojciec schował się w swoim pokoju z książkami, mówił, że pisze autobiografię, ale po jego śmierci niczego takiego nie znaleziono. Wiele osób o nią pytało, ale matka powiedziała, że nie ma.

— Ale jaki był! — Catherine rzuciła ołówek na blat. — Ty mi opowiadasz jakieś uwikłania polityczne, historyczne czy co tam jeszcze, a ja pytam o człowieka! Jaki był twój ojciec? Twój tata! Tatuś!

— Wiesz, za co cię nie lubię, Catherine? Wiesz, kiedy zwątpiłem w nasze seanse? Nie zrozumiałaś kartki mojej babki do mojej mamy, kiedy była dzieckiem. Ja ci to przyniosłem jak relikwię. To jest coś, co się zachowało po mojej rodzinie, a ty przecież chcesz dotrzeć do źródeł, zrozumieć moje fobie... Dałem ci tę kartkę, masz ją czy wyrzuciłaś? Bo jeżeli wyrzuciłaś, to zabiję.

– Oczywiście, że mam. To ta kartka, tak? Z widokiem na... na Warszawę?

– Nie. Z widokiem na Kielce.

– No właśnie.

Tę kartkę z widokiem na Kielce znalazł w rzeczach po matce. Leżała w pudełku na przybory do szycia, na samym dnie, pod szpulkami kolorowych nici...

Kochana Córeczko!

Dziękuję ci za list. Cieszę się, że w sanatorium ładna pogoda. Jedz, co dają. Trudno. Ty musisz tam wytrzymać, bo pamiętasz, jak doktor powiedział, że dla ciebie miesiąc w górach to rok życia więcej. A ja się już tu wymodlę, żeby Pan Bóg dał ci sto lat. I nie martw się. Na pewno w końcu znajdziesz koleżankę. To są zmartwienia? Ty nie wiesz, co to są zmartwienia. Tata ciągle chodzi do tej Róży. A ja płaczę. Najpierw była ta Gołda, a jak się skończyła, to teraz ta Róża. Ja jej powiedziałam, co o niej myślę i jak ona się dla mnie nazywa, ale ojciec i tak tam chodzi. To zresztą nie tylko one były. Ja już nic nie mówię. Taki to człowiek. Jak się pobieraliśmy, to jego matka mnie ostrzegała, że on taki jak jego tata. A jego ojciec był dziwkarz nałogowy. Ty się na niego nie gniewaj, bo on cię bardzo kocha, a jak ta Roszkowska przyniosła materiał na sukienkę, to on tak skroił, żeby dla ciebie starczyło i tobie też uszyje. Tylko żebyś daleko po Kielcach w niej nie chodziła, bo Roszkowska pozna.

Całuję
Mama
Kielce 6 czerwca 1946 rok

– I wiesz, co powiedziałaś, Catherine? „No, to mamy, drogi genetyku, rozwiązanie jednej zagadki. Dziadek dziwkarz, pradziadek dziwkarz". Catherine!

W czterdziestym szóstym był w Kielcach pogrom żydowski. W lipcu! Ona pisała do matki miesiąc przed jakąś potworną śmiercią!

– No tak, ale ty mi płacisz za to, żebym zrozumiała, dlaczego nie znosisz otwartych form.

Kobieta poruszyła się w fotelu, chrząknęła głośno i otarła się o profesora ramieniem. Otworzył oczy.

– Pan żartował z tą książką, prawda? – zapytała, patrząc na butelkę.

– Nie żartowałem. I nie dam pani wina, dopóki mi pani nie odda tej książki – mruknął i zamknął oczy. Catherine z politowaniem kiwała głową.

– Dlaczego dręczysz tę małą alkoholiczkę? Wiesz dobrze, że to nie jest sposób.

– Ona jeszcze nie jest alkoholiczką.

– Ale będzie.

– Co by pan powiedział na serię masaży? – mężczyzna pochłaniał drugą porcję kurczaka, odkładając kości na jedną z pustych tacek. – Siostra żony robi kurs masażu, bo teraz wszyscy mają spięty kark.

– Ja nie mam spiętego karku.

– Do czasu. Wszyscy mamy spięty. Skoro tak się już zgadało, to dam panu wizytówkę szwagierki, jakby co. Kobieta sama chowa dziecko, pracy nie ma, to sobie wymyśliła, że będzie masować. – Mężczyzna sięgnął do kieszeni marynarki, wyjął portfel, a z niego stosik wizytówek spiętych spinaczem. – O! I przy okazji dam panu swoją. Nigdy nie zawadzi, a nuż... Proszę – podał profesorowi wizytówkę z napisem: „Wojciech Małek – doradca marketingowy". – Jakby co, to tu jest telefon. O! A tu mieszka szwagierka. W samym centrum, ale może dojechać, jakby pan wolał – profesor, z trudem opanowując dreszcz wstrętu, wziął wizytówki, wytarł ręce i zanim włożył je do kieszeni, zawinął oba kartoniki w chusteczkę. Pochylił głowę nad skryptem i napisał: „Tu w Polsce, w kraju katolickim..." Skreślił i zamknął oczy.

– Catherine, mam straszną ochotę opowiedzieć ci pewną rozmowę na murku. Miałem jakieś dwanaście lat i byłem bardzo zakochany w Basi z podwórka, która miała na włosach opaskę od wujka z Ameryki. Amerykańską opaskę. Kochałem ją bardzo.

– Opaskę?

– Tak. Opaskę z Ameryki. Nie wiem, czy kochałbym Basię, gdyby nie miała tej opaski. Nie wiem, czy kochałbym ją, gdyby nie miała wujka w Ameryce. Byłem zakochany w Basi z wujkiem. To pewne. Ale bardzo zakochany. I któregoś wieczoru... Odejdź, Catherine. Chcę być sam.

ROZMOWA Z BASIĄ NA MURKU

Kiedyś znalazł w piwnicy kość. Zawołał kolegów z podwórka, powiedzieli, że to jest na pewno kość powstańca Warszawy. Zabrał ją do domu, umył, wypolerował i czekał na moment, kiedy Basia będzie sama na podwórku. Wreszcie wyszła z domu, narysowała kredą na ziemi kilka kwadratów i skakała po nich na jednej nodze. Udawał, że jej nie widzi, gwizdał *Only you*, chodził po trawniku, podrzucał kość do góry, póki Basia nie zapytała:

– Po co ci ta kość?

– To jest kość powstańca Warszawy – powiedział od niechcenia.

– Powstańca! Taka czysta?

— Umyłem ją. Była cała w ziemi.

— Skąd wiesz, że to powstańca — na jej ślicznych nogach bawełniane prążkowane pończochy zwijały się przy kostce w kilka bezkształtnych obwarzanków.

— Jak nikomu nie powiesz, to ci jeszcze coś powiem. Chodź na murek.

Usiedli. Łagodny wiosenny wiatr łączył się z odorem śmietnika. Matka Boska, odwrócona plecami, wyciągała ręce w stronę bramy, jej biało-niebieska szata ściemniała, jak zwykle pod wieczór. Basia wolniutko obracała kość. Powąchała ją nawet. Siedzieli tak w milczeniu, czując ciepło swoich ciał. Długie włosy Basi, pachnące zagranicą, rozsypały się po twarzy, ich dłonie zetknęły się na chwilę. Przytrzymał ten moment, aż jej cichutki puls przeniknął jego skórę.

— Ta kość jest nadgryziona — szepnęła. — O, tu. Taka dziura.

Przysunął się jeszcze bliżej, z radością przyjmując ból, jaki zadawała mu podwiązka od jej prążkowanej pończochy.

— To jest... to jest od kuli — szepnął.

— Od kuli byłaby równa. A ta jest poszarpana. Jak od zębów — głos Basi drżał od wieczornego chłodu. — To nie jest chyba kość powstańca.

— Jest. To wiem od kogoś, ale nie mogę ci powiedzieć od kogo, bo przysiągłem na życie matki — powoli, ocierając brzegiem dłoni jej dłoń, odebrał kość i przyjrzał się śladom zębów. — Aa... może oni go zjedli?

— Kto?

— No ludzie... w czasie wojny. Przecież był głód.

— Powstańca? — Basia spojrzała mu w oczy. Jego twarz była tak blisko, że zarumieniła się ze zdziwienia. — Powstańca by nie zjedli. Nie Polacy. Polacy powstańca nigdy by nie zjedli — szepnęła i podnosząc oczy, spojrzała prosto w jego błyszczące źrenice. Wstrzymali oddech tak długo, aż oczy Basi pokryły się mgiełką łez.

— Jakby mieli umrzeć z głodu, toby zjedli wszystko — wyszeptał, zbliżając usta do jej ust o milimetr może, dostrzegalny tylko dla obojga.

— Ale nie powstańca. Ja bym powstańca nie zjadła, nawet jakbym miała umrzeć — nie drgnęła nawet, kiedy pochylił się jeszcze bliżej, mówiąc:

— Dlaczego, przecież on i tak nie żyje.

— Dlaczego? Bo jestem Polką.

— No to co.

— Jak to, co. To ty nie jesteś Polakiem? Zjadłbyś powstańca?

— Jakby on nie żył, a ja bym nie miał co jeść i siedziałbym w piwnicy, a wokoło hitlerowcy, tobym zjadł.

— Jakbyś zjadł powstańca, to ty nie jesteś Polakiem... — odsunęli się od siebie tak gwałtownie, że wróble, które siedziały na ramieniu Matki Boskiej, odfrunęły z piskiem.

— To kto ja jestem, jak nie Polak?

— Nie wiem. Żyd chyba.

— Ale szpiegiem nie jestem przynajmniej! — wrzasnął, zrywając się z murka.

— A kto jest szpiegiem? Może ja?

— A może twój wujek!

— A ty jesteś świnia! I śmierdzi ci z buzi! I twój tata jest świnią! I Żydem! I weź sobie tę kość, która jest pogryziona przez psa i w dodatku wołowa! — Basia spurpurowiała, wyrwała mu kość i rzuciła ją na środek podwórka tak, że odbiła się od niebieskiej szaty Matki Boskiej i opadła na ziemię roztrzaskana na pół.

Podbiegł do cokołu świętej figury, podniósł połówkę kości, a kiedy tuż nad sobą usłyszał histeryczny śmiech, zrobiło mu się ciemno w oczach, wyprostował się, złapał Basię za włosy, zacisnął pięść i zgiął ją aż do ziemi. Nie był w stanie puścić tego uścisku, który więził głowę dziewczynki, tuż przy cokole Matki Boskiej.

— Mamo! Mamo!

— A wołaj sobie swoją matkę, która jest siostrą szpiega!

– Maaamo! On mnie kością uderzył! Wołową kością!

– Wołowa? Jak to jest wołowa kość, to ci powiem, że jak wy na takiej kości gotujecie rosół, to niejednego powstańca zjedliście!

– Co się tam dzieje! Basia! Gdzie ty jesteś! – Matka Boska z rozłożonymi rękami skutecznie ich zasłaniała.

– Mamo! On mnie uderzył kością w głowę!

– A ona mi powiedziała, że ja nie jestem Polakiem!

– A on mi powiedział, że my jesteśmy szpiegami!

– Basia do domu! Natychmiast! – okno na piątym piętrze zamknęło się z trzaskiem.

I to było ich ostatnie spotkanie.

– Przepraszam pana, ale chyba będziemy lądować, bo tak mi wynika z godziny, a ja bym do toalety, i nie bardzo wiem, co zrobić z tą tacką – mężczyzna wpatrywał się niepewnie w stos kości kurczaka...

– Proszę położyć na mój stolik.

– Serio? Bo ja, wie pan, prawiczek jestem, jeżeli o to idzie. Nie znam tutejszego savoir-vivre'u. To tackę kładę i jadę, jak to się mówi – pochylił się nad profesorem. – A ten czarny dalej mi się nie podoba.

Profesor patrzył, jak mężczyzna w pomiętej marynarce stara się utrzymać równowagę, idąc środkiem samolotu, potem spojrzał na kobietę. Właściwie nie był w stanie określić jej wieku. Skulona, zatopiona w lekturze, odgrodzona słuchawkami, w tych dyskretnych okularach straciła całą swoją atrakcyjność. Teraz była małą bidulką, muszką owocową przed zmutowaniem i... znowu na ułamek sekundy wyświetlił się obraz Ostatniej Wieczerzy. To nic, Catherine. To tylko przedwzgórze płaskie. Zwykła reakcja chemiczna o krótkotrwałym działaniu.

– Niech się pan nie wygłupia, tylko da mi to wino, dobrze? – kobieta odwróciła się w jego stronę. Agresywny wyraz twarzy nadał jej męskie cechy, z profilu wydawała się drobna, ale teraz zobaczył dużą, podłużną twarz o wydatnym nosie. Im dłużej na nią patrzył, tym bardziej przypominała mu ojca.

– Da mi pan tę butelkę? – miał wrażenie, że kobieta po prostu zamieniła się w tego człowieka! Gniew ukształtował jej rysy dokładnie na wzór tamtej twarzy! Nawet czerwona plama poniżej szyi miała ten sam kształt.

– Dam pani butelkę, jeżeli przyjmie pani do wiadomości, że nic nie jest silniejsze od pani woli. Że system genów to nie jest system totalitarny. Że nie jest prawdą to potworne zdanie: „Żebyśmy nie wiem co robili i tak nasz stan wróci do pierwotnego".

– Tu nic takiego nie ma – kobieta nagle po prostu chwyciła butelkę.

– Ja w pani wieku też zabierałem ludziom butelki sprzed nosa. I gdybym uwierzył w taką teorię, to już dzisiaj pewnie bym nie żył. Ale nie piję już od piętnastu lat, czego i pani życzę.

– Ale ja nie jestem alkoholiczką – nalała sobie całą szklankę. – Jak nie chcę, to nie piję – wychyliła wino do dna.

Melodyjny głos stewardesy ogłosił schodzenie do lądowania. Mężczyzna w pomiętej marynarce wyskoczył z toalety i nerwowo zapinając pasek, biegł środkiem samolotu: – Zrezygnowałem – szepnął profesorowi. – Za duże ryzyko. Tam powinny też być pasy na wypadek, gdyby człowieka lądowanie zastało przy tych sprawach – mężczyzna dość sprawnie zapiął pas. – Słyszałem, że lądowanie jest najbardziej ryzykowne. Mam nadzieję, że pilot nietrunkowy – zaśmiał się nerwowo. – A ja przepraszam, czy tę gazetkę to można sobie wziąć na pamiątkę? Bo usłyszałem, jak stewardesy ze sobą rozmawiały, że pan jest na pierwszej stronie. A czy mógłbym podpisik? Na gazetce? Bo żona nie uwierzy, że jechałem z taką sławą. Oho... czuje pan? Zjeżdżamy w dół. Najgorsze jest zetknięcie z ziemią. Podobno. Siła wybuchu większa niż bomba – mężczyzna wyciągnął szyję, starając się wyjrzeć przez okno. – Nic nie widać. Chmury. Pan patrzy, jakie gęste. Ja nie wiem, czy te radary się przez to przecisną. Przepraszam panią, że tak się gapię, ale człowiek ma dzieci, żonę i boi się to zostawić przez głupotę pilota – mężczyzna siadł z powrotem na miejscu, upewnił się, czy pasy są zapięte, sprawdził położenie stolika i kurczowo trzymając się fotela, czekał na lądowanie. Kiedy wreszcie kółka samolotu otarły się o ziemię, wbił palce w poręcze. Profesor nie próbował z nim dalej rozmawiać – nagle zdał sobie sprawę, że jest w Warszawie. Na kolanach trzymał otwarty skrypt ze zdaniem: „Tu w Polsce, w kraju katolickim...” i kiedy pochylił się, żeby włożyć skrypt do teczki, sparaliżował go nagły ból w okolicy karku. Jakby pod jego skórę weszło jakieś agresywne zwierzątko i ścisnęło swoimi mackami cały bark. Ból dochodził do oka, zajął lewą stronę głowy.

– Idziemy – mężczyzna w pomiętej marynarce szarpnął profesora za rękaw, kobieta stała za nimi, wyraźnie zniecierpliwiona.

– Przepraszam – profesor chwycił teczkę i ruszył za mężczyzną. Już przy odprawie celnej włączył komórkę i odsłuchał: „Witam pana profesora, ha, ha, no cześć, kolego, tu Pękała, czyli prezes, czyli że witam cię w skromnych progach naszej uczelni i mam nadzieję, że wpadniesz do mnie przed konferencją na kawę, póki cię prasa nie dopadnie. Słuchaj, od razu drobna prośba: moja siostrzenica skończyła dziennikarstwo, wiesz, jak to teraz trudno z robotą, więc jakby miała wywiad z tobą, to od razu ma asa w ręku, ona się nazywa Beata Słowik i będzie na ciebie czekać w hotelu z gorącym mikrofonem. Mam nadzieję, że nie odmówisz koledze, zwłaszcza że dziewucha ładna i udana. A jak wpadniesz na kawę, to powspominamy dawne czasy. Cześć". Skasował wiadomość i pocierając bolący kark, czekał na bagaż, patrząc, jak mężczyzna w pomiętej marynarce biega wzdłuż taśmy, oglądając wszystkie walizki.

Zaskoczył go tłum na lotnisku. Nie wiadomo, dlaczego myślał, że będzie puste.

– Taksóweczka? – usłyszał nagle za sobą.

– Chętnie – odpowiedział, ale natychmiast ktoś pociągnął go za ramię. – Niech pan nie bierze tej taksówki. Zapłaci pan tyle, co z Warszawy do Krakowa. To złodzieje – jakaś kobieta, niemłoda, z podkrążonymi oczami, przyglądała mu się uważnie. – Ja pana skądś znam. Na pewno. Czy pan pracował w telewizji? Nie? Głowę bym dała, że pan pracował w telewizji. Bo ja pracowałam. Kilkanaście lat. Niech pan zadzwoni po taksówkę. Będzie szybciej i taniej. Zna pan numer? Napiszę panu. A tu jest moja wizytówka, tak na wszelki wypadek, gdyby pan potrzebował osoby doświadczonej w montażu komputerowym.

Profesor wyszedł przed budynek lotniska. Wyjął kalendarz i skreślił notatkę: „Przylot – Warszawa 10.25".

Nie było to łatwe. Kiedy pochylał głowę, ostry ból promieniował od ucha do lewego płata mózgu.

– Przepraszam pana – usłyszał za sobą zdyszany głos. Mężczyzna w pomiętej marynarce postawił walizkę na ziemi i nerwowo szukał czegoś w kieszeni. – Ja muszę z panem zamienić kilka słów – starał się przyczesać dłonią wiązkę cieniutkich włosów, które podnosiły się na wietrze. – Bo ja panu dałem wizytówkę żony „Przepisywanie komputerowe", ale przecież pan ma laptopa i sam pan pisze, więc chciałem tylko powiedzieć, że żona też sprząta. I jak pan by chciał sprzątanie albo ktoś ze znajomych, to niech pan nie bierze Ukrainki, broń Boże, tylko dzwoni do żony. Ona też tanio weźmie, a to zawsze swój. Aaa, tak na marginesie... panie profesorze... bo mój syn będzie robił maturę za dwa lata i tak sobie pomyślałem, że czas myśleć o studiach i może on by nawet poszedł na biologię, Przemysław Małek się nazywa, a jakby co, to siostra żony może panu dać bezpłatną serię masaży. Tak gratisowo. Musimy sobie pomagać wzajemnie, tak? I zawsze może pan wpaść na masażyk. Klasyczny, relaksujący i leczniczy, à propos karku. Czy tak będzie dobrze?

Profesor pomachał na taksówkę, którą właśnie opuszczał jakiś pasażer, i mruknął w stronę mężczyzny: „Do widzenia".

– Hotel Bristol – rzucił taksówkarzowi, wszedł do środka, dotknął szyi zesztywniałej, napiętej, z bolesnymi guzkami u nasady i ostrożnie oparł obolałą głowę. Samochód ruszył wolno, ale zahamował nagle, kiedy za szybą mignął jakiś złoty kwadrat. Profesor skłonił głowę przed kobietą, która przechodziła przez jezdnię, trzymając w ręku złote pudełko przewiązane czerwoną wstążką.

– Cześć, Miśka! – zawołał taksówkarz w stronę kobiety, ale ta, ze słuchawkami na uszach, nie odwróciła nawet głowy.

— Nie słyszy — taksówkarz odwrócił się w stronę profesora. — Uczy się tego włoskiego! Hiszpański już ma, to teraz włoski. Zdolna dziewczyna. Ja nieraz do niej mówię: „Miśka, rzuć to wszystko. Marnujesz się, kobitko, że żal patrzeć".

— Ale... co, co ma rzucić? — profesor próbował poruszyć obolałą szyją i jego dość ciche pytanie nie dotarło do taksówkarza.

— A ona mi mówi: „Stasiu — bo ja Staś jestem — Stasiu, ja lubię te klimaty". No bo tak, proszę pana. Dwa razy zdawała na fizykę i zabrakło jej paru punktów. Ja z nią często jeżdżę do klientów, to sobie gadamy. Dwa razy zdawała na fizykę, no a potem już w to poszła. I mówi, że lubi te klimaty.

Taksówka wjechała na drogę między obszarem działek i masywnych, szarych domów.

— Jakie klimaty... do jakich klientów ona jeździ? — profesor dotknął czoła. Nie było gorące, chociaż głowę rozsadzał jakiś niepokój, pulsowanie jak przy wysokiej temperaturze.

— Do jakich klientów? — taksówkarz spojrzał w lusterko z rozbawieniem. — To ja myślałem, że pan zna Misię. Bo pan się jej ukłonił. No to ja byłem pewien, że pan jest klient. Nadziany gość, widzę, więc myślę, to go stać. Bo Misia jest, wie pan, elita. I to europejska. Tak — westchnął. — Nawet dziwka dziwce nierówna. A wie pan, że ona ma grubo po trzydziestce?

Wjechali w Aleje Jerozolimskie. Na Pałacu Kultury wisiało wielkie zdjęcie chłopaka z kolczykiem w nosie, podpisane: „Bądź sobą".

Zamknął oczy. Warszawa to Pałac Kultury. Stalin zrobił wielką radziecką kupę na środku umęczonej stolicy i umarł ze swoim słynnym uśmiechem na nieśmiertelnej twarzy.

– Co, kark nas boli? – taksówkarz przyjrzał się profesorowi w lusterku. – Kogo nie boli! Wie pan, ja jak ja, ale żeby mój syn?! Bo ja syna mam na studiach. Religioznawca, proszę pana! Tak! Religioznawstwa mu się zachciało, smarkaczowi, w tych czasach! Że go to interesuje! Mnie też dużo rzeczy interesuje, proszę pana, człowiek był i nawet dyrektorem biura turystycznego, i mały interes miałem drobiarski, i żona z sąsiadką kosmetyką się zajęły, kurs skończyły i miały być, panie, wielkie kosmetyczki, ale to trzeba się koło tego tak nachodzić, że człowiek by chyba prędzej umarł i... – szarpnęło samochodem tak, że profesor uderzył brodą o przednie siedzenie. – Jak jedziesz, smarkaczu, nie widzisz znaku? No pewnie, że nie, bo cię mamusia czytać nie nauczyła, ale samochodzik dała do zabawy. Widział pan go? Byka takiego? Na sterydach? Szesnastu lat nie ma, ale bryka za milion chyba i wie pan, że jak ja takiego widzę, to mi się flaki normalnie wywracają. Muzykę sobie puszczą jak w buszu, nic ich nie... – taksówkarz zamilkł nagle i odwrócił się do profesora, blady i wyraźnie czymś przerażony. – Widział pan? Widział go pan? On mi spluwę pokazał! Panie, widział pan? Ten jego koleżka, co z nim siedzi! No, jak pragnę Boga, spluwę mi pokazał! – odwracał głowę w stronę jezdni i znów patrzył na profesora. – Panie, ja skręcam! W pierwszą ulicę. A pan, jak chce, to niech pan wysiada, ja pieniędzy nie wezmę, tylko muszę zgubić tych zbójów, bo nie chcę skończyć jak kolega, proszę pana, co kwiatki od spodu gryzie, bo się z takimi zadał... Wysiada pan?

– Nie. Niech pan skręca. Jadę dalej – profesor nie miał siły, żeby przejąć się tym epizodem. Oparty na siedzeniu samochodu patrzył na Aleje. Wszędzie rusztowania, domy w opatrunkach z celofanu, pod rusztowaniami prowizoryczne stragany ze starymi książkami, a przy nich niespokojni chłopcy w skórzanych kurtkach. Była tu jakaś aura z dreszczowca, jakiś ruch, milczący, koci...

Nagle taksówkarz skręcił w wąską ulicę. Samochód zakołysał się, hamując z piskiem opon, a potem ruszył do przodu. Warszawa rozlewała się tu w maleńkie dopływy uliczek, które przecież w końcu prowadziły do źródła. Gdzieś tam za labiryntem kamienic było jego podwórko.

Samochód szarpnął nagle. Tuż przed szybą mignęło coś czerwonego. Mignęło i zniknęło. Taksówkarz zaklął, wyskoczył z samochodu, schylił się pod maskę, a potem, jak w zwolnionym filmie, podnosił się do góry. Za nim wyłoniła się kobieca sylwetka w czerwonej sukience. Profesor wysiadł z samochodu. Młodziutka dziewczyna, bardzo szczupła, chwiała się na chudych nogach. Z podrapanych kolan leciała strużka krwi, ale ona nie zwracała na to uwagi. Z całej siły starała się zetrzeć z sukienki plamę błota, tarła ręką czarną maź, wcierając ją coraz bardziej w materiał.

– Czy pani się dobrze czuje? – profesor podszedł do dziewczyny, a ona podniosła zapłakaną twarz.

– I co ja mam teraz zrobić? Może mi pan powie, co?

– Bo trzeba się oglądać na lewo i prawo, jak się wchodzi na jezdnię – taksówkarz wyjął papierosa i drżącymi rękami szukał zapalniczki. – Pani się o sukienkę martwi? Pani już mogła w tej sukience z aniołkami rozmawiać – schylił się i podniósł jakieś papiery umoczone w kałuży. Dziewczyna wyrwała mu je z ręki i w osłupieniu patrzyła, jak kapie z nich brudna woda.

– O nie! Kurwa! Kurwa! Kurwa! – wrzeszczała na całą ulicę, tupiąc nogami na środku kałuży. – Moje CV! To było moje CV!

– Niech się pani uspokoi – profesor nie bardzo umiał pohamować uśmiech na widok dziewiczej twarzyczki opętanej nagłą furią – przecież można to przepisać.

– Kiedy!? – dziewczyna otarła łzy i spojrzała na zegarek. – Ja mam za pięć minut spotkanie o pracę! – i nagle, jakby ją diabeł opętał, zaczęła znowu tupać w kałużę. – Kurwaaa! Kurwaaa! – Profesor wyjął jej z ręki papiery, rozpadające się od wilgoci. Z rozmazanych liter wyczytał: „Biegle angielski, francuski średnio, niemiecki na poziomie komunikacji, hiszpański w trakcie nauki. Zatrudniona jako współorganizator uroczystości, w stołecznej kawiarni Masa jako specjalista od gatunków kawy, w firmie kosmetycznej Ami jako prezenterka kosme..." – dalej wszystko pływało w czarnej mazi.

– Proszę pani – powiedział profesor. – Ja mogę wypisać pani jakiś rodzaj poręczenia za to, że pani nie mogła zjawić się punktualnie, i szybko wypiszemy pani CV. Mam laptopa, a potem... – dziewczyna tarła swoją sukienkę jak w jakimś transie. Podniosła głowę i zaczęła go przedrzeźniać: – „Mam laptopa, mam laptopa", a co mi z pana laptopa, jak pan nie umie ściemniać! Ja dałam pięćdziesiąt złotych! Rozumiesz!? Pięćdziesiąt, kurwa, złotych chłopakowi, co super ściemnia CV! I co? Mogłam sobie za te pięćdziesiąt złotych kupić *Hiszpański dla średnio zaawansowanych!* – dziewczyna załamała się nagle i kucnęła na środku kałuży.

– Ale, jak to ściemnia? Co to znaczy? – profesor spojrzał bezradnie na taksówkarza.

– Oni tam muszą wypisać taki życiorys, jak szukają pracy, i tak go tam muszą wypisać, żeby się spodobało. – Taksówkarz zaciągnął się papierosem. – No i mają swoich, wie pan... „szpecjalistów" od tego, jak mówią, ściemniania.

– Proszę pani – profesor pochylił się nad dziewczyną – ja pani kupię sukienkę. Taką, jak pani chce. Tu jest sklep. Niech pani pójdzie ze mną.

Dziewczyna odwróciła głowę i spojrzała na wielkie witryny. Manekiny ubrane w lekkie, niesymetryczne szaty wyglądały jak przybysze z kosmosu, które chcą upodobnić się do otoczenia.

– Przecież to jest sklep Max Mara – powiedziała dziewczyna, tkwiąc na środku kałuży. – Taka jedna szmata tutaj to jest tyle kasy, ile ja mam na semestr.

– No widzi pani? Biegnąc ulicą, spotkała pani starego księcia z bajki, który sprawi, że kopciuszek zamieni się w królewnę – wyciągnął rękę, dziewczyna wstała i dała się zaprowadzić przed sklep. Profesor spojrzał na jej zakrwawione kolana, sukienkę ociekającą czarną wodą, zapłakaną twarz całą w tuszu i nagle poczuł dziwną ojcowską radość. Z nie znanym sobie uczuciem wszedł z nią do przestronnego sklepu, gdzie grała cicha muzyka, i patrzył, jak dziewczyna przesuwała powoli wieszaki z pachnącymi sukniami. Nie wzbudzała w nim pożądania, tylko rodzaj ciepła, potrzebę opieki i chęć zmiany jej losu. Mogłaby być jego córką. Nigdy nie myślał w ten sposób o żadnej kobiecie. Nigdy nie chciał mieć dzieci, nigdy nie umiał zachwycić się dzieckiem przyjaciół, w ogóle nie lubił kobiet-matek. Kiedy tylko widział, że jakaś dziewczyna cichnie, pospolicieje, okrągleje milutko pod wpływem uczucia – odchodził. Może niesłusznie? Chodziłby teraz ze swoją córką po drogich sklepach...

– Co studiujesz? – zapytał, podchodząc do wieszaków.

– Psychologię społeczną – powiedziała, wpatrzona w rząd smukłych sukienek – ale dorabiam korepetycjami. Mogę dać panu swoją wizytówkę – dziewczyna otworzyła torebkę i podała profesorowi mały kartonik. – Może ktoś ze znajomych ma dziecko w podstawówce, uczę matematyki i angielskiego. Dojeżdżam. I mogę coś przepisać na komputerze, ale ja tego nie robię szybko, bo kręgosłup mi nawala.

– To wiesz co? – profesor zdjął z wieszaka białą sukienkę w czerwone maki. – Zamienimy się. Ja ci dam wizytówkę masażystki od kręgosłupa – wyjął z kieszeni jedną z wizytówek – a od ciebie wezmę twoją – przyłożył sukienkę do dziewczyny. Wypiękniała od razu, intensywna biel w dobrym gatunku dodała jej blasku.

– Dziękuję. Mnie nie stać na masaż – powiedziała, odsuwając suknię.

– Czy państwu pomóc? To jest nowa kolekcja – kobieta w lekkim, jasnym kostiumie podeszła do nich, uśmiechając się z wystudiowaną serdecznością.

– Dziękuję – mruknęła dziewczyna i odwróciła umazaną twarz.

— Córka sama wybierze — powiedział. Kobieta uśmiechnęła się do profesora i odeszła szybko w stronę witryny. Na zewnątrz sklepu, oparty o szybę, osuwał się jakiś mężczyzna.

— Ciekawe, jak dostała tę robotę — syknęła dziewczyna, dotykając jednej z sukienek. — Ja bym na rękach chodziła, żeby tu móc pracować.

— Wybrałaś coś?

Dziewczyna wzruszyła ramionami.

— Nic. Pod pałacem są takie same, tylko tańsze. Po co mi taka sukienka. Ja muszę szukać pracy, a jak wejdę w takiej sukience, to tylko babkę wkurzy. W ogóle ja stąd wychodzę, to jest jakaś pralnia kasy albo coś w tym stylu — odwróciła się od wieszaków i szybko podeszła do drzwi. Pod sklepem kobieta w jasnym kostiumie wzywała przez komórkę straż miejską, a u jej stóp mężczyzna w spodniach zawiązanych sznurkiem próbował stanąć na nogi.

— Może podwiozę panią pod pałac, tam coś kupimy i...

Nagle taksówkarz zawołał:

— Te smarkacze jadą! Wsiada pan? — U wylotu ulicy pojawił się biały mercedes. — Wsiada pan? Taksówkarz pobiegł w stronę taksówki.

— Wsiadasz? — zawołał profesor, ale dziewczyna pokręciła głową. Profesor wskoczył do samochodu.

— Znaleźli mnie, cholera, no! Czułem, że znajdą! Po co ja się zgodziłem czekać na pana! Trzeba było wysadzić pana klamoty i do domu! A teraz... — taksówkarz spojrzał w lusterko, biały mercedes przyspieszył bieg — teraz to nie wiadomo, gdzie wylądujemy, bo ja się nie zatrzymam, póki ich nie zgubię. — Zawinął kierownicą i skręcił w najbliższą przecznicę tak nagle, że profesora rzuciło bokiem na siedzenie. Poczuł ostry ból i zesztywnienie karku, jakby całe plecy podjechały do góry i zatrzymały się na wyższym piętrze. Leżał bokiem na tylnym siedzeniu, bojąc się poruszyć, żeby nie sprowokować większego bólu.

– Panu dobrze! Pan się może schować! – krzyczał kierowca, skulony przy kierownicy. Jechali pod prąd. Jednokierunkowa jezdnia była nierówna, pofałdowana, samochód wznosił się i opadał jak okręt w czasie sztormu. Profesor podniósł się powoli, mimo bólu. Wolał obserwować jazdę, która zdawała się wymykać spod wszelkiej kontroli. Kierowca zmieniał biegi nerwowo, słychać było tarcie i opór silnika. Jechał od krawężnika do krawężnika, od kawiarenek do słupów z reklamami, od sex shopu do księgarni, od kościółka do beczek z kiszonymi ogórkami, od wypożyczalni wideo do starej bramy z napisem „Magiel". Nagle w głębi bramy mignęła Matka Boska. To było jak błyśnięcie obiektywu. Stała pośrodku ciasnego podwórka, na tle śmietnika, z rozłożonymi rękami, biało-niebieska, z głową pochyloną na bok. Cała w kwiatach. Zakręciło mu się w głowie od tej jazdy. Poczuł, że powinien wysiąść, ale nie miał siły.

– Cholera jasna! – taksówkarz wrzasnął, kuląc się przy kierownicy. Biały mercedes z piskiem wkręcił się w ulicę i zarył w ziemię tuż przy taksówce. Taksówkarz szarpnął samochodem i silnik zamilkł. Przekręcał kluczyk stacyjki, ale silnik gasł po kilku sekundach. Biały mercedes huczał od miarowej muzyki. Chłopak w ciemnych okularach wybijał rytm na kierownicy, dwóch innych, żując gumę, też poddawało się muzyce, ruszając do taktu głową. Plecy taksówkarza kuliły się coraz bardziej, a na koszuli pojawiła się ciemna plama potu. Wreszcie silnik zaskoczył, samochód ruszył do przodu. Biały mercedes, przylepiony do taksówki, kołysał się miękko na wybojach wąskiej jezdni. Taksówkarz szarpał skrzynią biegów, a samochód skakał po podłożu, charcząc z wysiłku. Profesor, rzucany od okna do okna, próbował zapanować nad mdłościami. Czuł wzrastającą gorączkę, a przede wszystkim ból karku i paraliż szyi. Ból dostał się do kręgosłupa i z minuty na minutę zdobywał kolejne kręgi. Taksówkarz wjechał w Aleje, zakręcił kierownicą, samochód zapiszczał, stanął, szarpnął, ruszył do przodu i wcisnął się między starego fiata i jaguara... Biały mercedes stał bezradnie u wylotu Alej, czekając na swoją kolejkę.

— Żyjemy — powiedział taksówkarz. — Jadę na Pragę. Za Wisłę. Do domu. I nigdzie się nie zatrzymam. Pan za kurs nic nie płaci, ale musi pan sobie radzić. Zresztą zamówię panu taksówkę. Kolega przyjedzie.

Profesor zamknął oczy: — Nie spodziewałem się, Catherine, że zobaczę Wisłę.

Pusty pas mostu znikał powoli, wchłaniany przez zarysy miasta. Pod spodem cichutko przemykała się Wisła. Kilku wędkarzy stało w wodzie po kolana. Wpatrzeni w wędkę, wśród karłowatych krzaków, trwali tak od wschodu słońca — żywe pomniki Warszawy. Mógłbym przysiąc, Catherine, że to ci sami, którzy stali tu wtedy, kiedy pierwszy raz wszedłem na ten dziki teren miasta.

— Chyba ich zgubiliśmy — taksówkarz opadł na oparcie fotela i wytarł spocone czoło.

— Mogliśmy być już w prosektorium. Zamówić dla pana taksówkę? Kolega stanie zaraz za mostem, poczeka pan chwilę i przyjedzie. Mnie serducho nawala. Muszę się położyć. Haloo, baza. Słuchaj, koleżanko miła, poślij kogoś na rondo Waszyngtona, będzie taki pan z walizką, jak nazwisko?

– Wolski – profesor chciał dotknąć rozpalonego czoła, ale ból ręki promieniujący od karku paraliżował każdy ruch. Taksówkarz zahamował tuż za mostem, otworzył bagażnik, wyjął walizkę i postawił na chodniku.

– Taksóweczka będzie za chwilę. Ja za pieniążki dziękuję, a jak pan da, to chociaż na piwko, żeby się człowiek rozluźnił, bo mnie jeszcze trzęsie. – Profesor sięgnął do portfela, ale miał tam tylko karty kredytowe, chciał przeprosić taksówkarza, że zapomniał pójść na lotnisku do bankomatu, ale z trudnością trzymał się na nogach, głowę miał gorącą, prawe ramię uniosło się do góry i zostało tak, zastygłe w potwornym bólu. Chciał jeszcze poprosić, żeby taksówkarz zaczekał z nim na kolegę, ale nawet nie zauważył, kiedy samochód odjechał w głąb Pragi. Pochylił się nad walizką. Czuł się tak, jakby w plecy wszczepiono mu suche drzewo. Stare, połamane, rozłupane przez burzę. Mimo wszystko musiał wyjąć z walizki jeden ze swetrów, ale dreszcze dokuczały mu tak bardzo, tak niecierpliwie szarpał się z zamkiem, że walizka skoczyła do góry i otworzyła się w powietrzu. Cztery koszule: biała, błękitna, niebieska i granatowa ześlizgnęły się w sam środek błotnistej mazi i zatonęły przygniecione wielką bryłą pokrowca z garniturem.

Profesor z trudem utrzymywał równowagę, próbował podnieść choćby sweter, pochylił głowę, zachwiał się i upadł na chodnik. Na mokrym posłaniu z własnych ubrań poczuł niespodziewaną ulgę. Nie miał siły wstać.

Trzymając kurczowo skrypt z wykładem, oparł głowę na walizce i leżał wpatrzony w zachmurzone niebo.

— Pijany jak świnia — kobieta o pomarszczonej twarzy, w czerwonym berecie pochyliła się nad nim. — I co? Europy się zachciewa? — splunęła prosto w kałużę. Ludzie przechodzili obok, słyszał strzępy rozmów, stuk obcasów, tupot biegnących do autobusu, wreszcie odgłos milknącego silnika. Koła samochodu zatrzymały się tuż przy walizce.

— Wolski — szepnął w stronę taksówki.

— Aleś się pan spił — młody mężczyzna przyglądał się profesorowi nieufnie. — Do wieczora trzeba było poczekać.

Profesor dźwignął się z chodnika. Płaszcz ociekał brudną wodą, z kieszeni wystawały mokre wizytówki. Mężczyzna wysiadł z taksówki i wyjął z bagażnika kawał postrzępionego materiału.

— Szczęście, że psy wożę — powiedział, rozkładając szmatę na tylnym siedzeniu. — Żeby mi pan tylko tu nie rzygał, bo ciężko będzie — patrzył, jak profesor, chwiejąc się na nogach, wrzuca mokre ubrania do walizki i usiłuje zapiąć rozerwany zamek.

— Pan da, zwiążę sznurkiem — taksówkarz wyjął z bagażnika stary sznur i obwiązał walizkę. Profesor bez słowa rzucił się na tylne siedzenie. Pachniało psami i pomarańczowym odświeżaczem powietrza.

— To gdzie jedziemy? Do izby wytrzeźwień? — mężczyzna zapuścił motor i ruszył prosto na most. — Niech pan się nie boi. Wolę pijanego niż żeby mi jakiś żółtek wsiadł.

— Przepraszam. Źle się czuję. Ale nie jestem pijany — szepnął profesor, dotykając rozpalonej głowy.

— No pewnie, że nie. Mój teść też nigdy nie jest pijany. W życiu. Tylko trochę źle się czuje. A jak mu mówię, żeby był cicho, bo wie pan, ja na zaocznych jestem, ciężko, cholera, mi idzie, ale dziecko w drodze, a ja chcę dzieciakowi coś w życiu zapewnić, nie? I żeby tatę nie miał za głąba. Tylko że teść się zajmuje stolarką i trochę robieniem skrzypiec, ale tak z zamiłowania, wie pan, drzewo wygina nad parą, nad garnkami, bo my jeden pokój mamy i... co to ja mówiłem, aa... no, że jak zaczyna piłować albo przycinać, to nie ma takich korków, które by uszy zatkały przed tym hałasem, a ja przykładowo jutro mam test. Zresztą dam panu wizytówkę teścia, bo on naprawdę super skrzypce robi, i zrobi panu, jakie pan chce, o, tu jest jego wizytówka, a przy okazji... bo ja trochę gram z kolesiami taki jazzik i ogłaszamy się na wesela albo coś przykładowo w tym rodzaju, to nie ma sprawy, my przyjedziemy i tańsi jesteśmy niż przykładowo taka profesjonalna grupa. Ale ja zapomniałem zapytać, bo się rozgadałem, można adresik? Bo dokąd my przykładowo jedziemy?

— Hotel Bristol — mruknął profesor, próbując poruszać głową. Ścisnął ją z całej siły, chciał rozładować napięcie w szyi, rozciągnąć bolesną żyłę. Stali już dłuższy czas na moście w długim sznurze samochodów i nic nie zapowiadało, że ruszą szybko.

— Kark? — kierowca spojrzał w lusterko z radosnym uśmiechem. — Boli pana kark? A wie pan, że kogo nie wiozę, to go kark boli? Albo w krzyżu. Ale to częściej kobitki. A my kark. A niech się pan tak pomaca po szyi, czy nie ma pan tam takich guzków. Takich zgrubień — w lusterku odbijały się jego błyszczące, radosne oczy. — Są? Na pewno są. Żona, jak odchowa dziecko, to zrobi kurs masażu. Ja panu... gdzieś tu miałem wizytówkę Ukrainki, która podobno super masuje, jedna babka mi dała, bo ją i w krzyżu, i w karku. Na Złotej ta Ukrainka masuje. Jest. Podał profesorowi wizytówkę i wychylił głowę przez okno.

– No, ja muszę zobaczyć, co się dzieje, bo coś za długo stoimy – wyszedł na most, trzasnąwszy drzwiami samochodu.

Profesor patrzył na rzekę. Mimo bólu uśmiechnął się do siebie. Po dzikim brzegu walały się puszki, strzępy papierów, butelki po wódce. Lewy brzeg Wisły. Moje pierwsze łoże miłości, Catherine.

NA BRZEGU

Tuż przed maturą poszedł z kolegami na Stare Miasto. Włóczyli się, zaczepiali dziewczyny. Dwie dały się zaczepić. Odłączył się z jedną z nich i poszli w dół aż do Wisły. Ona szła tak odważnie w tę ciemność dzikiego brzegu, w karłowate krzaki, szła tak szybko po trawie pokrytej papierowymi torbami, niedopałkami papierosów, butelkami po piwie, strzępkami waty, że nie mógł, nie był w stanie powiedzieć, żeby zawrócili. Że się boi. Że jest mu słabo z obrzydzenia. Doszli do przewróconego pnia, na którym ktoś wyciął nożem: „Kocham Beatę" i „Ruskie won".

– Masz fajki? – zapytała dziewczyna i nie czekając na odpowiedź, ściągnęła go na trawę. Uderzył głową o pień i padł twarzą w nadwiślańskie śmieci. Tuż przy jego głowie leżała butelka po wódce, obok drżał na wietrze strzęp papieru toaletowego. Szarpał się ze spodniami, suwak od spódnicy dziewczyny ranił go w brzuch, zapach chorej rzeki i wilgotnych niedopałków wchodził do gardła. Dziewczyna podniosła bluzkę. Różowy stanik nie różnił się kolorem od jej skóry, cienkiej, szorstkiej, pokrytej drobnymi krostkami, bez formy i dyscypliny. Napis „Ruskie won" zbliżał się i oddalał, zbliżał się i oddalał. Krótkie zamroczenie, jak nagły przypływ fali... To wszystko. Kiedy podniósł głowę, papier toaletowy turlał się w stronę Wisły. Obok leżały różowe, wielkie majtki. Dziewczyna sięgnęła po nie i powiedziała: – No i fajnie. I gumka od majtek mi pękła.

Doszli do przystanku, a kiedy nadjechał tramwaj, pocałował ją w policzek. Zarumieniła się.

– Catherine! Zgubiłem kapelusz! Został w tamtej taksówce albo na chodniku! Mój kapelusz tuła się po Warszawie! Wiesz, co to dla mnie znaczy? To przecież nie był zwykły kapelusz, część ubrania, ochrona głowy! To była moja ochrona! Ja się zakomponowałem, wyrzeźbiłem siebie, zrównoważyłem ramiona rondem kapelusza, ja byłem człowiekiem w kapeluszu! To była moja forma! Tyle lat nie wiedziałem, dlaczego nie mogę znieść swojej sylwetki! W dniu, kiedy zakończyłem się kapeluszem, stałem się sobą. Teraz jestem otwartą formą!

Profesor popadł w apatię. Patrzył, jak Wisła niesie powoli drobiny światła.

– Umiesz śpiewać, Catherine? Bo ja śpiewałem pierwszym głosem w szkolnym chórze. Ale i tak nie pośpiewamy, bo ty nie znasz piosenki, na której zrobiłem szkolną karierę: *Płynie, płynie Oka jak Wisła szeroka, jak Wisła głęboka*. To taka polsko-radziecka piosenka, która łączy w jednej zwrotce rzeki bardzo od siebie dalekie. A ja ją pięknie śpiewałem. Kiedyś pokażę ci swój pamiętnik.

Taksówkarz otworzył drzwi:

– No, tośmy się nieźle urządzili, cholera jasna. Wypadek – kierowca usiadł, chwycił kierownicę i bębnił w nią palcami. – To jest godzina najmarniej. Masakra podobno – sięgnął po książkę. – Ja się pouczę, ale pan, jak się spieszy, to prawdopodobnie radzę na piechotę. Aa... prawda. Pan ma bagaż.

Długi sznur samochodów szarzał powoli, rzeka ciemniała, wędkarze pakowali nie dojedzoną wałówkę. Środkiem mostu, po tramwajowych szynach, pędziła karetka pogotowia. Profesor patrzył tępo na wskazówki samochodowego zegara. W ręku trzymał wizytówkę: „Olga Leonenko – masaż klasyczny, leczniczy i relaksacyjny".

KARTKA Z PAMIĘTNIKA

Dzisiaj dostałem piątkę z chóru. Każdy śpiewał kawałek *Płynie, płynie Oka, jak Wisła szeroka*, a ja najczyściej, i pan powiedział, że będę śpiewał pierwszym głosem. Chciałem to powiedzieć tacie, ale cały spocony wciągnął przez drzwi ogromne tekturowe pudło. Na pudle była kartka: „Stół jadalny sztuk 1". Mama wybiegła z kuchni i rzuciła się tacie na szyję. W jej oczach zobaczyłem łzy szczęścia. Tata ją odepchnął i krzyknął: „Nożyczki!" Mama upadła w kuchni i podrapała kolano do krwi, ale nie było wody utlenionej. Więc tylko przetarła rankę papierem toaletowym, po który ja stałem wczoraj po lekcjach, a Basia przeszła obok kolejki i ja nawet nie mogłem do niej podbiec, bo straciłbym kolejkę. Ja mamie znalazłem nożyczki. Były pod oknem, bo mama otwierała wczoraj okno nożyczkami, kiedy klamka odpadła. Ale tata nie mógł przeciąć sznurka, bo nożyczki były za tępe. I tata szarpał tym pudłem, walił o podłogę, a ja patrzyłem, jak mu kapie z czoła, i zapytałem mamę na ucho, dlaczego nie zdejmie marynarki... Mama mnie przytuliła i powiedziała, że tatuś jest zmęczony, bo w ten upał w takim garniturze po pracy stał w kolejce po stół, bo nas kocha. A tata rzucił nożyczki na podłogę i o mało mi się nie wbiły w prawą nogę, ale wpadły pod meblościankę. Tata rozerwał sznurek, aż mu się zrobiły czerwone żyły na czole, a potem zrywał papier z pudła. Mama go błagała, żeby nie psuł pudła, bo może się przyda, ale tata na nią strasznie spojrzał i rozerwał pudło. Wysypały się z niego nogi i dwie połowy blatu. Tylko że nóg było trzy, a dziurek cztery, i tata, chociaż mu kapało z czoła, nawet nie chciał zdjąć marynarki, tylko szukał czwartej nogi, trząsł pudłem jak zdechłym kotem Jurek z podwórka. Myśmy z mamą stali przytuleni do siebie i baliśmy się odezwać, że tej nogi nie ma. W końcu tata zaczął bardzo głośno gwizdać *Jabłuszko pełne snu*, co jest bardzo trudne, bo to są same krótkie nuty, i odwrócił się do nas tyłem, ale i tak było widać, jak mu się ręce trzęsą i nogi, kiedy próbuje zrobić z tego stołu trzynogowy. Wkręcił dwie nogi w jedną połowę blatu i to szybko poszło, aż mamie pociekła z oka łza szczęścia. A mnie się przypomniało, że dostałem piątkę z chóru i będę śpiewał pierwszym głosem *Płynie, płynie Oka jak Wisła szeroka*, i zapytałem tatę, czy mogę mu zaśpiewać, a tata się zgodził, bo już mu dobrze szło wkręcanie drugiej nogi też. Więc tata wkręcał, a ja śpiewałem *Płynie, płynie Oka jak Wisła szeroka, jak Wisła głęboka*, a tata wziął się za drugą część blatu. Trzeba ją było wkręcić do pierwszej za pomocą dodanych tam śrubek, i one pasowały! Mama mnie przytuliła, a ja śpiewałem jeszcze głośniej i nagle tata dźwignął tę drugą część, przystawił ją i okazało się, że jest o połowę mniejsza. Bo to była połowa od innego stołu. Może ja wtedy powinienem był przerwać to śpiewanie, ale akurat była moja ukochana zwrotka i nagle tata się odwrócił, i mną szarpnął, i oderwał mnie od mamy, i wyrwał ze spodni swój pasek, i zbił mnie tym paskiem, bił tak potwornie, tak potwornie, że mama uciekła do kuchni. Dopiero w nocy do mnie przyszła, żebym nie płakał, bo jutro mam chór i nie mogę być zmęczony. Powiedziała, żebym się nie gniewał na tatę, że on się wstydzi tak bardzo, że aż wyszedł na spacer. Ale ja się na tatę nie gniewam, bo jak już przestałem ryczeć, to nawet sobie pomyślałem, że mnie zlał jak prawdziwy tata i że to było fajne. Teraz idę spać, żebym jutro nie fałszował.

— No, będziemy ruszać najprawdopodobniej — kierowca przekręcił klucz w stacyjce, ale samochód nie drgnął. Z tyłu ktoś zatrąbił kilka razy. Profesor patrzył na rzekę.

— Co mam zrobić, kretynie, śmigło zakręcę i odlecę? — kierowca wychylił się przez okno. — Trąbi na mnie — przekręcił kluczyk, silnik zawarczał cicho. — Do Wisły mam zjechać, bo on się spieszy.

Samochód ruszył powoli.

— Jak się czujemy? Bo przespał się pan, widziałem. Mnie też morzy, ale co zrobić. Wyśpię się na emeryturze, jak do tego czasu nas żółtki nie zatupią. Bo tu coś coraz więcej ich się kręci. Widział pan? Nie ma ulicy, żeby jakiegoś baru nie było. Ja to mam, proszę pana, uczulenie na tych żółtków. Mnie się oni śnią po nocach. Jeszcze dobrze, że mi tu żaden do taksówki nie wsiadł, bobym chyba...

Na ciemnym niebie migało światło karetki. Sznur samochodów sunął przez most coraz wolniej. Przejechali obok kilku policjantów, którzy klęczeli na ziemi, rysując coś białą kredą, sprzątano odłamki szkła. Między barierką mostu a ciężarówką z napisem „Lody z Zielonej Budki" leżał ściśnięty wrak białego mercedesa. Przy barierce dwaj mężczyźni zasuwali zamek plastikowego worka. Obok leżały dwa już zapięte.

— Spieszyło się chłopakom — taksówkarz pokręcił głową. Do końca mostu jechali w zupełnej ciszy.

— To co, Hotel Bristol czy na masaż, na Złotą? — mężczyzna spojrzał w lusterko.

– Nie, nie... hotel – powiedział profesor stanowczo.

– Na pewno?

– Tak. Na pewno. Albo na Złotą.

Jechali dość szybko. Przy warzywniaku z napisem „Open" stanęli przed bankomatem. Nigdy nie przypuszczałem, Catherine, że będę z tych murów wyjmował pieniądze.

Jadąc dalej, mijali szare domy z płonącymi oknami kawiarenek, maleńkie galerie obrazów, jakaś skośnooka kobieta goniła swoje dziecko, jakiś mężczyzna niósł pod pachą prostokątne lustro w dębowej ramie, przez jezdnię przebiegło kilka osób ze zwiniętym transparentem, a w oknach domów półnadzy mężczyźni opierali swoje białe, opuchnięte ciała o parapety. Jakby na piętrach czas zwolnił bieg. Profesor patrzył chciwie na resztki dawnego krajobrazu. Chciał jeszcze rozpoznać znane sobie drogi, klimat miasta zaklętego w szarości i beznadziei, miasta, które żyło dzięki wspomnieniom, marzeniom i wyobraźni. Samochód zatrzymał się na światłach przed wystawą księgarni językowej.

– Wie pan? Tutaj był kiedyś sklep mięsny – poczuł ogromną potrzebę opowiedzenia tego taksówkarzowi. – Wyglądał jak stara, opuszczona łaźnia. Popękane kafelki, zapach chloru, łazienkowych szmat i odór kilkudniowego mięsa. Puste haki, jeden sczerniały ochłap z karteczką „czwarta kategoria świeżości", tłusta kobieta za ladą, czerwona od żarcia kawałów szynki, zalegającej na zapleczu. Zawsze mlaskała językiem, pieszcząc nim dziurę w zębie. One wszystkie tak mlaskały. Te za ladami. Mlaskały od razu, kiedy ktoś wchodził do sklepu. Oparte o ladę, patrzyły daleko, jakby nieobecne w wymiarze pustych półek. A kiedy ktoś wchodził, reagowały mlaśnięciem. To był jakiś pierwotny sygnał ostrzegawczy przed jakąkolwiek zaczepką. Jakby dawały znać, że to jest ich teren, i tylko one decydują, czy wyjdziesz stąd z kawałkiem czegokolwiek, owiniętym w gazetę.

– Dokładnie – powiedział taksówkarz i otworzył radio. Rytmiczna muzyka tłumiła myśli i chęć rozmowy. Profesor, milcząc, przyglądał się księgarni i nagle w rogu wystawy zobaczył swoją książkę! Wyróżniała się od innych twardą okładką i piękną grafiką, stworzoną przez Maksa Bloocke'a. W Paryżu nie miał już ani jednego egzemplarza.

– Przepraszam pana, ja tu wysiądę – szybko wyciągnął portfel, zapłacił pierwszym banknotem, który mu się nawinął, wyszarpnął z samochodu walizkę i stanął przed księgarnią. Przez chwilę w szybie wystawy zobaczył sylwetkę jakiegoś żałosnego człowieczka, ale zaraz popchnął szklane drzwi i ciągnąc za sznurek półotwartą walizkę, wszedł do środka. Kilka osób stojących przy książkach podniosło głowy.

– W czym mogę panu pomóc? – dziewczyna o inteligentnej twarzy, z króciutkimi ciemnymi włosami mimo uśmiechu miała w sobie jakiś chłód, jakąś nieprzystępność, samym spojrzeniem tworzyła barierę obcości. Profesor chwycił mocniej walizkę. Czuł ból od sznurka wciśniętego w dłoń, wiedział, że jego twarz naznaczona zmęczeniem straciła wszelką formę. Podarty płaszcz zwisał na ramieniu, a poplamioną koszulę pofałdowała wilgoć.

Jego obecność wytworzyła jakieś szczególne napięcie. Ludzie niby wpatrywali się w książki, ale nikt się nie ruszał, jakby wszyscy byli w stanie czuwania. Wiesz, Catherine, ja tu wciąż czuję ten sklep mięsny.

Ten chłód kafelków. Kiedy dziewczyna jeszcze raz z chłodną uprzejmością zapytała: „W czym mogę panu pomóc?" – mruknął coś tylko i wyszedł z księgarni, ciągnąc za sobą walizkę. Jeszcze raz stanął przed wystawą. Im dłużej tam stał, tym wyraźniej na szybie odbijała się sylwetka zgarbionego mężczyzny z jednym ramieniem podniesionym do góry, w zniszczonym ubraniu, z nieokreślonym tobołkiem na sznurku. Poszperał w rozdartej kieszeni, wysypało się z niej kilka wizytówek. Pofrunęły w różne strony chodnika. Chwiejąc się na nogach, sunął walizką po równych kwadratach trotuaru. Wydawała upiorny charczący dźwięk. Kilkakrotnie wchodził do małych barów. Wypijał lampkę koniaku w zadymionym tłumie mężczyzn siedzących samotnie przy swoich stolikach. Nawet przestało go boleć. Nawet bawiło go to, że idzie zygzakiem, ciągnąc za sobą półotwartą walizkę, jak małego pieska. Coraz bardziej go to śmieszyło i nawet podobało mu się, że śmieje się na całą ulicę. Bardzo mu się podobało. A pieski trzeba nakarmić. Tak, Catherine. Trzeba stanąć pod sklepem spożywczym, przywiązać pieska sznurkiem do witryny... *Płynie, płynie Oka jak Wisła szeroka.* Że nie można śpiewać w sklepie? Można, towarzysze, śpiewać w sklepie. Dajcie mi, towarzyszko z harcerstwa polskiego, jedną bułkę dla pieska. O, tam sobie stoi moja sunia. No i ładnie się tak, towarzyszko, śmiać z dziadzia? Co ty myślisz, że dziadzio nie ma pieniędzy? No to ja ci pokażę. Zobacz, ile dziadzio ma kart kredytowych. Można bułeczkę na kartę kredytową? Nie można? Rozumiem. To dziadzio będzie głodny chodził. A może chce pani wykład *Genetyka szansą epoki*? Nie? No to czuwaj. Chodź, Catherine.

Wyszedł ze sklepu, chciał odwiązać walizkę, ale jego nogi zgięły się same i poczuł ogromną ulgę, zjeżdżając w dół po chropawej, chłodnej ścianie. Ściana była dłuższa, niż się spodziewał, i nie kończyła się przy chodniku. Był tam otwór, rodzaj kanału, w który wślizgnął się bardzo sprawnie i opadł na miękki fotel. Otworzył oczy. Na kolanach miał gazetę ze swoim zdjęciem, obok siedziała kobieta ze słuchawkami i mężczyzna zapatrzony w tackę z jedzeniem. Wstęp! Otworzył skrypt, wyjął długopis, ale usłyszał nad sobą:

– Ej! kolego! Kolego! – zobaczył mężczyznę w spodniach związanych sznurkiem. Miał czerwoną, niesymetryczną twarz, z wielkim guzem na czole.

– Masz papierosa? – mężczyzna usiadł koło niego, opierając się o ścianę domu i wyjął małą butelkę. Kiedy profesor wydobywał się z sennej zapaści, gdzieś z głębi płaszcza dobiegł go dźwięk telefonu. Siedząc na chodniku, oparty o mur, wytrząsnął swoją komórkę.

– Dobry wieczór, panie profesorze, dzwonię z Fundacji, mamy nadzieję, że wszystko jest w porządku, czekamy na pana o dwunastej.

– Tak. Tak. Pamiętam – odwrócił głowę, żeby nie czuć odoru wódki i brudu od mężczyzny, który patrzył okrągłymi oczami na jego komórkę. – Będę wcześniej, oczywiście. Dziękuję – nacisnął szybko guzik telefonu i schował go do kieszeni.

Mężczyzna obok nie odrywał wzroku od profesora, wreszcie zapytał ochrypłym głosem:

– Ty z dworca jesteś? – wyciągnął rękę do profesora. – Ja też kiedyś byłem na dworcu, ale mnie Caryca wyrzuciła. Znasz Carycę? Napij się – wyciągnął butelkę w stronę profesora. – Napij się! – wrzasnął i podniósł z ziemi papierową teczkę. – Na dworcu jest wersal. Rysowało się tam trochę. Po pięć złotych. Ale naród się spieszył do pociągu.

Mężczyzna otworzył teczkę i wyjął z niej kilka żółtych kartonów. Na każdym z nich Chrystus, narysowany ołówkiem, wisiał na krzyżu i krzyczał. Jego twarz wyrażała bunt i strach. Profesor wziął do ręki jeden z kartonów i przyjrzał się bliżej tej twarzy. To był on. Mężczyzna, który siedział koło niego, też patrzył na rysunki.

– Lusterko miałem obite i tak raczej z pamięci rysowałem – zachrypiał. – Kwiaty się lepiej sprzedają, ale ja Chrystusa wolę rysować – przechylił butelkę i wypił kilka łyków.

– Po ile? Pięć złotych? Biorę wszystkie – powiedział profesor i sięgnął po portfel. Kieszeń była pusta. Druga też.

– Piętnaście – mężczyzna wyciągnął rękę w podartej rękawiczce.

– Przepraszam. Nie mam portfela – profesor oparł głowę o ścianę. Wolał nie patrzeć na mężczyznę, który ciągle trzymał rękę wyciągniętą w jego stronę. Próbował się podnieść, powoli zbierał płaszcz, walizkę...

– No to wypij za nasze zdrowie. Pij! – mężczyzna zerwał się nagle na nogi, chwycił profesora za kieszeń, wyrwał materiał jednym ruchem i złapał za klapy marynarki. – Pij! –rzucił go na ścianę domu. – Pij! – Trząsł się tak, jakby go ktoś podłączył do prądu. Pobudzony nagłą alkoholową agresją chodził po chodniku jak bokser na ringu, dopadał profesora, potrząsał nim, znowu rzucał na ścianę – ludzie stawali w bezpiecznej odległości, przyglądając się bójce. Nagle mężczyzna uspokoił się, spojrzał na gapiów nieprzytomnym wzrokiem, zakołysał się, a potem podniósł z ziemi swoje rysunki i wyciągnął je w stronę profesora.

– Masz na drogę moją wizytówkę. I pozdrów Carycę. Powiedz, że malarz się kłania – i odszedł, podciągając spodnie obwiązane sznurkiem.

Przechodnie ruszyli w różne strony, a profesor, oparty o ścianę, wycierał rękawem koszuli krew ściekającą z rozciętych warg. Buty nagle stały się za ciasne, obtarte pięty z każdym krokiem piekły coraz bardziej. Zdjął skarpetki, zsunął buty z pięt i przydeptując je, ruszył przed siebie. Szurając nogami po ziemi, ciągnął za sobą walizkę, ściskając skrypt pod pachą, od czasu do czasu wycierał krew rękawem koszuli. Płaszcz z oddartą kieszenią wisiał mu na ramionach jak ranny wynoszony z bitwy. Szedł, mimo wszystko dość szybko, jakby wiedział, dokąd iść. Skręcał w maleńkie przecznice ze wzrokiem utkwionym w kwadraty chodnika. Walizka terkotała po nierównej powierzchni, a on mijał wystawy sklepów z angielskimi napisami, włoskie restauracyjki, zapachy migdałów z nutą jaśminu, szyby o fakturze powietrza, piwniczną muzykę saksofonu, kluby pachnące tytoniem, mijał światła dyskoteki, w której szaleli młodzi ludzie odurzeni pulsującą muzyką. Szedł, nie zatrzymując się nigdzie, szedł coraz szybciej i tak bardzo się bał, tak bardzo prosił kogokolwiek, kto ma władzę nad losem, może ciebie, Catherine, może nawet Boga, jeżeli to konieczne, żeby mógł ją zobaczyć, żeby tam jeszcze była, żeby poczekali ze zmianami choćby w tym niewidocznym zakątku miasta, żeby zostawili ją dla niego, nawet jeżeli już tam nie jest nikomu potrzebna, nawet jeżeli wszystkie mieszkania zajęli już ludzie o dobrym smaku, niech jeszcze dzisiaj tam będzie, jeszcze tego wieczoru... Już prawie biegł, przydeptując zsunięte buty, ciągnąc na sznurku półotwartą walizkę z kłębowiskiem ubrań, a kiedy zbliżał się do wielkiej ponurej bramy, poczuł falę radości, świadomość bezpieczeństwa znanych miejsc, wszedł w ciemny tunel... Była. Stała na środku podwórka z rozłożonymi rękami. Z pochyloną głową. Z niedostrzegalnym uśmiechem. Biało-niebieska. Z opuszczonymi oczami. W kwiatach złożonych u bosych stóp. Otaczały ją wysokie mury kamienic, z oknami bez szyb albo ze szczątkami szkła sztukowanego gazetą. Z parapetów zwisała pożółkła pościel.

Położył walizkę na ziemi i usiadł na niej, wpatrzony w świętą figurę. Chudy czarny pies wypadł na jeden z balkonów i ujadając, rzucił się na barierkę. Jakiś mężczyzna z papierosem w ustach, w podkoszulku odsłaniającym tatuaż chwycił psa za obrożę i wrzucił do mieszkania. Podwórko ogarniał niespodziewany zmierzch. Profesor położył głowę na walizce i podkulił nogi. Matka Boska zeszła z gipsowego cokołu, wyciągnęła maleńką gipsową rączkę i dotknęła jego ramienia. Z oczami utkwionymi w ziemię podniosła go bez najmniejszego wysiłku i trzymając na gipsowych rękach, zaniosła na cokół. Teraz mógł się jej przyjrzeć bliżej. Niedostrzegalny gipsowy uśmiech był znakiem zgody na świat, jaki był, na każdy z możliwych światów, na każdy z możliwych losów. Przeznaczony dla każdego dziecka. Gipsowe oczy nadal patrzyły w ziemię, a głowa pochylona na bok ani przez chwilę nie zmieniła pozycji.

– Czy ciebie boli kark? – zapytał. – I szyja?

Nie odpowiedziała „nie".

— Dam ci wizytówkę Olgi Leonenko. Dam ci jeszcze swoją. Gdybyś czegoś potrzebowała, zadzwoń do mnie na komórkę.

Przyjęła wizytówki bez słowa i gestu. Gips chłodził jego gorące plecy.

— Panie! Obudź się pan! — zawołała nagle Matka Boska. Był rozczarowany jej głosem. Nieciekawy baryton. W dodatku zbrzydła i postarzała się. Rzadkie siwe włosy, ułożone w łagodne loczki, i banalna twarz starszej kobiety. Miała syjamskiego brata. Był też siwy i bez właściwości. Zrośnięci ramionami, wpatrywali się w profesora z politowaniem.

— Przecież ty chory jesteś, człowieku — powiedziała Matka Boska, pochylając się nad nim.

— Ktoś go pobił chyba — dodał syjamski brat i wysunął spod jego głowy walizkę.

Wyciągnął ręce, dał się podnieść z ziemi i zaprowadzić na klatkę schodową. Pachniało gotowaną kapustą. Na drugim piętrze zatrzymali się i weszli w drzwi numer pięć. Dał się zaprowadzić do pokoju. Dał się rozebrać z pokrwawionej koszuli. Dał się położyć na starym tapczanie. Skinął głową, kiedy zapytano go, czy napije się herbaty. Pokój był duży i ciemny, koronkowe zasłony zwisały z okien jak dwa stare welony.

— Jak żona pana zobaczyła, to od razu mówi, chodź, lecimy na dół. Bo i tak mieliśmy kwiaty zmienić przy Matce Boskiej. Mówi, zejdziemy, bo to najłatwiej powiedzieć: pijany. A może cukrzyk? Bo jej brat cioteczny tak właśnie, proszę pana, skończył. Człowiek, proszę pana, był, że takiego drugiego nie znajdziesz, a na bruku umarł jak świnia. Bo właśnie cukrzyk. Słabo mu się zrobiło, coś tam bełkotał, ruchy miał zwolnione, bo oni, cukrzycy, takie mają, ale nikt się nie obejrzał, bo myśleli, że pijany. No i tak skończył. Na bruku. Ale pan nie cukrzyk, nie daj Boże?

— Nie. Nie... ja bardzo państwu dziękuję, pójdę już — tapczan był niewygodny, nierówna powierzchnia uciskała go w kark. Leżał jednak bezmyślnie, patrząc w sufit. Na środku zwisała żółta lampa z ciętego szkła.

— No i herbatka jest. Niech pan poleży, aż wystygnie. U nas to się czasem ktoś prześpi. Z domu opieki na przykład. — Kobieta o siwych włosach skręconych w łagodne loczki postawiła szklankę tuż koło łóżka. Tuż koło wielkiego, brązowego radia.

— No, ja mówię do męża, chodź na dół ze mną, bo tam leży jakiś mężczyzna, a mój brat cioteczny...

— Ja już panu mówiłem. Szarlotki nie dasz?

— Nie ma. Resztę gołębiom rzuciłam — kobieta siadła przy stole tuż koło męża. — Mówiłeś panu? No tak. Mój brat cioteczny cukrzyk był i właśnie tak umarł. Na krawężniku. A ludzie...

— Mówiłem już panu.

— No właśnie. Mąż panu mówił. Ludzie to się nawet nie obejrzeli, bo on takie miał zwolnione ruchy, jak to cukrzycy mają. Że do pijanego są podobni. Ale pan nie cukrzyk?

— Nie. Nie cukrzyk — powiedział mąż kobiety. — A po co ty gołębiom taki kawał rzuciłaś? Może pan się chce przespać? Bo ja mówię, nie ma lepszego lekarstwa niż sen.

— Tak. Mąż i na krześle zaśnie, i w tramwaju, i nawet na kibelku potrafi, a ja nie zasnę, jak kołdry nie mam. No coś muszę mieć, chociaż lekkiego, ale żeby się przykryć.

— Ona nie zaśnie bez kołdry.

— A latem, jak jedziemy na działkę, to ja mówię...

Ściśnięci razem, krzesło w krzesło, wyglądali jak para gołębi. Obok stołu stała brązowa błyszcząca komoda, przykryta białą serwetą, a na niej biały porcelanowy kot.

— ...a ja nawet pierzyną w lato się potrafię przykryć i dobrze mi, a on się śmieje...

Po lewej stronie były drzwi do kuchni. Odrapane, z szybą z ciętego szkła.

— No, żona, to ja mówię, chyba się Eskimosem powinna urodzić, to byłoby jej dobrze, a ja znowu...

Dotknął ręką faktury tapczanu. Wyczuł palcami małe kwadratowe wypustki. Nad łóżkiem wisiał obraz Ostatniej Wieczerzy.

— No, ale u nas z pogodą, to ja mówię, jak w cyrku: lato, patrzeć, nagle zima, a zimą znowuż jesień, i tak codziennie inna pogoda, no cyrk tylko, mówię, nic więcej. A na działce to znowuż...

Na komodzie stało czarno-białe zdjęcie nieładnej kobiety w okularach. Miała na czole mały pieprzyk.

— Pan się przygląda naszej Zosi? To takie smutne zdjęcie, ale jeszcze przed chorobą. Chcieliśmy postawić jakieś wesołe, ale nie było. W ogóle mało zdjęć nam po niej zostało. Po Zosi naszej.

— Będzie dwanaście lat, jak zmarła. W maju, trzynastego. Tutaj w szpitalu, niedaleko. Dokładnie o dwunastej godzinie w południe. Jeszcze w radio hejnał grali, jak zmarła. Rak, proszę pana, płuc.

— Ja panu pokażę zdjęcie, jak ona miała jeszcze długie włosy. No, ja mówię, coś ty zrobiła, dziewczyno, jak ona mi z łazienki wyszła z obciętymi włosami! Takie włosy! A to wszystko przez tego łobuza z biologii.

— Szkoda gadać, panie. Zawrócił tak w głowie dziewczynie, że nic, tylko on. A jak wyjechał w sześćdziesiątym ósmym, bo on Żydem był, to ich wtedy wyrzucali, tych Żydów, to ona nic, tylko w łazience siedziała. I te włosy sobie obcięła i nic nie jadła, no inna rzecz, że myśmy nie wiedzieli...

— Ona też nie wiedziała chyba, jak on wyjeżdżał. Bo może by to się jakoś inaczej skończyło.

— Jak by się skończyło, jak oni ich wyrzucali. Ciąża nie ciąża, musiał jeden z drugim wyjechać, bo to za Gomułki było.

Profesor podniósł się na łokciu. Kapa nieokreślonego koloru zsunęła się lekko z tapczanu.

— Swoje przeszliśmy, proszę pana, nawet jej mówiliśmy, że odchowamy, a ona niech jedzie się uczyć, ale gdzie tam, słyszeć nie chciała. Że jego syn to będzie, i ona chce z nim być, i nie ma zmiłuj się.

— Syn? Jaki syn? — usiadł na tapczanie półnagi, obtarte bose stopy, wystające spod koca, skuliły się w nerwowym skurczu.

— Ona tak mówiła. No i mamy teraz Misię naszą.

— Jaką Misię?

— Misia. Tak ją nazywamy. A jaka piękna! Wcale do Zosi niepodobna. Tylko stopy wielkie i ten jeden palec odstaje. Tak że ona się wstydziła boso biegać. Ale za to, jak miała grypę i musiała leżeć, to cyrki, mówię panu, z tymi stopami robiła!

— Ja w życiu nie widziałem, żeby ktoś ruszał każdym palcem od nogi, i to w różne strony, no mówię panu, myśmy tu siedzieli jak w teatrze, bo ona całe historie z tymi palcami wymyślała i kino mieliśmy za darmo! Pokaż no zdjęcia, bo ona ich nie lubi i nie chce, żeby tu stawiać.

— A co to pana obchodzi nasza Misia. Żona to każdego traktuje, jakby go znała od wesela. Co to pana obchodzi. Ale dobra dziewczyna. I ładna, i pracę ma dobrą, za granicę jeździ, i porządna. Odsłoń firanki panu, bo ciemno się zrobiło — siwa kobieta wstała i odsłoniła zasłony. Na parapecie stała ogromna paproć.

— Powiem panu, że nawet za porządna. Bo ona najmniejszego pyłka nie zniesie. Od razu sprząta. A potem myje ręce. Nawet jak zegarek nakręci, to myje ręce. Coś ona z tymi rękami ma od dziecka. Ja mówię, na mydło nam nie starczy, jak tak będzie dalej, ale ona głucha na to była.

— A ubrania to miała zawsze, proszę pana, kolorami poukładane. I nie daj Boże, żeby tam jej ktoś coś pomieszał.

— I zawsze: Babciu, co w radio mówili? Że jaka pogoda będzie? I od razu sobie szykowała: na deszcz to na deszcz, na pogodę to na pogodę, a ten jej pokój to aż błyszczał.

— No i wykształciła się. I teraz już swoje mieszkanie ma, i nam pomaga, i języki zna, bo tu przez komórkę czasem rozmawia, to my jak te niemoty siedzimy. No i tę pralkę nam kupiła. I za herbatą jest strasznie. Za dużo herbat pije.

— Ja to mam taką prośbę... — siwy mężczyzna spojrzał na zegarek. — Bo myśmy w końcu tych kwiatów Matce Boskiej nie zanieśli, a zawsze tak w podziękowaniu za tę naszą Misię, to byśmy teraz poszli, a zawsze razem idziemy, bo raźniej. Ja po zawale jestem. Zostanie pan tu chwilkę? Koszula się jeszcze pierze.

Nic nie powiedział. Patrzył tylko, jak otwierają drzwi, jak wychodzą, szepcząc coś do siebie. Leżał półnagi, okryty kocem, a prawie dwa metry dalej jego ogromne stopy, skurczone jak stopy apostołów. Wahadło zegara bujało się miarowo, cichy puls odliczał sekundy. Nie mógł się pozbyć wrażenia, że jest pod obserwacją. Uczniowie przy stole Wieczernika szeptali coś do siebie, zgromadzeni po trzech. Pośrodku siedział Chrystus. Milczący...

Nie ruszył się nawet, kiedy usłyszał zgrzyt klucza w zamku. Ani kiedy na korytarzu zastukały obcasy. Ani kiedy kobiecy głos zawołał:

– Babciu, wpadłam na chwilę, bo o ósmej mam ważne spotkanie, przywiozłam te czekoladki, tylko niech dziadek za dużo nie je, bo...

Nie ruszył się nawet, kiedy stanęła w drzwiach z wielkim pudłem, opakowanym w złoty papier z czerwoną wstążką. Ani kiedy zsunęła żółtą apaszkę z jedwabnego kostiumu. Ani kiedy, nie patrząc na niego, postawiła na podłodze skórzaną torebkę koloru ciemnego piasku. Nie ruszył się nawet wtedy, kiedy powiedziała:

– Przepraszam. Zamknę okno, bo nie lubię, kiedy jest otwarte. Pan jest z domu opieki?

Nie ruszył się nawet, kiedy szklanka upadła na pierwszą stronę skryptu. Nawet wtedy, kiedy pierwsze zdanie „Życie jest dziełem przypadku" zalała strużka herbaty. Ani wtedy, kiedy w kieszeni płaszcza zaczęła dzwonić komórka. Ani kiedy kobieta wyszła, prosząc, żeby pozdrowił dziadków. Nie ruszył się, bo nie mógł się pozbyć wrażenia, że jest pod obserwacją.

I że nigdy nie będzie inaczej.

Ale ty tego nie zrozumiesz, Catherine.

Spis rzeczy

Wydanie pierwsze, dodruk

Redaktor prowadzący
Lucyna Kowalik

Projekt okładki
Elżbieta Totoń

Na okładce wykorzystano obraz
Caspara Davida Friedricha *Drzewo kruków* oraz fragment zdjęcia
autorki – fot. Robert Wolański dla „Elle"

Układ typograficzny
Robert Oleś

Redaktor
Marta Bochenek, Teresa Podoska

Redaktor techniczny
Bożena Korbut

Printed in Poland
Wydawnictwo Literackie Sp. z o.o., 2004
ul. Długa 1, 31-147 Kraków
bezpłatna linia telefoniczna: 0 800 42 10 40
księgarnia internetowa: www.wl.net.pl
e-mail: ksiegarnia@wl.net.pl
fax: (+48-12) 430 00 96
tel.: (+48-12) 423 22 54 wew. 105
Skład i łamanie: Design Plus
Druk i oprawa: Drukarnia Wydawnictw Naukowych SA

ISBN 83-08-03536-1